Kontaktadresse nach EU-Produktsicherheitsverordnung:
produktsicherheit@fischerverlage.de

Edition philosophie Magazin: Eine exklusive Auswahl zentraler philosophischer Texte durch das »philosophie Magazin«.

Mit einer Auswahl der berühmtesten Essais von Montaigne sowie

- einer sachkundigen Einleitung von Antoine Compagnon
- einer Zeitleiste zu Leben und historischem Kontext
- Erläuterungen der Grundbegriffe des jeweiligen Werks

Montaignes ›Essais‹ markieren eine völlig neue Art der Philosophie: persönliche, literarische und subjektive Erkenntnisse anstatt möglichst objektive und ewige Wahrheit.

Michel de Montaigne

Essais

Mit einer Einführung und begleitenden Texten

Herausgegeben von Edition philosophie Magazin

FISCHER Taschenbuch

2. Auflage

Printed in Germany
ISBN 978-3-596-03557-1

Inhaltsverzeichnis

Vorwort
Von Antoine Compagnon

Montaignes Lektion heißt Diversität, Mobilität, Instabilität von Welt und Mensch. Das Erste Buch der im Jahre 1580 zum ersten Mal veröffentlichten »Essais« beginnt mit dem Kapitel »Durch verschiedene Mittel erreicht man das gleiche Ziel«. In ihm entdeckt der Leser folgende Sentenz: »Wahrlich, der Mensch ist ein seltsam wahnhaftes, widersprüchliches, hin und her schwankendes Wesen! Es fällt schwer, ein gleichbleibendes und einheitliches Urteil darauf zu gründen.« (I, 1) Beispielsweise kommt es vor, dass ein Besiegter das Mitleid seines Bezwingers erregt, indem er eine Demutsgeste macht, aber auch, indem er sich mutig zeigt: Eine Regel zum richtigen Betragen lässt sich hieraus also nicht ableiten. Und das Zweite Buch endet mit der verwirrenden Feststellung, dass unsere Gefühle und Absichten fast nie übereinstimmen: »Da im Gang der Natur allgemein die Vielfalt vorherrscht (...), fände ich es weitaus ungewöhnlicher, wenn unsre Vorstellungen und Vorhaben jemals miteinander in Einklang zu bringen wären. Auf der Welt hat es noch nie zwei gleiche Meinungen gegeben – sowenig wie zwei gleiche Haare oder Samenkörner. In nichts ist sich alles gleicher als in der Ungleichheit.« (II, 37) Folglich sollten uns ihre Widersprüche auch nicht allzu sehr beunruhigen. Montaigne interessiert sich für die komplizierten Beziehungen, die unsere Leidenschaften und Handlungen miteinander verbinden. Doch wie soll man vom Menschen reden, wenn doch alles im Fluss ist, und dieser zugleich Erkenntnissubjekt und Erkenntnisobjekt ist? Dementsprechend resümiert das erste Kapitel des Zweiten Buches schon im Titel die Prämisse von Montaignes Moral: »Über die Wechselhaftigkeit unseres Handelns«. Montaignes Überlegungen gehen von einem Paradoxon aus. Beobachtet man einen Menschen, so versteht man eigentlich nichts von ihm wegen der schreienden Inkohärenz seiner Handlungen und Gesten: Mir scheint »der Wankelmut der augenfälligste und verbreitetste Fehler unsrer Natur zu sein«. (II, 1) Weisheit wäre, wie uns schon die

Altvorderen gelehrt haben, Determiniertheit und Beständigkeit, und doch besteht unser Verhalten darin, »den augenblicklichen Neigungen unserer Begierde zu folgen: nach links, nach rechts, bergauf, bergab, wie der Wind der Gelegenheiten uns treibt«. Von einem Augenblick zum nächsten verändert sich unsere Laune; wir bewegen uns im Takt unserer Zeit, die dahinfließt wie der Fluss des Herkules. Nur ein Mann entgeht dem universellen Reigen: Cato der Jüngere, der Widersacher Cäsars, der kühne Stoiker, der sich lieber das Leben nahm als die Freiheit zu verlieren – dies las Montaigne in seinem Lieblingsbuch, Plutarchs »Lebensgeschichten berühmter Männer«. Wer bei ihm »eine Stufe berührt hat, hat alles berührt«. Doch, von dem jungen Cato einmal abgesehen, »nicht nur der Wind der Zufälle treibt mich, wohin er will, sondern ich selbst trage durch meine schwankende Haltung zu diesem verwirrenden Hin und Her bei«. Nichts steht also fest, weder die Umstände noch das eigene Ich. Montaigne setzt die Liste unserer Widersprüche nach Belieben fort: »Schamhaft und unverschämt, keusch und geil, schwatzhaft und schweigsam, zupackend und zimperlich, gescheit und dumm, mürrisch und leutselig, freigebig und geizig und verschwenderisch.« Wir sind all das und doch zugleich der Gegensatz einer jeden Eigenschaft: eine herrliche Aufzählung aller Möglichkeiten eines Menschenlebens.

Daraus lässt sich eine überaus verwirrende Konsequenz ziehen: So »bringt es doch die Absonderlichkeit unseres Wesens mit sich, dass selbst hinter unseren guten Taten oft die böse Absicht als treibende Kraft steckt«. Kurzum, es kommt vor, dass wir Gutes tun, ohne es zu wollen, aus einem Laster heraus, oder wenigstens, ohne das Gute ins Auge gefasst zu haben. Auch wenn »die Tugend verlangt, dass man ihr um ihrer selbst willen folgt«, so erweist sich doch bei genauerem Hinsehen der Zufall oder ein Irrtum als Ausgangspunkt einer Handlung, die eigentlich tugendhaft sein wollte.

Daraus resultiert eine zwanglose Zusammenfassung: »Wir bestehen alle nur aus buntscheckigen Fetzen, die so locker und lose aneinanderhängen, dass jeder von ihnen jeden Augenblick flattert, wie er will; daher gibt es ebenso viele Unterschiede zwischen uns und uns selbst wie zwischen uns und den anderen.« Der Mensch hat keinerlei Beständigkeit: Er ist auf allerlei Art verschieden.

Die Lust, sich von den eigenen Gedanken treiben zu lassen, erhob Michel de Montaigne (1533–1592) zur Lebensform. Mit seinen »Essais« schuf er das erste moderne Zeugnis eines wahrhaft freien Menschen, dem kein Thema zu gering ist, den eigenen Verstand an ihm zu schärfen.

An der Schwelle von der Renaissance zur Moderne wird der adlige Lebemann aus Südfrankreich zum bis heute prägenden Vorbild des europäischen Intellektuellen. Vielreisend, unabhängig, sinnenfroh, scharfzüngig – und in seinem Erkenntnisdrang niemand anderem verpflichtet als der eigenen Urteilskraft. In der Abgeschiedenheit seines Landguts schuf Montaigne, im Dialog mit den Büchern seiner legendären Bibliothek, eigenhändig eine literarische Gattung, die bis heute als edelste Form philosophischen Nachdenkens gilt: den Essay.

Antoine Compagnon ist Professor für französische Literatur an der Universität Sorbonne in Paris. Darüber hinaus hat er den Lehrstuhl »Littérature française moderne et contemporaine: Histoire, critique, théorie« am Collège de France inne. Er veröffentlichte mehrere Essays über Montaigne, darunter »Nous, Michel de Montaigne« (Seuil, 1980).

Der große Versucher. Eine Einführung

Von Henning Ritter

Für Montaigne ist das Zweifeln der Weg zur Wahrhaftigkeit. Sprachlich brillant, breit gebildet und mit der bleibenden Offenheit, sich von eigenen Gedanken überraschen zu lassen, stehen seine »Essais« unter dem Zeichen einer Freiheit, deren letztes Ziel heitere Selbsterkenntnis ist

Über kaum einen Schriftsteller gibt es Äußerungen so vorbehaltloser Nähe. Goethe sprach von Montaignes »unschätzbar heiterer Wendung«, Nietzsche pries seine Redlichkeit und Heiterkeit, durch ihn sei »wahrlich die Lust, auf dieser Erde zu leben, vermehrt worden«. Das allein schon müsste genügen, seine »Essais« als Lebenselixier zu nutzen und sich um des schieren Wohlbefindens willen in sie zu versenken. Jedem seiner Leser wendet Montaigne eine Facette seines Wesens zu, in der er sich ohne Mühe wiedererkennen kann. Sein Selbstsein auskosten, es fühlbar und schmeckbar machen – diese Absicht der »Essais«, die Montaigne das »Register der Versuche seines Lebens« nannte, stiftet über die Jahrhunderte hinweg einen Pakt mit dem Leser. Montaigne lesen heißt sich selbst beobachten.

Es wird leicht nachgesprochen, dass Montaignes »Essais« ein Selbstporträt seien. Tatsächlich enthalten sie eine Fülle von Geständnissen sogar intimer Züge ihres Autors. Er kündigt ja auch an, dass er in diesem Buch ausschließlich von sich selbst rede. Und doch gehört das Buch nicht in die Ahnenreihe der Selbstbekenntnisse und Selbstbeschreibungen, an denen die Literatur seit Rousseaus »Confessions« so reich ist. Montaigne unterscheidet sich von diesen moderneren Autoren. Er entkleidet sich nicht, um als besonders interessantes, originelles Exemplar seiner Spezies zu erscheinen. Intimes berichtet er, um am Gemeinsamen, das ihn mit seinem Leser verbindet, seine persönliche Nuance zu zeigen. Die Leiden und Unzuträglichkeiten, zum Beispiel durch seine Nierensteine, sind für den Leser nicht als Mitteilung über den Autor bedeutsam, sondern weil sie ihm Gelegenheit geben, ihn zu beobachten, wie er mit dem Schmerz umgeht, wie er gegen ihn aufbegehrt, sich ablenkt, sich fügt. Dem Leser Montaignes wird nicht etwas vorgezeigt, sondern er erhält Gelegenheit, den Autor auf den abenteuerlichen Wegen seiner Gedanken zu folgen und zu sehen, wie er das eine Hindernis mühelos nimmt und einem anderen ausweicht, mit keiner anderen Absicht, als seine Art erkennbar zu machen. Er will, wie er sagt, nicht gelobt oder gepriesen, er will nur besser erkannt werden.

Die Freiheit eines Skeptikers

Montaigne legt Wert auf alle Freiheiten seines Denkens und Handelns, aber er preist sie nicht als Äußerungen einer ihm mitgegebenen wesenhaften Freiheit. Eher behandelt er sie wie ein Kapital, das man klug anzulegen hat und bei dem Sorge zu tragen ist, dass es flüssig bleibt. Von späterem, bürgerlichem Freiheitsverständnis unterscheidet ihn, dass ihm das Pathos der Verwirklichung von Freiheit fehlt. Während Freiheit für die Modernen zu einer unerschöpflichen Ressource wurde, die man nur anzuzapfen braucht, damit sie sich endlos regeneriere, ist sie für Montaigne ein knappes Gut, mit dem man nicht prunken soll. Und doch hat kein Wort in seinen »Essais« einen Akzent von vergleichbarer Emphase. In der Vertraulichkeit ihres Umgangs mit Montaigne stoßen seine Leser auf das, was er seine »Freiheitsgier« nennt. Wollte jemand ihm, der über Italien nie hinauskam, den Zutritt zu irgendeinem Winkel im fernen Indien verbieten, sagt er, so wäre er seines Lebens dadurch weniger froh. Wenn jemand ihn nur mit dem kleinen Finger bedrohen würde, würde er, ohne zu zögern, fortgehen, um anderswo zu leben, wo immer es wäre. Die radikalsten Ansichten des Autors der »Essais« treten unverhüllt auf, sind aber dennoch verborgen in der Beiläufigkeit, mit der sie vorgetragen werden.

Die Herkunft als Vorurteil

Die Nähe der »Essais« zu unserer Zeit täuscht. Wir möchten gern mit Montaigne zweifeln, aber wir können es nicht. Denn unser moderner Zweifel ist immer ein methodischer. Selbst in der Entfernung von seinen cartesianischen Ursprüngen bleibt er der Arroganz des Wissenschaftsglaubens verhaftet. Montaignes Skepsis ist alles andere als ein Verfahren der Reduktion, sie ist vielmehr eine erschließende. Sie will auch nicht verändern. Sie kehrt zu dem, was der Zweifel verworfen oder in seinem Anspruch auf Zustimmung in die Schwebe versetzt hat, zurück, um sich ihm nach Maßgabe des Herkömmlichen zu fügen, nicht aber zu beugen. Das Herkommen bleibt für Montaigne »ein mächtiges Vorurteil«, bis der durch unsere täglichen Gewohnheiten verborgene »wahre Gesichtspunkt der Sachen« enträtselt ist. Hat der Mensch aber »diese Larve abgerissen und die Sache auf Wahrheit und Vernunft zurückgeführt, so wird er sein Urteil wie auf den Kopf gestellt und dennoch viel fester begründet finden«. Montaigne hält sich von der Zukunft so weit wie irgend möglich frei. Er empfindet es als Erleichterung, dass er der Zukunft gegenüber nur geringe Verpflichtungen hat. Er ordnet seine Dinge nur so weit, um sie einer ungewissen Zukunft ohne Selbstvorwurf überlassen zu können. Auch den Horizont seiner ehrgeizigen »Essais« zieht er bewusst eng. Er schreibe sein Buch für wenige Menschen und für wenige Jahre, versichert er. Denn hätte er sie zu größerer Dauer bestimmen wollen, hätte er sich »einer dauerhafteren Sprache anvertrauen müssen«, dem Lateinischen. Nach den Veränderungen der französischen Sprache, die er im Laufe seines Lebens erlebt hatte, mochte er nicht glauben, dass sie in ihrer vorliegenden Form in 50 Jahren noch verständlich sein würde.

Während er sonst allem Vorbildlichen entgegenarbeitet, es an einem zum Äußersten getriebenen Bewusstsein der Verschiedenheit zerbrechen lässt, weil kein Ding, kein Mensch, keine Situation sich in anderen Dingen, Menschen, Situationen wiederholt, ist die Sprache für ihn als das Organ grenzenloser Nuancierung und als Instrument des Unterscheidens unangreifbar und jedem Zweifel entzogen: »Distinguo ist das erste und letzte Wort meiner Logik.« Die Sprache der antiken Autoren ist Vorbild, weil keine andere Sprache sich so viele Nuancen erschlossen hat.

Sein Zutrauen zur Sprache bekennt Montaigne in wenigen Sätzen, in denen nichts von seiner sonstigen Biegsamkeit erscheint. Die Sprache ist der Fels, den kein Zweifel erschüttert. Wer dieses Sprachvertrauen untergräbt, greift das Kostbarste an: »Da wir uns miteinander nur durch das Wort zu verständigen vermögen, verrät, wer es fälscht, die menschliche Gemeinschaft. Es ist das einzige Mittel, durch das wir unsern Willen und unsere Gedanken austauschen, es ist der Mittler unserer Seelen; wenn wir es verlieren, so haben wir keinen Zusammenhang und keine Kenntnis mehr voneinander. Wenn es uns betrügt, so zerstört es allen unseren Umgang und zerreißt alle Bande unserer Gesellschaft.« Der Mensch ist auf weniges angewiesen. Wenn man ihn aller falschen Ansprüche und aller Drapierungen entkleidet hat, bleibt dieses eine: die Angewiesenheit auf das nicht betrügerische Wort.

Henning Ritter war von 1985 bis 2008 bei der Frankfurter Allgemeinen Zeitung verantwortlich für das Ressort »Geisteswissenschaften«. Er veröffentlichte zahlreiche philosophische Publikationen. Sein Buch »Notizhefte« (Berlin Verlag, 2010), ein essayistisches Werk im Geiste Montaignes, erhielt 2011 den Preis der Leipziger Buchmesse. Im Frühjahr 2013 erschien »Die Schreie der Verwundeten: Versuch über die Grausamkeit« (C.H. Beck).

Daten zu Montaignes Leben

1533	Februar: Geburt Michel Eyquem de Montaignes in wohlhabenden Familienverhältnissen
1554	Montaigne wird Gerichtsrat am Steuergericht von Périgueux
1568	Als sein Vater stirbt, wird Michel Eyquem zum Gutsherrn des Schlosses Montaigne; diesen Namen wird er von nun an führen
1571/1572	Montaigne legt sein Amt nieder und zieht sich auf sein Schloss zurück. Er verfasst seine ersten Essays
1580	Die erste Ausgabe seiner Essays erscheint
1581	Montaigne wird zum Bürgermeister von Bordeaux gewählt
1592	13. September: Montaigne stirbt in seinem Schloss
1595	Marie de Gournay, die alle Notizen Montaignes gesammelt hat, veröffentlicht posthum seine »Essais I« »Edition Bordeaux«

Daten zum geschichtlichen Kontext

1517 Luther schlägt seine 95 Thesen an die Kirchentür von Wittenberg

1536 Erasmus von Rotterdam, Begründer des europäischen Humanismus, stirbt

1543 Kopernikus gibt seine Theorie vom heliozentrischen Weltbild kund

1557 Wormser Religionsgespräch: erfolgloser Versuch, zwischen Katholiken und Protestanten zu vermitteln. Gespräche dieser Art setzen sich bis ins 17. Jahrhundert fort

1562 In der Champagne werden während einer Heiligenverehrung 80 Protestanten durch den Herzog von Guise umgebracht. Dies ist der Beginn des Religionskriegs zwischen Katholiken und Protestanten

1572 Bartholomäusnacht im August: Anlässlich der Hochzeit von Henri de Navarre und Marguerite de Valois leiten die katholischen Machthaber unter Zustimmung von König Charles IX. die Massentötung von 3000 Protestanten ein

1582 Einführung des heute gebräuchlichen gregorianischen Kalenders

1584 Gründung der ersten englischen Kolonien in Nordamerika

1598 Henri IV. unterzeichnet in Anerkennung der Religionsfreiheit für Anhänger der Reformation das Edikt von Nantes, was in der Opposition von Katholiken und Protestanten mündet. Gleichzeitig Höhepunkt der Hexenverbrennung in Europa

Unterwegs zu einem besseren Ich
Von Anne-Vanessa Prévost

Angesehener Diplomat, sinnenfroher Lebemann, stoischer Privatgelehrter – Montaignes Biografie ist so vielschichtig wie seine Schriften. Kein Wunder, war sein bevorzugtes philosophisches Thema doch er selbst.

Michel Eyquem de Montaigne kommt, auf Schloss Montaigne an der Grenze zwischen Bordelais und Périgord, am letzten Tag des Februar 1533 überaus gemächlich – es heißt, seine Mutter sei elf Monate mit ihm schwanger gewesen – zur Welt. Seine ersten Jahre werden von den intensiven Bemühungen seines Vaters Pierre Eyquem geprägt, der ihn in der Überzeugung, die Sinne seines Sohnes bildeten einen der Schlüssel zum Verstand, jeden Tag durch einen Musiker wecken lässt; auch vertraut er ihn einem deutschen Hauslehrer an, der nur auf Latein mit ihm kommuniziert. Noch mit sechs Jahren spricht der junge Michel kein Französisch. Ab 1540 besucht er das äußerst angesehene Collège de Guyenne, um anschließend Jura in Toulouse und später in Paris zu studieren.

Über sein alltägliches Leben, seine Ausbildung, seine Hinwendung zum Hof und zu den literarischen Milieus seiner Zeit ist fast nichts bekannt. Eines nur ist sicher: Sinnenlust spielt in seiner Jugend eine große Rolle, und Paris bildet den Auftakt zu seiner »ausgelassensten Zeit« (I, 20). Er geht zu Bällen, erlebt amouröse Abenteuer und besucht regelmäßig das Bordell – »ein Laster ist es, wenn man nicht mehr herauskommt, nicht aber, wenn man hineingeht« (III, 5). Obwohl die Berufung des Menschen für ihn im Denken liegt, so bleibt doch der sogenannte »monsieur ma partie«, das »ungehorsame« und »aufsässige« männliche Glied, Protagonist seiner zwischenmenschlichen Abenteuer. Folglich schlägt Montaigne im Jahr 1554 ohne große Begeisterung die Laufbahn als Gerichtsrat am Steuergerichtshof von Périgueux ein, bevor er Ratsherr am Parlament von Bordeaux wird. Die politische und religiöse Situation seiner Epoche, in der die Auseinandersetzungen zwischen Katholiken und Protestanten immer deutlicher zutage treten, bürden dieser Institution eine schwere Verantwortung auf. Montaigne wird mit politischen Missionen betraut: 1559 begleitet er den König auf einer Reise und unterstützt den Hof durch seine Teilnahme an der Belagerung von Rouen. Auch wenn sein parlamentarisches Amt ihn stets begeistert hat, so kann er seinen Widerwillen gegenüber den Gerichtsverfahren nicht verleugnen. Er prangert den willkürlichen und perversen Charakter der Gesetze an: »Die Macht der Gesetze bleibt ja nicht deswegen unangetastet, weil sie gerecht, sondern weil sie Gesetze sind. (...) Oft werden sie von Hohlköpfen gemacht.« (III, 13) Als Kritiker der Regierung verurteilt Montaigne das System, und zwar sowohl den Einsatz von Folter als auch den juristischen Apparat seines Landes. Dessen ungeachtet bereichern diese Jahre in einem hohen Staatsamt seine Erfahrung der flüchtigen menschlichen Natur, die sich nicht auf normative Prinzipien reduzieren lässt.

In diesem Lebensabschnitt freundet er sich mit Étienne de La Boétie an, dessen heftige Einlassung gegen die Tyrannei mit dem Titel »Von der freiwilligen Knechtschaft des Menschen« ihm bereits aufgefallen war. Eine überwältigende Begegnung. »Wenn man in mich dringt zu sagen, warum ich Étienne de La Boétie liebte, fühle ich, dass nur eine Antwort dies ausdrücken kann: ›Weil er er war, weil ich ich war.‹« (I, 28) Klarer kann man sich nicht zu der absoluten Einzigartigkeit bekennen, die Montaigne dieser unvergleichlichen, sich selbst genügenden Beziehung zuschreibt: »eine Freundschaft, die wir zwischen uns, solange es Gott gefiel, auf derart vollkommene Weise gepflegt haben (...); damit sich ein solch inniger Bund herausbilden kann, müssen zahlreiche Umstände zusammentreffen: es ist folglich bereits viel, wenn dem Schicksal das alle drei Jahrhunderte einmal gelingt.« (I, 28)

Trost des Schreibens

Als die Pest La Boétie 1563 brutal aus dem Leben reißt, bleibt Montaigne völlig gebrochen zurück. Nach Étiennes Tod ändert sich sein Leben, er fühlt sich wie verstümmelt, und wenn er dieses Leben mit der in La Boéties Gesellschaft verbrachten Zeit vergleicht, »so ist es nichts als Rauch, nichts als freudlose dunkle Nacht. Seit dem Tage, da ich ihn verlor, (...) schleppe ich mich mit versiegenden Kräften dahin.« Später, allein in seiner Mansarde, verarbeitet er die Trauer über den verlorenen Freund, indem er an den Abwesenden schreibt: »Alles teilten wir miteinander und mir ist, als raubte mein Überleben ihm seinen Teil.« Diesen Teil nun bietet er ihm in Worten, Gedanken, Lektüren dar.

Nachdem er seines »treuen Spiegels« beraubt ist, sucht Montaigne Trost bei den Frauen. Darunter ist eine Vertraute von Margarete von Valois, der sogenannten »Reinen Margot«, bevor er sich 1565 zur Ehe, einem »Handel, bei dem nur das Eingehen frei ist« (I, 28), mit Françoise de La Chasseigne, der Tochter eines einflussreichen Kollegen, entschließt. Sie wird ihm sechs Kinder gebären, von denen fünf sehr früh sterben: Nur Léonor überlebt. Montaigne erbt nach dem Tod seines Vaters drei Jahre später dessen Namen und das Anwesen. Im Jahr 1570 verkauft er sein Ratsamt und verzichtet auf die Magistratur. Alles sieht nun danach aus, als wende er sich ab vom aktiven gesellschaftlichen Leben zugunsten eines eher besinnlichen Rückzugs auf sich selbst.

In der Abgeschiedenheit seines Bibliotheksturms wird Montaigne zu dem Montaigne, den wir kennen. 1572 beginnt er mit der Niederschrift der »Essais«, an denen er bis zu seinem Tod arbeiten wird: »Wer sähe nicht, dass ich einen Weg eingeschlagen habe, auf dem ich so mühelos wie unermüdlich fortschreiten werde, bis der Welt Papier und Tinte ausgeht?« (III, 9) Ein zuvor nie da gewesenes, fragmentarisches, zeitweilig unterbrochenes und nicht immer leicht zu fassendes Werk nimmt Gestalt an. Bis 1580, dem Jahr der Erstausgabe, verfasst er die ersten beiden Bücher. Ohne sich aber ganz von der politischen Bühne zurückzuziehen: Sein »Ruhestand« wird nichts anderes sein als ein Hin und Her zwischen öffentlichen Eingaben und Phasen des Schreibens. Denn Montaignes Denken wird aus der Erfahrung geboren und möchte diese abbilden: »Einen sittlichen Wandel, nicht Bücher zuwege zu bringen, ist uns aufgegeben; und nicht Schlachten und Provinzen zu gewinnen, sondern Ruhe und Ordnung in unserem täglichen Verhalten: Recht zu leben, das sollte unser großes und leuchtendes Meisterwerk sein!« (III, 13) Zwei Jahre nach der Bartholomäusnacht, in der 1572 Massaker an den französischen Protestanten, den Hugenotten, verübt werden, hält er eine viel beachtete Rede vor dem Parlament in Bordeaux; zwischen 1572 und 1576 führt er heikle Verhandlungen zwischen dem Katholiken Henri de Guise und dem Protestanten Henri de Bourbon, dem zukünftigen Heinrich IV. und König von Navarra.

Doch auch wenn sich der Seigneur d'Eyquem darin gefällt, zwischen zwei diplomatischen Missionen seine innere Freiheit inmitten seiner Bücher zu leben, so fürchtet er doch die geistige Erstarrung. Deshalb verlässt er mit 48 Jahren seine Ländereien und begibt sich auf eine 17 Monate dauernde Rundreise, wo er, »den Hintern im Sattel«, seine Philosophie auf den Straßen Europas, Frankreichs und Navarras spazieren führen wird. Wer ihn nach dem Grund seiner Reisen fragt, dem antwortet Montaigne: »Ich weiß wohl, was ich fliehe, aber nicht, was ich suche.« Zweifelsohne sucht er manche Städte auch auf, in denen dem Harngrieß, einem Nierensteinleiden, Abhilfe geschaffen würde – zum ersten Mal hatte er mit dieser Krankheit 1578 zu kämpfen.

Als er durch Paris reist, präsentiert er dem französischen König Heinrich von Navarra seine »Essais« und freundet sich mit ihm an, führt Gespräche mit Ministern verschiedener Konfessionen und mehreren Botschaftern. In Rom wird er vom Papst persönlich empfangen und erhält den Ehrentitel »römischer Bürger«. Der Hauptbeweggrund für dieses Abenteuer ist jedoch die »Gier auf neue und unbekannte Dinge« (I, 9), das Vergnügen, sein Hirn an anderen Hirnen zu »reiben und zu feilen«: »Aus dem Umgang mit Land und Leuten gewinnt die menschliche Urteilskraft einen ungemeinen Klarblick. Wir sind alle in uns selbst eingezwängt und hineingekrümmt, und unser Blick reicht nicht weiter als bis zur Nasenspitze.« (I, 26) Diese 500 Tage, in denen Michel de Montaigne durch unterschiedliche Länder, Gesellschaften, Konfessionen, Landschaften und Klimagebiete reist, erweitern sein Bewusstsein für die vielfältigen Unterschiede der Sitten und Verhaltensweisen: »Ich wüsste keine bessre Schule, uns im Leben weiterzubilden, als ihm unausgesetzt die Mannigfaltigkeit so vieler andrer Daseinsformen, Anschauungen und Gebräuche vorzuführn.«

Am 7. September 1581, er ist gerade in Florenz, informiert ihn ein Brief, dass er ins Rathaus von Bordeaux gewählt wurde. Nach seiner Wiederwahl zwei Jahre später, muss Montaigne eine von Frankreichs Krone abhängige Region führen, die allerdings gleichermaßen ein lebhaftes Zentrum der Katholischen Liga und Objekt der Begierde seines Freundes, des Königs von Navarra, ist. Er ist ein geschickter Diplomat, und es gelingt ihm, die erhitzten Gemüter zu beruhigen. Als sein Mandat zu Ende geht, wird die Stadt von der Pest heimgesucht und zwingt ihn, die Flucht zu ergreifen. Im Dezember 1585 ist er zurück auf seinen Ländereien und beschäftigt sich mit der Durchsicht der ersten beiden Bücher seiner »Essais«, denen er nun noch ein drittes hinzufügt. Doch bleibt er als hingebungsvoller Diener des Gemeinwesens nach wie vor in die Geschicke seiner Zeit verwickelt. 1588, als er anlässlich einer Neuauflage seiner »Essais« nach Paris reist, wird er auf Befehl von Henri de Guise durch Anhänger der Katholischen Liga, sogenannte »Ligueurs«, in der Bastille gefangen gesetzt, doch schon einige Stunden später dank der Intervention der Königinmutter, Katharina von Medici, befreit.

Blüten des Alters

In seinen letzten Lebensjahren lernt Montaigne Marie de Gournay kennen. Im Zusammensein mit seiner »geistigen Adoptivtochter«, für die er »mehr als väterliche Liebe« empfindet, wird er sein Alter »anwärmen« – 1595 setzt Marie de Montaigne sich für eine posthume Neuauflage der »Essais« ein. Im Alter hält Montaigne nichts mehr von seiner wichtigsten Aufgabe ab: Er überarbeitet, streicht oder ergänzt unermüdlich den Text seiner Manuskripte, die Hinzufügungen, die sogenannten »allongeails«, machen fast ein Viertel des Werkes aus. Die »Essais« sind somit ein work in progress und machen es sich zur Aufgabe, die verlorene Zeit zu rekonstruieren. Montaigne ist gerade dabei, einer neuen Fassung den letzten Schliff zu geben, als ihn während einer in seinem Schlafzimmer gelesenen Messe infolge eines Halsödems am 13. September 1592 der Tod ereilt.

Es ist die wechselseitige Durchdringung von Montaignes Leben und Werk, die den »Essais« einen besonderen Sinn verleiht: Für den Autor sind sämtliche Ereignisse und Umschwünge seiner Existenz zugleich essenziell und doch unbedeutend, weil sie nur Momentaufnahmen in einer endlosen, erst durch den Tod abgeschlossenen Aufgabe sind, gewissermaßen Kapitel eines stets »zukünftigen« Buches, in dem das Geschehene unaufhörlich neu betrachtet wird: allerdings nicht etwa, um es ungeschehen zu machen oder auszulöschen, sondern um es zu ergründen, es »nachzuempfinden«. So sind die »Essais« nicht nur ein »Buch, das mit seinem Autor wesensgleich ist«, sondern auch wesensgleich mit dem Leben, das diesem Buch seinen Stempel aufdrückt.

Montaignes Grundbegriffe
Von Paul Mathias

Montaignes Selbstbeobachtungen sind weit entfernt vom geschwätzigen Narzissmus heutiger Bekenntnisliteratur. Auch handelt es sich nicht um therapeutische Erkundungen des Unbewussten. Montaignes Ich spricht für alle, weil es durch die Untersuchung ureigenster Zweifel und Freuden dem Kern der menschlichen Existenz nachspürt.

Sitten und Gesetze

Sie »beherrschen« uns. Denn nicht nur die Menschen und die Nationen unterscheiden sich, sondern: »In nichts ist die Welt so mannigfaltig wie in den Sitten und Gesetzen.« (II, 12) Was bedeutet, dass die wahren Gründe unserer Gebräuche alles andere als einen rein vernünftigen Ursprung haben. Zwar verleihen Sitten »unserem Leben Gestalt«, doch kennt »jedes Volk (...) viele Sitten und Gebräuche, die irgendeinem anderen, weil damit unvertraut, höchst seltsam, ja barbarisch vorkommen« (III, 13). Die fast erdrückende Macht der Gebräuche hat uns also zu dem gemacht, was wir sind – und gleichzeitig können wir nicht verstehen, aus welchem Holz wir eigentlich geschnitzt sind! Das gilt für sogenannt zivilisierte Völker ebenso wie für Stämme von »Menschenfressern«. Denn das Problem der Sitten betrifft unser innerstes Wesen, das wir nie richtig einordnen können, im Angesicht eines fundamentalen Andersseins, von dem wir kaum mehr als unscharfe Reflexe erhaschen. So muss jeder Einzelne versuchen, sich zu bestimmen oder neu zu schöpfen, seine kulturelle Identität anzunehmen oder zu bestätigen. Meinungen, Anschauungen, Lebens- und Denkweisen, dies alles bildet einen unauflöslichen Wirrwarr aus Missverständnissen und Freundschaften, aus kriegerischer Gewalt und »Ordnungen«, wie man früher die politischen Verfassungen nannte. Montaigne denkt zutiefst pluralistisch und interessiert sich daher nur wenig für die Ursprünge dieser Phänomene, sondern fasst Gebräuche eher als Prozesse auf, unter deren Gewalt wir verdammt sind, unser Leben zu finden.

Der Tod

Zu den bedeutendsten in den »Essais« thematisierten Themen gehört der Tod. Für Montaigne ist er weniger Problem als schlichte Tatsache. Und zwar eine unsere »conditio humana« bedingende Tatsache, weil wir durch sie an der universellen Vergehensbewegung aller Dinge teilhaben. Als schlichter, mechanischer Vorgang fügt sich der Tod ganz natürlich mitten ins Leben ein, nicht als dessen Gegensatz, sondern als ein steter »Übergang«. Dennoch stellt der Tod eine ethische Herausforderung dar, begründet durch die Angst, die wir vor ihm empfinden und von der wir uns niemals vollständig befreien können. Das Ziel: »Denselben Weg, den ihr ohne Furcht und Schrecken vom Tod zum Leben gegangen seid, geht ihn zurück nun vom Leben zum Tod!« (I, 20) Es zeichnet uns Menschen gegenüber dem Tier aus, dass wir »die Fähigkeit, ihn uns vorzustellen und zu vollziehen«, besitzen. Dieses Wissen prägt unseren gesamten Weltzugang. Daher die radikale Wichtigkeit einer »Vorbereitung auf den Tod«, dem man sich »nähern« und den man »zähmen« soll. Die Herausforderung liegt für Montaigne darin, sich auf das Unvorbereitbare vorbereiten zu müssen. Eine Übung des Sterbenlernens, die jeder Mensch für sich vollziehen muss.

Philosophie

»Ein Philosoph aus Zufall, ohne Vorbedacht«, so beschreibt sich Montaigne, für den die Philosophie keine Fleißarbeit ist, sondern das Glück, zu leben und zu denken. Gewiss, manchmal ist in den »Essais« von »Schulen« oder »Genres« der Philosophie die Rede.

Allerdings nicht in lobenden Worten. Von den maßlosen Gedankenflügen mancher »Schulen« sollte man nicht auf die Eitelkeit der »wahren und naiven Philosophie« schließen. Denn auf dem Grund dieser »süßen Medizin Philosophie«, wenigstens in dem Teil, »der dem Leben dient, können sie sich jenen Betrachtungen zuwenden, die ihnen dazu verhelfen, sich ein Urteil über unsre Neigungen und Charaktereigenschaften zu bilden, sich gegen die Untreue der Männer zu schützen, die Wildheit ihrer eignen Begierden zu zügeln, mit ihrer Freiheit sinnvoll umzugehen, die Freuden des Daseins zu verlängern sowie die Unzuverlässigkeit eines Verehrers, die Rohheit ihres Gatten, das Ärgernis des Alterns samt Runzeln mit menschlicher Würde zu ertragen« (III, 3). Hierin liegt der Grund, weshalb Montaigne die Philosophie nicht als »Studienfach« betrachtet, sondern als Lebensform und gelehrten Frohsinn. »Den Diogenes wiederum fragte man vorwurfsvoll, warum er, unwissend wie er sei, sich mit der Philosophie befasse. ›Weil ich als Unwissender‹, entgegnete er, ›dafür umso besser geeignet bin.‹« (I, 26)

Vernunft

Hinsichtlich des Vernunftbegriffs bei Montaigne sollten wir uns vor einer zu engen Auslegung hüten. In jedem Fall ist sein Vertrauen in diese Fähigkeit eher gering: »Dieser Verstand (und mit Verstand bezeichne ich immer jene scheinbare Urteilskraft, die sich jeder in sich zurechtmodelt), der aufgrund seiner Beschaffenheit für ein und dieselbe Sache hundert entgegengesetzte Gründe vorzubringen vermag, ist ein Werkzeug aus Weichblei oder Wachs, dehnbar, biegsam und jedem Maß und jeder Richtung anzupassen – man muss nur den richtigen Dreh zu finden wissen.« (II, 12) Anders gesagt, die Vernunft überschreitet die Grenzen von Geradem und Geschwungenem, von Strengem oder Verworrenem und bezeichnet unsere Anstrengung, nicht nur Dinge, sondern auch Handlungen, Benehmen und allgemein den Sinn all dessen, was ist, in Worte zu fassen. Indem sie der Meinung, Vermutung, dem Glauben wie auch der Wissenschaft nahesteht, wird die Vernunft zum Kampfplatz widersprüchlicher Diskurse, aber auch zum Ort der unendlichen Vielfalt des menschlichen Verstands. Denn: »Alles, was unser geistiges Vermögen hervorbringt, das Wahre wie das Falsche, ist ungewiss und anfechtbar.« (II, 12) Heilsam ist immer, zwei Seiten im Blick zu behalten: eine Vernunft, die »der Erfahrung den Boden entzieht«, wenn man sich von schädlichen Gebräuchen befreien muss; und einen Rückgriff auf die Erfahrung, wenn das Denken sich in fernen Abstraktionen verliert. Vernunft meint bei Montaigne also: infragestellen, aufdecken, reproduzieren, seine Überzeugung ändern, auf etwas zurückkommen, endlos sein Werk überarbeiten, interpretieren und so Sinn erschaffen.

Das Leiden

Es gibt so etwas wie einen »Stoizismus« Montaignes. Davon zeugen sein Mut und seine Ausdauer, mit denen er einem Nierensteinleiden und den unausweichlichen Nierenkoliken begegnete. »Man muss lernen zu erdulden, was sich nicht vermeiden lässt«, schrieb er und fügte hinzu, dass Gutes wie Schlechtes zum Wesen unseres Lebens gehören. Doch bleibt ein Gegenmittel: Wenn unsere, die Sinne erweiternde Vorstellungskraft uns mit Schmerzen lähmt, kann der Geist dagegen angehen, indem er uns die Notwendigkeit der Ordnung der Dinge, der wir uns unterwerfen müssen, vor Augen führt. Aber ach, wenn doch nur der Geist »ebenso zu überzeugen wie zu predigen« (III, 13) wüsste! Auch Medikamente bieten letztlich keine Linderung. Denn es gibt kein Mittel gegen »die Beschwerden des Alters«, niemand entgeht dem Schmerz. Eher weist da die Natur einen Ausweg: »Gibt es etwas Wohligeres als den nach den schärfsten Koliken eintretenden Umschwung, wenn man durch den Abgang des Steins aus äußerstem Schmerz blitzartig wieder ins Licht einer völlig beschwerdefreien Gesundheit versetzt wird?« (III, 13) Das beweist, dass Schmerz und Vergnügen nah beieinanderliegen. Ja sogar, dass es möglich ist, Schlechtes in etwas Gutes umzuformen. So schreibt Montaigne einmal in sein Reisetagebuch: »Ich schied meinen Stein nicht ohne Schmerzen und Blutabgang aus (...). Er hatte die Größe eines kleinen Apfels oder eines Tannenzapfens (...) und genau die Form des männlichen Glieds. Es war ein großes Glück für mich, dass ich ihn herausbrachte.«

Weiterführende Lektüre

Montaignes Werk war von Beginn an ein Verkaufserfolg. Die 1580 veröffentlichten »Essais« erlebten noch zu Lebzeiten des Autors mehrere Auflagen. Die hochgelobte Übersetzung von Hans Stilett aus dem Jahre 1998 ist als die »Erste moderne Gesamtübersetzung« in der von Hans Magnus Enzensberger herausgegebenen »Anderen Bibliothek« erschienen. In dieser sind auch die Notizen, mit welchen Montaigne sein Handexemplar ergänzt hat, berücksichtigt.

Zur Einführung in Montaignes Werk eignet sich Jean Starobinskis »Denken und Existenz« (Fischer, 2002). Anregend ist ebenfalls Sarah Bakewells »Wie soll ich leben? oder Das Leben Montaignes in einer Frage und zwanzig Antworten« (C. H. Beck, 2013).

MONTAIGNE

ESSAIS

Dass Philosophieren sterben lernen heiße

Cicero sagt, das Philosophieren sei nichts anders, als eine Vorbereitung zum Tode.[1] Dieses kommt daher, weil das Studieren und die tiefsinnigen Betrachtungen unsere Seele einigermaßen außer uns ziehen, und derselben, ohne dass der Körper daran Teil hat, etwas zu tun verschaffen; welches gleichsam eine Anweisung zu dem Tode ist, und eine gewisse Ähnlichkeit mit demselben hat: oder vielmehr daher, weil alle Weisheit und alles Reden der Welt endlich darauf hinauslaufen, uns zu lehren, dass wir den Tod nicht fürchten sollen. In der Tat, entweder weiß die Vernunft selbst nicht was sie will: oder, sie muss bloß auf unser Vergnügen sehen, und alle ihre Bemühungen müssen überhaupt auf nichts anders abzielen, als uns ein glückseliges Leben und Ruhe zu verschaffen, wie die H. Schrift sagt.[2] Die Meinungen der Menschen stimmen darinnen überein, dass die Belustigung unser Zweck sei; ob sie gleich unterschiedene Mittel dazu zu gelangen ergreifen: sonst würde man dieselben gleich anfangs verbannen. Denn, wer wollte einem Gehör geben, welcher unsern Verdruss und unsere Beschwerlichkeit zu seinem Endzwecke wählte? Die Streitigkeiten der Weltweisen kommen also in diesem Falle bloß auf Worte an. *Transcurramus, solertissimas nugas.*[3] Es zeigt sich hierbei mehr Eigensinn und Zanksucht, als einem so ehrwürdigen Stande geziemet. Allein, der Mensch mag eine Person vorstellen, welche er immer will, so spielt er doch allezeit die seinige mit unter.

Sie mögen sagen, was sie wollen: selbst bei der Tugend ist unsere Hauptabsicht die Wollust. Ich gebe ihnen mit Fleiße dieses Wort an zu hören, welches ihnen so verhasst ist. Und bedeutet dasselbe ein vorzüglich großes Vergnügen und ungemeines Er-

1 Tota Philosophorum vita commentatio mortis est. *Quaest. Tusc. L. I. 30. 31.*

2 *Eccles. Cap. III. v. 12.* Et cognovi quod non esset melius, quam laetari, et facere bene in vita sua.

3 Wir wollen diese spitzfindigen Possen geschwinde übergehen. *Seneca Ep. 117.*

götzen: so ist es eher vermittelst der Tugend, als vermittelst sonst etwas, zu erhalten. Diese Wollust ist desto mehr eine wahre Wollust, je lebhafter, stärker und männlicher sie ist: ja, wir sollten ihr den Namen des Vergnügens beilegen, welcher vorteilhafter, angenehmer und natürlicher ist, und sie nicht Munterkeit (*vigueur*) nennen, wie wir getan haben. Die andere niederträchtigere Wollust müsste, wenn sie anders diesen schönen Namen verdiente, denselben nur gemeinschaftlich, nicht aber vorzüglich führen. Ich finde sie nicht so von Unbequemlichkeiten und Widerwärtigkeiten befreiet, als es die Tugend ist. Ohne daran zu gedenken, dass ihr Genuss nur einen Augenblick dauert, flüchtig und vergänglich ist: so geht sie noch darzu nicht ununterbrochen fort, sie hat ihre Beschwerlichkeiten, und kostet blutsauern Schweiß; überdies aber wird sie von so vielerlei schmerzhaften Leidenschaften begleitet, und hat zur Seite einen so starken Ekel, dass derselbe so gut als die Reue ist. Wir tun sehr unrecht, wenn wir meinen, ihre Unbequemlichkeiten dienten ihrer Süßigkeit statt eines Stachels und Gewürzes, gleichwie in der Natur entgegengesetzte Dinge einander beleben; und hernach, wenn wir auf die Tugend zu reden kommen, sprechen, sie wäre mit dergleichen Folgen und Unbequemlichkeiten überhäuft, und würde dadurch rauh und unzugänglich gemacht: da dieselben doch hier, weit mehr, als bei der Wollust, das göttliche und vollkommene Vergnügen, welches sie uns verschaffet, edler und empfindlicher machen, und erheben. Gewiss! Derjenige ist nicht wert sie kennen zu lernen, welcher derselben Geschmack ihrem Nutzen entgegensetzt, und weder ihre Annehmlichkeiten noch ihren Gebrauch erkennet! Sagen uns diejenigen, welche uns vorstellen, dass sie beschwerlich und mühsam aufzutreiben, ihr Genuss aber angenehm sei, wohl etwas anders, als dass sie allezeit unangenehm? Denn, durch was für menschliche Mittel kann man jemals zu derselben Genusse gelangen? Die Allervollkommensten haben sich wohl begnügt darnach zu trachten, und sich demselben zu nähern, doch ohne denselben zu erhalten. Allein sie betrügen sich: weil bei allen uns bekannten Ergötzlichkeiten sogar das Bestreben nach denselben ergötzlich ist. Die Unternehmung ist von eben der Art, als die Sache, auf welche sie abzielet: denn sie ist ein wichtiger Teil der Wirkung, und gleichen Wesens. Die Glückseligkeit und Wonne, welche in der Tugend hervorleuchtet, erfüllet alle ihr Zubehör und ihre Zugänge; sogar den ersten Eingang, und die äußersten Grenzen.

Allein unter die vornehmsten Vorteile, welche uns die Tugend verschaffet, gehöret die Verachtung des Todes: ein Mittel, welches unserm Leben eine holde Ruhe verschafft, und uns desselben Genuss rein und angenehm macht, ohne welches alle andere Wollust verloschen ist. Dieses ist die Ursache, warum alle Sekten der Weltweisen in diesem Stücke übereinstimmen. Denn, ob sie uns gleich alle einmütig den Schmerz, die Armut, und andere Zufälle, welchen das menschliche Leben unterworfen ist, zu verachten Anleitung geben; so geschieht es doch nicht so sorgfältig: teils, weil diese Vorfälle nicht so unvermeidlich sind, da die meisten Menschen ihr Leben hinbringen, ohne etwas von der Armut zu wissen, und noch andere gar ohne Schmerz und Krankheit zu empfinden, wie *Xenophilus*, der Tonkünstler, welcher 106 Jahre bei vollkommener Gesundheit gelebet hat; teils, auch deswegen, weil der Tod, wenn es auf das Schlimmste geht, nach unserm Belieben allen Unbequemlichkeiten ein Ende machen, und abhelfen kann.[1] Allein der Tod selbst ist unvermeidlich.

Omnes eodem cogimur, omnium
Versatur urna, serius ocius
Sors exitura et nos in aeternum
Exilium impositura cymbae.[2]

1 Omnis humani incommodi expers (sagt *Valerius Maximus L. VIII. c. 13. in Externis §. 3.*) in summo perfectissimae doctrinae splendore exstinctus est.

2 Wir müssen alle an einen Ort. Für jeden ist ein Loos in dem Topfe, welches über lang oder kurz heraus kömmt, und uns zur ewigen Verbannung in Charons Nachen bringt. *Horat. L. II. Od. 3. v. 23.*

Und folglich haben wir, wenn wir uns vor demselben fürchten, beständig Ursache zu einer Marter, die auf keine Art gelindert werden kann. Es ist kein einziger Ort, von welchem sie nicht herkommen sollte. Wir können, wie in einer verdächtigen Gegend, den Kopf immerfort herumdrehen: *quae quasi saxum Tantalo semper impendet.*[1] Unsere Parlamente lassen öfters die Missetäter auf der Stelle, wo das Verbrechen begangen worden ist, hinrichten. Man führe sie unter Weges durch die schönsten Häuser: man tue ihnen so viel zu gute, als man will,

– Non Siculae dapes
Dulcem elaborabunt saporem;
Non avium cytharaeque cantus
Somnum reducent.[2]

Meint man wohl dass sie sich daran ergötzen werden? Dass ihnen der Endzweck ihrer Reise, welcher ihnen gemeiniglich vor Augen schwebet, nicht allen Geschmack an diesen Ergötzlichkeiten benommen und verdorben hat?

Audit iter, numeratque dies, spatioque viarum
Metitur vitam, torquetur peste futura.[3]

Das Ziel unseres Laufes ist der Tod. Auf diesen Gegenstand müssen wir unumgänglich unsere Absicht richten. Erschrecken wir vor demselben: wie ist es möglich, dass wir ohne Schauer einen Schritt fortsetzen können? Der Pöbel hilft sich dadurch, dass er nicht daran gedenket. Allein, durch was für viehische Dummheit

1 Welche uns, wie der Fels dem Tantal, beständig über dem Haupte schwebet. *Cic. de Finibus bonorum* et *malorum L. I. c. 18.*

2 Die besten Leckerbissen werden ihnen nicht schmecken, das Gesänge der Vögel und die Cyther werden den Schlaf nicht wieder bringen. *Horat. L. III. Od. I. v. 18. seq.*

3 Er hört von der Reise, zählt die Tage, misst sein Leben nach der Weite des Weges, und quält sich mit der bevorstehenden Marter. *Claudian* in *Ruff. L. II. v. 137. 138.*

verfällt er in einen so groben Fehler? Er muss den Esel bei dem Schwanze zäumen.

Qui capite ipse suo instituit vestigia retro.

Es ist nicht zu verwundern, wenn derselbe so oft betrogen wird. Man macht die Menschen bloß mit dem Namen des Todes furchtsam, und die meisten kreuzigen und segnen sich davor, wie vor dem Teufel. Und weil desselben in den Testamenten Meldung geschieht: so darf man nicht denken, dass sie eher Hand daran legen werden, als bis ihnen der Arzt das Leben abspricht; und Gott weiß mit was für Überlegung sie bei Schmerz und Schrecken dasselbe schmieden. Die Römer, welchen dieses Wort allzu hart klang, und ein böses Anzeichen zu sein schien, haben dasselbe mildern und umschreiben gelernet. Anstatt zu sprechen, *er ist tot,* sagten sie, *er hat zu leben aufgehöret, er hat gelebet.* Sie sind zufrieden, wenn es nur Leben ist, gesetzt, dass es vorbei ist. Von denselben haben wir unser *feu Maistre Jehan* (weyland Herr Johann) entlehnet.[1] Zum Glücke gelten, wie es heißt, die Worte wie die Münze. Ich bin gegen 11 Uhr und Mittags den letzten Tag des Hornungs geboren, im Jahre 1533, wie wir jetzo rechnen, da wir von dem Wintermonate anfangen. Es sind gerade 15 Tage, dass ich das neun und dreißigste Jahr zurückgelegt habe; und wenigstens muss ich noch einmal so lang leben. Indessen würde es eine Torheit sein wenn man nicht auch an so weit entfernte Dinge denken wollte. Allein, was? Junge und Alte büßen das Leben auf einerlei Art ein. Keiner geht anders aus der Welt, als ob er den Augenblick erst in dieselbe getreten wäre; wozu noch kommt, dass kein so abgelebter Greis ist, der, wenn er es auch so hoch als Mathusalem gebracht hat, nicht noch zwanzig Jahre mitzulaufen gedächte. Überdies, armer Tropf, wer hat denn deinem Leben ein gewisses Ziel gesetzt? Du verlässest dich auf das Geschwätze der Ärzte. Betrachte vielmehr das, was wirk-

1 *Feu* von *fuit,* er ist gewesen.

lich geschieht, und was die Erfahrung lehret. Nach dem gemeinen Laufe der Natur lebst du aus einer außerordentlichen Gnade lange. Du hast das gewöhnliche Ziel des Lebens überschritten. Lass es sein. Rechne einmal, ob nicht unter deinen Bekannten ungleich mehr gestorben sind, ehe sie in deine Jahre gekommen, als nachdem sie dieselben erreicht. Ja, bring einmal sogar diejenigen, welche ihr Leben durch den erlangten Ruhm geadelt haben, in ein Verzeichnis. Ich will mich verwetten deren mehr zu finden, die vor, als die nach fünf und dreißig Jahren, gestorben sind. Es ist beides der Vernunft und Religion vollkommen gemäß, selbst an der Menschheit des Heilandes ein Beispiel zu nehmen. Allein dieser starb in seinem drei und dreißigsten Jahre. Der größte Mensch, der ein bloßer Mensch gewesen ist, Alexander, starb auch in diesem Alter. Auf wie vielerlei Art pflegt uns der Tod nicht zu überfallen?

Quid quisque vitet numquam homini satis
Cautum est in horas.[1]

Ich will die Fieber und das Seitenstechen übergehen. Wer hätte jemals gedacht, dass ein Herzog von Bretagne in dem Gedränge erdrücket werden sollte, wie es einem bei dem Einzuge des Papsts Clemens zu Lyon begegnete?[2] Hast du nicht einen unserer Könige in einem Lustkampfe das Leben einbüßen sehen?[3] Und starb nicht einer von seinen Vorfahren darüber, dass er von einem Schweine verwundet worden war?[4] Äschylus mag sich immer auf die Beine machen, wenn ihm ein Haus über dem Kopfe einstürzen will: er wird endlich doch von einer Schildkröten-

1 Der Mensch weiß nicht einmal auf eine Stunde gewiss, wovor er sich zu hüten hat. *Horat, L. II. Od. 13.*

2 Im Jahre 1305, unter der Regierung Philipps des Schönen.

3 Heinrich II. welcher in einem Turnier, von dem Grafen von Montgommery, einem Hauptmanne unter seiner Leibwache, tödlich verwundet ward.

4 Philipp, der älteste Sohn Ludwigs des Dicken, und welcher bei dessen Lebenszeiten gekrönt worden war.

schale, welche einem Adler in der Luft aus den Klauen fällt, erschlagen.[1] Ein anderer stirbt an einem Weinbeerkorne.[2] Ein Kaiser, weil er sich mit dem Haarkamme geritzet hat.[3] Ämilius Lepidus, weil er sich mit dem Fuße an seiner Türschwelle gestoßen hat.[4] Ausidius aber, weil er bei dem Eintritte in die Ratsversammlung gestolpert.[5] Der Prätor Cornelius Gallus, Tigillinus Hauptmann über die Leibwache zu Rom, und Ludewig des Guy von Gonzaga Sohn, Marquis von Mantua, sind in den Armen der Weibespersonen gestorben; und, welches noch ärger ist, Speusipp, ein Platonischer Philosoph, und einer von unsern Päpsten, ebenfalls.[6] Der arme Bebius, ein Richter, gab einer Partei acht Tage Aufschub, ward aber indessen selbst überfallen, und endigte sein Leben.[7] Indessen, dass Caius Julius ein Arzt, einem Kranken die Augen salbete, drückte ihm der Tod seine eigenen zu.[8] Mein Bruder, der Hauptmann S. Martin, wenn ich denselben hier mit erwähnen soll, ward in seinem drei und zwanzigsten Jahre, da er seine Herzhaftigkeit bereits genugsam bewiesen hatte, beim Ballspiele mit dem Balle etwas über dem rechten Ohre getroffen, doch, dem Ansehen nach, ohne Quetschung und Verwundung. Er setzte sich deswegen auch nicht nieder, und ruhte nicht; starb aber fünf oder sechs Stunden darauf an einem Schlagflusse, welchen ihm dieser Wurf zugezogen hatte. Da uns

1 *Val. Maximus L. IX. c. 12. in Externis § 2.*
2 Anakreon S. *Val. Maxim. in Externis c. 12. § 8.*
3 *Plin. Hist. Nat. L. VII, c. 53.* Q. Ämilius Lepidus iam egrediens incusso pollice limini cubiculi.
4 Id. *ibid.* Quum in senatum iret, offenso pede in Comitio.
5 Id. *ibid.* Cornelius Gallus Praetorius, et Haterius eques Romanus in Venere obiere.
6 Tertullian versichert dieses, aber ohne besonderen Grund. Audio, sagt er in seiner *Apologie, c. 46.* et quendam Speusippum e Platonis schola in adulterio periisse. Wegen Speusipps Tode kann man den Laerz zu Rate ziehen, welcher sagt, dass dieser Weltweise durch eine heftige Lähmung entkräftet, und von Gram und hohem Alter beschweret, sich endlich selbst das Leben zu nehmen entschlossen habe. Και τελος ὑπο αϑυμιας ἑκων τον βον μετηλλαξε,γεϱαιος ων.
7 *Plin. Hist. nat. L. VII, c. 53.* Bebius Judex, quum vadimonium differri iubet.
8 Id. *ibid.* Super omnes C. Julius Medicus, dum inungit, specillum per oculos trahens.

nun diese häufigen und ganz gemeinen Beispiele vor Augen schweben: wie ist es möglich, dass wir uns der Vorstellung des Todes entschlagen können, und dass wir nicht alle Augenblicke denken er habe uns bei der Krause? Was liegt daran, wird man mir antworten, es sei damit wie es wolle, wenn man sich nur keinen Kummer darüber macht? Ich bin selbst der Meinung. Wenn man nur mit ganzer Haut entwischen kann, durch was für Mittel es auch geschehen mag, und sollte es unter dem Kalbfelle sein so würde ich mich darüber nicht lange besinnen: denn ich bin zufrieden, wenn ich mich nur wohl dabei befinde, und mit einer guten Art davonkomme; sie mag übrigens noch so wenig rühmlich und erbaulich sein.

> *– – Praetulerim delirus inersque videri,*
> *Dum mea delectent mala me, vel denique fallant,*
> *Quam sapere et ringi.*[1]

Allein, es würde eine Torheit sein, wenn man es damit auszurichten dächte. Man geht, man kommt, man springt, man tanzt: niemand denkt an den Tod. Ganz gut. Allein stellt sich derselbe auch einmal ein, und überraschet entweder uns, oder unsere Weiber, Kinder, und Freunde, plötzlich und unvermutet: was für Wehklagen, was für ein Geschrei erhebt sich nicht; was für Unsinn, und was für Verzweiflung befällt uns nicht? Hat man jemals einen so niedergeschlagen, so verändert, so bestürzt gesehen? Man muss sich bei guter Zeit darauf gefasst machen. Die viehische Sorglosigkeit, wenn sie jemals bei einem verständigen Manne Statt haben könnte, (welches mir ganz und gar unmöglich scheint) kommt uns allzu teuer zu stehen. Ja, wenn es ein Feind wäre, dem man ausweichen könnte, so würde ich das Haasenpanier zu ergreifen raten. Allein dieses gehet gar nicht an. Er er-

1 Lieber will ich mich für einen wahnwitzigen und trägen Menschen halten lassen, wenn ich nur an meinen Schwachheiten Vergnügen finde, oder sie wenigstens nicht bemerke, als weise und zugleich voll Verdruss sein. *Horat. L. II. Ep. II, v. 126.*

wischt dich, du magst flüchtig werden, und dich feige finden lassen; oder dich als ein rechtschaffener Mann bezeigen.

Nempe et fugacem persequitur virum,
Nec parcit imbellis iuventae
Poplitibus, timidoque tergo.[1]

Kein Harnisch kann dich, wenn er auch noch so gut gehärtet wäre, schützen.

Ille licet ferro cautus se condat et aere,
Mors tamen inclusum protrahet inde caput.[2]

Lasst uns also denselben mit unverrücktem Fuße erwarten, und uns zur Gegenwehr setzen. Und damit wir ihm seinen besten Vorteil abgewinnen, so wollen wir einen ganz andern Weg erwählen, als man gemeiniglich geht. Wir wollen ihm das Fremde nehmen, wir wollen Bekanntschaft mit ihm unterhalten, wir wollen uns an ihn gewöhnen, wir wollen nichts so oft als den Tod in den Gedanken haben, wir wollen ihn unserer Einbildungskraft alle Augenblicke und unter allen möglichen Gestalten vorstellen. Wir wollen, wenn das Pferd stolpert, wenn ein Dachziegel herunter fällt, wenn wir uns nur im geringsten mit einer Nadel stechen, gleich die Betrachtung anstellen: *Wenn nun dies das Leben kostete?* und uns dabei aufs äußerste stemmen, und alle unsere Kräfte anstrengen. Wir wollen bei den Gastmahlen und Lustbarkeiten immerfort das Andenken unserer Sterblichkeit in dem Sinne behalten, und niemals dem Vergnügen so sehr nachhängen, dass es uns nicht zuweilen einfallen sollte, auf wie vielerlei Art unsere Lust dem Tode ausgesetzt ist, und von wie vielen Seiten uns derselbe drohet. So machten es die Ägypter,

1 Der Tod verfolgt auch einen Flüchtling, und schont nicht einmal den furchtsamen Rücken der wehrlosen Jugend. *Horat. L. III. Od. 2. v. 14. seqq.*

2 Es mag sich einer unter Eisen und Erz verbergen, so wird doch der Tod das wohl verwahrte Haupt heraus ziehen. *Propert. L. III. Eleg. 18. v. 25. 26.*

welche mitten unter ihren Schmausen und Wohlleben, den Gästen zur Warnung, einen einbalsamierten Menschenkörper hereinbringen ließen.[1]

Omnem crede diem tibi illuxisse supremum.
Grata superveniet, quae non sperabitur hora.[2]

Es ist ungewiss, wo der Tod unserer wartet: lasst uns also allerwegen seiner warten. Die Vorbereitung zum Tode ist die Vorbereitung zur Freiheit. Wer sterben gelernet hat, hat ein Sklave zu sein verlernet. Derjenige, welcher recht eingesehen hat, dass der Verlust des Lebens kein Unglück ist, weiß in seinem Leben von keinem Unglücke. Die Kunst zu sterben befreiet uns von aller Unterwürfigkeit, und allem Zwange. Paulus Ämilius gab dem Abgeschickten, durch welchen der elende König von Macedonien, sein Gefangener bitten ließ, dass er ihn nicht in dem Siegesgepränge mit herumführen möchte, zur Antwort: *Er darf nur bei sich selbst darum ansuchen.*[3] In Wahrheit, Kunst und Fleiß kommen bei keiner Sache gar weit, wenn die Natur nicht ein wenig hilft. Ich bin für mich nicht schwermütig, aber immer in Gedanken. Ich habe mich von Anfang an mit nichts so sehr, als mit den Vorstellungen des Todes, beschäftiget: ja, ich habe dieses in meinen wildesten Jahren getan.

Iucundum quum aetas florida ver ageret.[4]

1 *Herodot. L. I. p. 133.*
2 Betrachte jeden Tag, als ob es dein letzter wäre. Jede Stunde, die du unverhofft noch darüber lebst, wird dir desto angenehmer sein. *Horat. L. I, Epist. 4. v. 13. 14.*
3 *Plutarch* in des *Aemilius Leben*. Paullus Persae deprecanti, ne in triumpho duceretur: *In tua id quidem potestate est.* Cic. *Tusc. Quaest. L. V. c. 40.*
4 Als die blühende Jugend in dem angenehmen Frühlinge war. *Catull. Epigr. LXVI. v. 16.*

Mancher glaubte zuweilen, wenn ich mitten unter Frauenzimmer und bei der Lust war, ich marterte mich in Geheim mit einiger Eifersucht, oder einer ungewissen Hoffnung: da ich doch indessen, ich weiß nicht an wen, dachte, welcher die vergangenen Tage, gleich da er von so einem Schmause, den Kopf mit Müßiggange, Liebe, und Wohlleben erfüllt, ebenso, wie ich, weggegangen war, von einem hitzigen Fieber und seinem Ende überfallen worden war; wobei mir immerfort die Worte in dem Sinne lagen

Iam fuerit, nec post umquam revocare licebit.[1]

Ich runzelte über diesem Gedanken die Stirne so wenig, als über einem andern. Es ist nicht möglich, dass uns diese Vorstellungen anfangs nicht empfindlich sein sollten: allein durch öftere Wiederholung und Übung wird man sie endlich gewiss gewohnt. Sonst würde ich, meines Teils, beständig in Schrecken und Wahnwitze sein: denn niemals hat ein Mensch seinem Leben so wenig getrauet, niemals hat sich ein Mensch auf dessen Dauer so wenig Rechnung gemacht, als ich. Die sehr frische und selten unterbrochene Gesundheit, die ich bisher genossen habe, verlängert mir die Hoffnung dazu nicht; und die Krankheiten verkürzen dieselbe nicht. Es ist mir nicht anders, als ob ich mir selbst jeden Augenblick entwischte. Ich wiederhole daher ohne Unterlass bei mir selbst: »Alles, was einen andern Tag geschehen kann, kann heute geschehen.« In Wahrheit, die Zufälle und Gefährlichkeiten bringen uns unserm Ende wenig oder gar nicht näher. Wenn wir erwägen, wie viel Millionen andere Unfälle, außer demjenigen, welcher uns am meisten zu drohen scheint, noch über unserm Haupte schweben: so werden wir befinden, dass uns das Ende allezeit gleich nahe ist; wir mögen munter oder mit dem Fieber befallen sein, wir mögen uns auf dem Meere oder in unsern Häusern, in der Schlacht oder in

1 Wenn einer einmal weg ist, kann man ihn nicht wieder zurück rufen. *Lucret. L. III. v. 928.*

Ruhe befinden.[1] *Nemo altero fragilior est: nemo in crastinum sui certior.* Zur Vollbringung einer Sache, die ich noch vor meinem Tode tun muss, scheint mir jede Zeit zu kurz, und wenn sie nur eine Stunde kostete. Als neulich jemand in meiner Schreibetafel blätterte, und einen gewissen Aufsatz wegen einer Sache darinnen fand, die ich nach meinem Tode getan wissen wollte, sagte ich ihm, wie es auch die Warheit war, dass ich denselben geschwinde hier zu Papiere gebracht hätte, ob ich gleich nur eine Meile von Hause und frisch und gesund wäre, weil ich mich nicht versichert hielte, dass ich wieder heim kommen würde. Ich bin ebenso, wie derjenige, welcher mir beständig meine Gedanken eingibt, und dieselben in mich leget, alle Augenblicke bereit, so viel ich es ungefähr sein kann, und mich wird nichts aufs neue an den bevorstehenden Tode erinnern können. Wir müssen allezeit gestiefelt und reisefertig sein, so viel auf uns ankommt, und uns vornämlich hüten, dass wir alsdann mit niemandem, als mit uns selbst zu tun haben.

Quid brevi fortes iaculamur aevo multa?[2]

Wir werden alsdann ohnedem genug zu tun finden, ohne dass noch etwas dazu kommen darf. Einer beklagt sich mehr darüber, dass ihm ein schöner Sieg unterbrochen wird, als über den Tod: ein anderer darüber, dass er fort muss, ehe er seine Tochter verheiratet, oder die Erziehung seiner Kinder veranstaltet hat. Einer bedauert den Umgang mit seiner Ehegattin, der andere mit seinem Sohne, als seine größten Ergötzlichkeiten. Ich befinde mich, Gott Lob, gegenwärtig in einer solchen Verfassung, dass ich fortwandern kann, wenn es ihm beliebt, ohne etwas zu bedauren. Ich wickle mich allerwegen los. Ich werde von allen, außer mir selbst, in kurzer Zeit Abschied nehmen können. Niemals hat sich ein

1 Keiner ist hinfälliger, als der andere. Keiner ist seines Lebens auf den folgenden Tag besser versichert, als der andere. *Sen. Epist. 9.*

2 Warum setzen wir uns, bei unserer kurzen Lebenszeit, ein so weites Ziel? *Horat. Od. 16. L. II. v. 17. 18.*

Mensch so sehr gefasst gemacht die Welt völlig und rein zu verlassen, und sich derselben vollkommener entschlagen, als ich es zu tun hoffe. Ein frischer Tod ist der beste Tod.

Miser, o miser, (aiunt) omnia ademit
Una dies infesta mihi tot praemia vitae![1]

Und einer, welcher bauet, sagt:

Manent opera interrupta, minaeque
Murorum ingentes.[2]

Man muss entweder nichts anfangen, was so gar lange Zeit erfordert; oder wenigstens nicht so, dass man das Ende sehnlich zu sehen wünschet. Wir sind zur Arbeit geboren.

Quum moriar, medium soluar et inter opus.[3]

Meinetwegen mag man sich immer bemühen, und die Lebenspflichten so weit treiben, als man kann. Der Tod mag mich immer über dem Kohlpflanzen finden: wenn ich mich nur nicht über denselben, und noch viel weniger über meinen noch unvollkommenen Garten, gräme. Ich habe einen sterben gesehen, welcher, da es zum Ende mit ihm ging, unaufhörlich klagte, dass ihm das Schicksal an der Fortsetzung einer Geschichte unsers fünfzehnten oder sechzehnten Königes, die er unter den Händen hatte, hinderte.

1 Ich Elender! Ach! ich Elender! (sprechen sie) Ein einziger unglücklicher Tag hat mir alles geraubt, was mich vergnügte. *Lucret. L. III, v. 911. 912.*
2 *Virg. Aeneid. L. IV. v. 88. 89.*
Die Arbeit und der Bau der Mauern geht nicht fort.
3 Sterbe ich, so wünsche ich mir mitten unter der Arbeit aufgelöset zu werden. *Ovid. Amor. L. II. Eleg. 10. v. 36.*

Illud in his rebus non addunt, nec tibi earum
Iam desiderium rerum super insidet una.[1]

Man muss sich der pöbelhaften und schädlichen Grillen entschlagen. Unsere Gottesäcker sind zunächst an den Kirchen und an den volkreichsten Örtern der Stadt angeleget worden, damit das gemeine Volk, wie Lykurg sagte, die Weibespersonen, und Kinder, einen Toten ohne Entsetzen anzusehen gewohnt werden, und damit der beständige Anblick der Gebeine, der Gräber, und Leichengepränge, uns unsers Zustands erinnern soll.[2]

Quin etiam exhilare viris convivia caede
Mos olim, et miscere epulis spectacula dira,
Certantum ferro, saepe et super ipsa cadentum
Pocula, respersis non parco sanguine mensis.[3]

Desgleichen ließen die Ägypter, auch nach ihren Gastmahlen den Anwesenden ein großes Bild des Todes von einem vorzeigen, welcher ihnen zurief:[4] *Trink, und sei lustig. Denn, wenn du tot bist, wirst du ebenso sein.* Ebenso habe auch ich die Gewohnheit den Tod nicht allein beständig in den Gedanken, sondern auch in dem Munde, zu führen. Ich pflege auch nach nichts lieber, als nach der Leute ihrem Tode, zu fragen, was für Worte sie dabei geführet, was für Gebärden sie dabei gemacht haben. Ich bin auf keine Stellen in der Geschichte aufmerksamer. Man sieht es wohl an der Menge der angeführten Beispiele, dass ich an dieser Materie besonders Gefallen finde. Wenn ich Bücher schriebe, so

1 Sie vergessen dabei, dass dir nach dem Tode kein Verlangen nach diesen Dingen übrig bleiben wird. *Lucret. L. III: v. 913. 914.*

2 *Plutarch* in dem *Leben des Lykurgs.*

3 Ja, ehedem waren die Männer gar gewohnt, die Gastmahle durch Mord lustiger zu machen, und den greulichen Anblick kämpfender Fechter, die öfters sogar auf die Trinkgeschirre fielen, und den Tisch mit Blute bespritzten, mit ihren Schmausen zu vermischen. *Sil, Ital. L. II. v 51. seqq.*

4 Ες τουτον όϱεων, πινε τε και τεϱπνευ. Εσεαι γαϱ αποϑανων τοιοτος. *Herodot. L. II.*

würde ich ein mit Anmerkungen versehenes Verzeichnis verschiedener Todesfälle aufsetzen. Wer die Menschen sterben lehrete, würde sie leben lehren. Dicäarch verfertigte eines unter dieser Aufschrift: allein aus einer andern, und nicht so nützlichen Absicht.[1]

Vielleicht wird man mir einwenden, der Erfolg überstiege die Vermutung so sehr, dass der beste Fechterstreich vergeblich sei, wenn es so weit kommt. Allein man mag sagen, was man will. Die Vorbereitung ist ohne Zweifel sehr vorteilhaft. Und zu dem, ist es dann für nichts zu achten, wenn man ohne Schauer daran geht? Ja, was noch mehr ist: die Natur selbst bietet uns die Hand, und macht uns Mut. Ist es ein geschwinder und gewaltsamer Tod: so haben wir keine Zeit uns vor demselben zu fürchten. Ist er von anderer Art: so merke ich, dass ich das Leben ganz natürlich immer desto weniger zu achten anfange, je mehr die Krankheit zunimmt. Ich befinde, dass mir der Entschluss zu sterben weit schwerer zu verdauen fällt, wenn ich gesund bin, als wenn ich das Fieber habe. Da ich überdies nicht mehr so sehr an den Ergötzlichkeiten des Lebens hänge, weil ich des Genusses derselben und des Vergnügens daran beraubet zu werden anfange: so betrachte ich um so viel mehr den Tod mit weit gelassenern Augen. Dieses macht mir Hoffnung, dass ich mir den Tausch desto eher werde gefallen lassen, je mehr ich mich von jenem entferne, und diesem nähere. Gleichwie ich bei vielen andern Gelegenheiten befunden habe, dass uns, nach Cäsars Worten, *die Dinge öfters von weitem viel größer vorkommen, als bei nahem:*[2] ebenso habe ich beobachtet, dass ich mich bei gesunden Tagen weit mehr vor den Krankheiten gescheuet, als wenn ich dieselben wirklich empfunden habe. So lange ich munter, lustig, und bei Kräften bin, dünkt mich der andere Zustand von diesem so sehr unterschieden, dass ich aus einer falschen Einbildung diese Unbe-

1 *Cic. de Off. L. II. c. 5.*

2 Omnia enim plerumque quae absunt, vehementius hominum mentes perturbant. *De Bello Gall. L. VII. c. 84.*

quemlichkeiten um die Hälfte vergrößere, und mir dieselben weit schwerer vorstelle, als ich sie befinde, wenn ich sie auf dem Halse habe. Ich hoffe, es wird mir mit dem Tode ebenso gehen. Lasst uns aus der gewöhnlichen Veränderung und der Abnahme der Kräfte, welche wir empfinden, urteilen, wie uns die Natur den Anblick unsers Verlusts und unserer Verschlimmerung entzieht. Was bleibt einem Greise von der Munterkeit seiner Jugend, und seinem vergangenen Leben, übrig?

Heu senibus vitae portio quanta manet![1]

Cäsar gab einem von seiner abgedankten und zu fernern Diensten untüchtigen Leibwache, welcher ihn auf der Straße um Urlaub sich das Leben zu nehmen ersuchte, nachdem er dessen baufällige Gestalt betrachtet hatte, scherzend zur Antwort: *Du denkst doch also, du lebest noch?*[2] Ich glaube selbst nicht, dass wir vermögend wären einen solchen Wechsel zu ertragen, wenn er uns plötzlich befiele. Allein, da wir durch ihre Hand ganz gemach, und gleichsam unvermerkt nach und nach und stufenweise, hinab geleitet werden, versetzt sie uns endlich in diesen elenden Zustand, und lehrt uns uns dazu zu bequemen, sodass wir nicht die geringste Erschütterung empfinden, wenn die Jugend in uns stirbt. Gleichwohl ist dieses in Wahrheit und in der Tat ein weit härterer Tod, als der ganze Tod eines kränklichen Lebens, und als der Tod des Alters: und um so viel mehr, weil der Sprung von dem Elendsein, zu dem Nichtsein, nicht so arg ist, als der von einem angenehmen und blühenden Leben zu einem beschwerlichen und schmerzhaften. Ein gebeugter und gekrümmter Leib kann eine Last nicht so gut ertragen; und ebenso geht es unserer Seele. Man muss sie also wider den Anfall dieses Gegners aufrichten, und gerade stellen. Denn, gleichwie sie unmöglich

1 Ach! wie wenig Leben hat ein Greis noch übrig! *Eleg. I. Maximiniani v. 16.*
2 Caesar, quum eum unus ex custodiarum agmine, demissa usque in pectus vetere barba, rogaret mortem: Nunc enim, inquit, vivis? *Sen. Epist. 77.*

ruhig sein kann, so lange sie sich vor ihm fürchtet: so kann sie sich gegenteils, wenn sie denselben überwältiget, (welches gleichsam die menschlichen Kräfte übersteiget) rühmen, dass weder Unruhe, Angst, Furcht, noch der geringste Verdruss, in ihr Wohnung haben.

Non vultus instantis tyranni
Mente quatit solida, neque Auster
Dux inquieti turbidus Adriae,
Nec fulminantis magna Iovis manus.[1]

Sie ist ihrer Leidenschaften und Begierden, der Weichlichkeit, der Schande, der Armut, und aller andern Widerwärtigkeiten, Meisterin. Lasst uns, so viel wir können, diesen Vorteil gewinnen. Dieses ist die wahre und vollkommenste Freiheit, bei welcher wir der Gewalttätigkeit und Ungerechtigkeit Trotz bieten, Gefängnisse und Ketten verlachen können,

– – – in manis et
Compedibus, saevo te sub custode tenebo.
Ipse Deus, simul atque volam, me solvet opinor.
Hoc sentit, moriar. Mors ultima linea rerum est.[2]

Unser Glaube hat keinen festern menschlichen Grund gehabt, als die Verachtung des Lebens. Die Vernunft ermuntert uns nicht allein dazu: denn warum wollen wir uns vor dem Verluste einer Sache fürchten, welche, wenn sie einmal verloren ist, nicht bedauert werden kann? sondern, da wir auf so vielerlei Art mit dem

1 Der Anblick eines drohenden Tyrannen, der stürmische Südwind der auf dem Adriatischen Meere herrscht, selbst des donnernden Jupiters starke Hand, nichts macht ihn wankend. *Horat. Od. 3. L. III. v. 5. seqq.*

2 Ich will dich unter der Aufsicht eines unbarmherzigen Stockmeisters in Ketten und Banden legen lassen. Immerhin, Gott selbst wird mich, wie ich hoffe, frei machen, wenn ich will: das heißt, ich werde sterben. Der Tod macht allen ein Ende. *Horat. L I. Epist. 16. v. 76.*

Tode bedrohet werden, ist es nicht weit schlimmer sich vor allen zu fürchten, als eine einzige zu überstehen? Was liegt daran, wenn es geschieht, weil es doch nicht zu ändern ist? Sokrates gab demjenigen, welcher zu ihm sagte, die dreißig Tyrannen haben dich zum Tode verdammet, die Antwort: *Und die Natur sie.*[1] Was für eine Torheit ist es nicht, dass wir uns wegen des Übergangs zur Befreiung von allem Kummer bekümmern! Gleichwie in Ansehung unserer alle Dinge mit uns zugleich geboren worden sind: so wird auch alles mit uns sterben. Daher ist es eine ebenso große Torheit wenn wir weinen, dass wir in hundert Jahren nicht mehr leben werden, als wenn wir weinen wollten, dass wir vor hundert Jahren nicht gelebt haben. Der Tod ist der Anfang eines andern Lebens. Ebenso sehr weineten wir, und ebenso sehr schmerzte es uns, als wir in dieses traten: ebenso legten wir bei dem Eintritte unsere alte Hülle ab. Was nur einmal kommt, kann nicht beschwerlich sein. Haben wir wohl Ursache, uns vor einer Sache, die so kurze Zeit dauert, so lange zu fürchten? Der Tod macht ein langes Leben und ein kurzes Leben beide einander gleich: denn bei Dingen, die nicht mehr sind, hat weder kurz noch lang statt. Aristoteles sagt,[2] es gäbe auf dem Flusse Hypanis kleine Tierchen, welche nur einen Tag leben. Eines, das früh Morgens um acht Uhr stirbt, stirbt in der Jugend: das andere, welches Abends um fünf Uhr stirbt, stirbt in hohem Alter. Wer würde nicht lachen, wenn man diese augenblickliche Dauer als ein Glück oder Unglück betrachten wollte. Das länger und kür-

1 Sokrates ward nicht von den dreißig Tyrannen, sondern von den Atheniensern, zum Tode verdammt. Einer sagte zu ihm, die Athenienser haben dich zum Tode verdammt. Προς τον ειποντα, θανατον σου κατεγνωσαν Αθηναιοι, κακεινων, φησιν, η φυσις. *Einer sagte zu ihm, die Athenienser haben dich zum Tode verdammt. Und die Natur sie, gab er zur Antwort. Diog. Laërt. Lib. II. Segm. 35 – Cic. Tusc. Quaest. L. I. c. 44.*

2 Apud Hypanim fluvium, qui ab Europae parte in Pontum influit, Aristoteles ait bestiolas quasdam nasci, quae unum diem vivant. Ex his igitur, hora octava, quae mortua est, provecta aetate mortua est: quae vero occidente sole, decrepita. Confer nostram longissimam aetatem cum aeternitate, in eadem propemodum brevitate, qua illae bestiolae, reperiemur. *Cic. Tusc. Quaest. L. I. c. 39.*

zer in unserm Leben ist nicht weniger lächerlich in Vergleichung mit der Dauer der Berge, der Flüsse, der Sterne, der Bäume, und so gar einiger Tiere.

Ja die Natur nötiget uns selbst dazu. »Verlasst diese Welt wieder«, sagt sie, »so, wie ihr hinein gekommen seid. Wandert eben den Weg, welchen ihr ohne Unruhe und Furcht von dem Tode zum Leben gelanget seid, wieder zurück von dem Leben zum Tode. Euer Tod ist mit in der Ordnung der Natur begriffen, und ein Stück von dem Leben der Welt.

> – – *Inter se mortales mutua vivunt,*
> – – –
> *Et quasi cursores vitai lampada tradunt.*[1]

Soll ich euch zu Gefallen die schöne Verbindung der Dinge ändern? Mit dieser Bedingung seid ihr geschaffen. Der Tod ist ein Teil von euch: ihr flieht euch selbst. Das Sein, welches ihr genießet, ist unter den Tod und das Leben gleich geteilet. Der erste Tag euerer Geburt nähert euch sowohl dem Tode, als dem Leben.

> *Prima, quae vitam dedit, hora, carpsit.*[2]
> *Nascentes morimur, finisque ab origine pendet.*[3]

So viel ihr lebet, so viel entzieht ihr euch dem Leben: es geht auf dessen Rechnung. Eure beständige Bemühung in eurem Leben ist den Tod zu bauen. Ihr seid in dem Tode, indem ihr noch im Leben seid: denn, ihr seid über den Tod weg, wenn ihr nicht mehr im Leben seid. Oder, wenn es euch besser gefällt, ihr seid nach dem Leben gestorben, sterbet aber während des Lebens; und der

1 Die Sterblichen leben abwechselnd mit einander – – – – und überreichen einander, wie bei dem Wettlaufen, die Fackel des Lebens. *Lucret. Lib. II. v. 75. 78.*

2 Die erste Stunde, welche das Leben gegeben, hat es auch wieder genommen. *Sen. Herc. Fur. Act. III. Chor. v. 874.*

3 Wir sterben gleich bei der Geburt. Das Ende hängt mit dem Anfange zusammen. *Manil. L. IV. v. 16.*

Tod trifft den Sterbenden weit härter, und weit empfindlicher, als den Verstorbenen. Wenn ihr das Leben recht genossen habt, so seid ihr dessen satt. Geht also vergnügt aus demselben.

Cur non ut plenus vitae conviva recedis?[1]

Habt ihr euch dasselbe nicht zu Nutze zu machen gewusst: was schadet es euch, dass ihr es verloren habt? Weswegen wollt ihr es noch länger haben?

– Cur amplius addere queris
Rursum quod pereat male, et ingratum occidat omne?[2]

Das Leben ist, an sich betrachtet, weder etwas Gutes noch etwas Böses: es ist der Wohnplatz des Guten und Bösen, nachdem ihr damit umgehet. Ihr habt alles gesehen, wenn ihr einen Tag gelebt habt. Ein Tag ist wie alle andere Tage. Es ist kein anderes Licht, keine andere Nacht. Eben die Sonne, eben den Mond, eben die Sterne, eben die Einrichtung, haben eure Vorfahren auch gesehen; und eben diese werden auch eure spätetesten Nachkommen beschäftigen.

Non alium videre patres: aliumve nepotes
Aspicient.[3]

Wenn es aufs höchste kommt, reicht die Einteilung und Abwechslung aller Aufzüge in meinem Schauspiele auf ein Jahr zu. Meine vier Jahrszeiten, wenn ihr auf ihre Veränderungen Acht gegeben habt, begreifen die Kindheit, die Jugend, die männlichen

1 Warum verlässest du das Gastmahl des Lebens nicht so vergnügt, als einer, der sich vollkommen gesättiget hat? *Lucret. L. III. v. 951.*

2 Warum suchst du noch mehr, da es dir doch eben so wenig zu Nutze kommen, und mit deinem Verdrusse verloren gehen wird. *Lucret. L. III. v. 954. 955.*

3 Die Väter haben keinen andern gesehen, und die Enkel werden auch keinen andern erblicken. *Manil. L. I. v. 522. 523.*

Jahre, und das hohe Alter der Welt, in sich. Sie hat ihre Person gespielt. Nunmehr weiß sie weiter nichts, als wieder von vorn anzufangen; und es ist immer wieder einerlei.

– Versamur ibidem, atque insumus usque.[1]
Atque in se sua per vestigia volvitur annus.[2]

Ich bin gar nicht Willens euch einen neuen Zeitvertreib auszudenken.

Nam tibi praeterea quod machiner, inveniamque
Quod placet, nihil est: eadem sunt omnia semper.[3]

Macht andern Platz, gleichwie euch andere Platz gemacht haben. Die Gleichheit ist ein wesentliches Stück der Billigkeit. Wer kann sich darüber beschweren, dass er unter dem begriffen ist, worunter alle begriffen sind. Ihr möget noch so lange leben: deswegen werdet ihr die Zeit, da ihr tot sein müsst, doch nicht vermindern. Es ist alles vergebens. Ihr werdet in diesem Zustande, vor welchem ihr euch so fürchtet, ebenso lang sein als wenn ihr an der Mutter Brust gestorben wäret.

Licet quotvis vivendo condere saecla,
Mors aeterna tamen nihilominus illa manebit.[4]

Bei dem Allen will ich euch in einen solchen Stand setzen, dass ihr keinen Verdruss haben sollet.

1 Wir sind und bleiben noch immer darinnen. *Lucret. L. III. v. 1092.*
2 Das Jahr läuft in sich selbst zurücke. *Virg. Georg. L. II. v. 402.*
3 Ich weiß nichts mehr für dich anzufangen, und nichts neues zu deinem Vergnügen zu ersinnen. Es ist immer einerlei. *Lucret. L. IV. v. 857. 858.*
4 Und wenn du noch so viele Jahrhunderte zählest, deswegen wird der Tod hernach doch noch ewig bleiben. *Lucret. L. III. v. 1103. 1104.*

In vera nescis nullum fore morte alium te,
Qui possit vivus tibi te lugere peremtum,
Stansque iacentem.[1]

Und dass ihr euch das Leben, welches ihr so sehr bedauret, nicht wünschen sollt.

Nec sibi enim quisquam tunc se vitamque requirit
– – –
Nec desiderium nostri nos afficit ullum.[2]

Der Tod ist weniger als Nichts zu fürchten, wenn etwas weniger als Nichts sein kann.

Multo mortem minus ad nos esse putandum
Si minus esse potest quam quod nihil esse videmus.[3]

Er geht euch, ihr möget leben oder tot sein, nichts an: wenn ihr lebt, weil ihr seid; wenn ihr tot seid, weil ihr nicht mehr seid. Zudem stirbt keiner eher, als seine Stunde kommt. Die zurückstehende Zeit gehört euch ebenso wenig, und gehet euch ebenso wenig an, als die, welche vor eurer Geburt verflossen ist.

Respice enim, quam nil ad nos anteacta vetustas
Temporis aeterni fuerit.[4]

1 Weißt du nicht wohl genug, dass du nach dem Tode kein anderer sein wirst, der dein Absterben betrautet, der dich stehend beklaget, dass du liegest. *Id. ibid. v. 898. seqq.*

2 Keiner bekümmert sich alsdann weiter um sich, und um das Leben. – – – Wir sehnen uns nicht nach uns selbst. *Lucret. L. III. v. 932. 935.*

3 Man hat Ursache zu glauben, dass uns der Tod weit weniger rühren wird, wenn etwas weniger als ein Nichts sein kann. *Lucret. L. III. v. 839. 840.*

4 Bedenke nur, wie wenig uns die vorige Dauer der Ewigkeit angegangen ist. *Id. ibid. v. 985. 986.*

Wo sich nur euer Leben endiget, da ist es alle. Der Nutzen des Lebens kommt nicht auf desselben Dauer, sondern auf den Gebrauch an. Mancher, der kurze Zeit gelebt hat, hat lange gelebt. Macht euch dazu gefasst, so lange ihr noch am Leben seid. Es beruht auf euerm Willen, nicht auf der Anzahl der Jahre, die ihr gelebt habt. Habt ihr dann gemeinet, ihr würdet niemals dahin gelangen, worauf ihr beständig zugegangen seid. Es ist ja kein Weg, der nicht einmal ein Ende nehmen sollte. Und wenn euch die Gesellschaft trösten kann; geht nicht die ganze Welt eben die Straße, die ihr geht?

Omnia te vita perfuncta sequentur.[1]

Kommt nicht alles an den Reihen? Ist wohl eine Sache, die nicht ebenso gut als ihr altert? Tausend Menschen, tausend Tiere, und tausend andere Geschöpfe, sterben eben den Augenblick, da ihr sterbet.

Nam nox nulla diem, neque noctem aurora sequuta est,
Quae non audierit mistos vagitibus aegris
Ploratus, mortis comites et funeris atri.[2]

Warum weigert ihr euch lange, da ihr doch nicht zurück könnt? Ihr habt ja genug Leute gesehen, die sich beim Sterben wohl befunden haben, und dadurch großem Elende entgangen sind. Habt ihr gegenteils wohl einen einzigen gesehen, der sich übel dabei befunden hat? Also ist es eine große Einfalt, dass ihr eine Sache verwerfet, die ihr weder selbst versucht habt, noch durch andere habt versuchen lassen. Warum beklagst du dich über mich, und über das Schicksal? Tun wir dir Unrecht? Hast du uns etwas vorzuschreiben, oder wir dir? Wenn auch dein Alter noch

1 Alles wird dir endlich folgen, und auch sterben. *Lucret. L. III. v. 981.*

2 Nie ist eine Nacht auf den Tag, und eine Morgenröte auf die Nacht gefolget, die nicht ein mit ängstlichem Winseln vermischtes Geheule, die Gefährten des Todes und des finstern Grabes, gehöret hätte. *Lucret. L. II. v. 579. 580.*

nicht zur Reife ist, so ist doch dein Leben zur Reife. Ein kleiner Mensch ist ebenso wohl ein Mensch, als ein großer. Man misset weder die Menschen, noch ihr Leben, nach der Elle.

Chiron schlug die Unsterblichkeit aus, als er selbst von seinem Vater Saturn, dem Gott der Zeit und Dauer, die dabei vorkommenden Umstände erfahren hatte. Bedenkt nur recht, dass ein immerwährendes Leben dem Menschen weit unerträglicher und beschwerlicher sein würde, als dasjenige ist, welches ich ihm verliehen habe. Wenn ihr den Tod nicht hättet, so würdet ihr mich ohne Unterlass lästern, dass ich euch desselben beraubet. Ich habe mit Wissen ein wenig Bitterkeit mit untergemischet, um euch zu verhindern, dass ihr nicht so gar begierig und unbesonnen dazu schreiten sollet, wenn ihr die davon zu hoffenden Vorteile erkennt. Um euch zu dieser von mir verlangten Mäßigung anzuhalten, dass ihr das Leben nicht flieht, und euere Zuflucht zu dem Tode nehmet, habe ich beide mit etwas Süßem und etwas Herbem vermischet. Ich habe dem Thales, den ersten unter euren Weisen, gelehret, dass Leben und Sterben gleichgültig sei: daher er demjenigen, welcher ihn fragte, warum er also nicht stürbe, weislich antwortete: *Weil es gleichgültig ist.*[1] Wasser, Erde, Luft, und Feuer, und andere Teile meines Gebäudes, sind ebenso wohl Werkzeuge deines Todes, als deines Lebens. Warum fürchtest du dich vor deinem letzten Tage?[2] Er trägt nicht mehr, als jeder der übrigen, zu deinem Tode bei. Der letzte Schritt verursacht die Müdigkeit nicht: er offenbart sie nur. Alle Tage gehen nach dem Tode zu, der letzte gelangt dahin.« Dieses sind die guten Ratschläge unserer Mutter, der Natur.

Ich habe öfters nachgedacht, was doch wohl die Ursache sein möchte, dass uns in dem Kriege der Anblick des Todes, es sei nun an uns, oder an einem andern, bei weitem nicht so entsetzlich vorkommt, als in unsern Häusern; denn sonst würde das Heer

1 Ὀτι, εφη, ουδεν διαφερει. *Diog. Laert.* in *Vita Thaletis. L. I. Segm. 35.*

2 Erramus, qui ultimum timemus diem: quum tantundem in mortem singuli conferant. Non ille gradus lassitudinem facit, in quo deficimus, sed ille profitetur. Ad mortem dies extremus pervenit, accedit omnis. *Sen. Epist. 120.*

aus nichts, als Ärzten und feigen Memmen, bestehen: desgleichen, woher es kommt, dass man das Landvolk und die gemeinen Leute weit beherzter, als andere, findet; ungeacht der Tod allerwegen einerlei ist. Wahrhaftig, ich glaube, dass die entsetzlichen Umstände und Anstalten, welche wir dabei machen, uns mehr, als er selbst, in Furcht jagen. Eine ganz neue Lebensart, das Geschrei der Mütter, Weiber, und Kinder, die Besuche von erschrockenen und ganz außer sich gesetzten Personen, die Gegenwart einer Menge erblasster und jämmerlich weinender Bedienter, ein dunkeles Zimmer, brennende Wachslichter, die Ärzte und Prediger welche unser Bette umringen: kurz, alles was um uns ist, verursacht Grausen und Entsetzen. Wir sind schon so gut als begraben und verscharrt. Die Kinder fürchten sich sogar vor ihren Freunden, wenn sich dieselben verkleidet haben: so machen wir es auch.[1] Man muss sowohl den Sachen, als den Personen, die Larve abziehen. Ist das geschehen: so werden wir unter derselben nichts als eben den Tod verborgen finden, welchen ein Diener, eine schlechte Magd, vor kurzem unerschrocken überstanden haben. Glücklich ist der Tod, welcher zu dergleichen Weitläufigkeiten keine Zeit lässt![2]

1 Quod vides accidere pueris, hoc nobis quoque maiusculis pueris evenit. Illi, quos amant, quibus assueverunt, cum quibus ludunt, si personatos vident, expavescunt. Non hominibus tantum, sed et rebus persona demenda est. *Sen. Ep. 24.*

2 Mors est, quam nuper servus meus, quam ancilla, contemsit. *Id. ibid.*

Von der Freundschaft

Das Verfahren eines Malers, welchen ich habe, hat mir Lust gemacht, ihm nachzuahmen. Ein Gemälde, auf welches er allen möglichen Fleiß gewendet hat, setzt er an den besten und mittelsten Platz der Wand: und die leeren Stellen herum füllt er mit Grotesken aus, weil dergleichen Fratzenbilder ihre Annehmlichkeit bloß von der Mannigfaltigkeit und dem seltsamen Ansehen haben. Und was sind dieses hier in der Tat, anders als Grotesken, und ungeheuere, aus verschiedenen Stücken zusammen geflickte Körper, die keine gewisse Figur, keine Ordnung, keinen Zusammenhang, und nur ein zufälliges Ebenmaß haben?

Desinit in piscem mulier formosa superne.[1]

In diesem ersten Stücke tue ich es meinem Maler gleich: allein in dem andern und besten Teile bleibe ich zurück. Meine Geschicklichkeit erstreckt sich nicht so weit, dass ich mich an ein prächtiges, schönes und nach den Regeln der Kunst verfertigtes Gemälde Hand anzulegen unterstünde. Ich bin also darauf gefallen eines von Stephan de la Boetie zu entlehnen, welches dieser ganzen übrigen Arbeit zur Zierde dienen wird. Dieses ist eine Abhandlung, welche er *Die freiwillige Dienstbarkeit* genannt hat,[2] welche aber diejenigen, denen dieses unbewusst gewesen ist, hernach ganz geschickt *Das wider Einen* umgetaufet haben.[3] Er schrieb dieselbe als einen Versuch in seiner Jugend, zur Ehre der Freiheit wider die Tyrannen. Sie geht seit langer Zeit in den Hän-

1 *Horat. de Art. Poet. v. 4.*
Von oben zeigt ein Weib ihr schönes Angesicht,
Von unten wirds ein Fisch.

2 *La Servitude volontarie.*

3 *Le Contre-un.* Das heißt, wenn ich mich nicht irre, *wider die Regierung eines einzigen:* dem zu Folge was Montagne [*sic!* – siehe S. 229 dieser Ausgabe] zu Ende des gegenwärtigen Hauptstückes sagt, dass sich la Boetie, wenn er die Wahl gehabt hätte, lieber zu Venedig, als zu Sarlat, geboren zu sein gewünschet hätte.

den der verständigen Leute herum, nicht ohne großen und verdienten Ruhm: denn sie ist artig, und so vollständig als möglich ist. Gleichwohl getrauete ich mir zu sagen, dass dieses Werk nicht das beste ist, was er hätte machen können. Hätte er in den spätern Jahren, in welchen ich ihn gekannt habe, einen solchen Vorsatz wie ich gefasst, seine Gedanken zu Papiere zu bringen: so würden wir viele seltene Dinge sehen, die uns dem Altertume ziemlich nahe bringen würden. Denn, hauptsächlich was die natürlichen Gaben anbetrifft, weiß ich keinen der mit ihm zu vergleichen wäre. Allein, er hat nichts hinterlassen, als diese einzige Abhandlung, und auch die nur von ohngefähr: und ich glaube nicht, dass er sie seit der Zeit, da sie ihm entwischt ist, ein einziges Mal wieder gesehen hat. Er hat auch einige Nachrichten über das durch unsere bürgerlichen Kriege so berüchtigt gemachte Edict vom Jenner,[1] welche vielleicht anderwärts eine Stelle finden werden, hinterlassen. Dieses ist es alles was ich von seinen Überbleibseln habe wieder erlangen können, (ich, dem er aus besonderer Zuneigung, als ihm schon der Tod auf der Zunge saß, seinen Büchervorrat und seine Papiere vermacht hat) außer dem Bändchen seiner Werke,[2] welche ich ans Licht habe stellen lassen. Und diesem Stücke bin ich sonderbar verbunden, weil es mir statt eines Mittels zu unserer ersten Bekanntschaft gedienet hat. Denn dasselbe war mir schon lange Zeit vorher gewiesen worden, ehe ich ihn gesehen hatte. Dadurch wurde mir sein Name bekannt, und der Weg zu der Freundschaft gebahnet, welche wir, so lange es Gott gefallen hat, unter uns so unverletzt und so vollkommen erhalten haben, dass man gewiss von wenig dergleichen lieset, und zu unsern Zeiten nicht die geringste Spur davon zu sehen ist. Es müssen so vielerlei Umstände zusammen kommen, wenn man sie ausrichten will, dass es schon ein Wun-

1 Welches im Jahre 1562 ausgefertiget ward, unter Carls IX. Regierung, der damals noch minderjährig war.

2 Welches zu Paris 1571, bei Friedrich Morel herausgekommen ist, und von welchem ich anderswo umständlicher reden werde.

der ist, wenn es das Glück in drei Jahrhunderten einmal so weit bringet.

Zu nichts scheint uns die Natur mehr Anleitung gegeben zu haben, als zur Gesellschaft. Aristoteles sagt die guten Gesetzgeber hätten mehr für die Freundschaft,[1] als für die Gerechtigkeit, gesorget. Dieses aber ist die höchste Staffel ihrer Vollkommenheit. Denn überhaupt sind alle diejenigen, welche von der Wollust, dem Eigennutze, den öffentlichen oder Privatangelegenheiten veranlasset und unterhalten werden, nur desto weniger schön und großmütig, und desto weniger Freundschaften, da sie eine andere Ursache, einen andern Zweck, und einen andern Vorteil in die Freundschaft mischen, als sie selbst.

Auch die vier alten Arten, die natürliche, gesellschaftliche, gastfreie, und verliebte, schicken sich weder jede besonders, noch zusammen genommen, dazu. Von Seiten der Kinder gegen ihre Eltern ist es viel mehr Ehrerbietung. Die Freundschaft wird durch die Gemeinschaft genähret, welche wegen der großen Ungleichheit unter ihnen keine Statt findet, und vielleicht die natürlichen Pflichten verletzen würde. Allein, die Väter können ihren Kindern nicht alle ihre geheime Gedanken entdecken, um dadurch keine unanständige Vertraulichkeit zu veranlassen: und die Kinder können ihren Vätern keine Warnungen und Verweise geben, welches doch eine von den vornehmsten Pflichten der Freundschaft ist. Es hat Völker gegeben, unter welchen die Kinder ihre Väter umzubringen gewohnt gewesen sind; und wieder andere, wo die Väter ihre Kinder ermordet haben, um einige von ihnen zu besorgende Beschwerlichkeit zu vermeiden: und natürlicher Weise ist einem an des andern Untergange gelegen. Es haben sich Weltweisen gefunden, welche dieses natürliche Band nicht geachtet haben. Dergleichen war Aristipp,[2] der, wenn man

1 Και όι νομοθεται μαλλον περι αυτην (Φιλιαν), σπουδαξειν, η την δικαιοσυνην. *Ethic. Nicomach L. VIII. c. 1.* Ich habe diese Anführung von dem Herrn Barbeyrac.

2 *Diog. Laërt.* in *vita Aristippi L. II. Segm. 81.*

mit der Zuneigung in ihn drang, welche er seinen Kindern schuldig wäre, weil sie von ihm herstammten, ausspie, und dabei sagte, dieses stammte auch von ihm her, und wir heckten ja auch Läuse und Ungeziefer. Unter diese gehört auch der, welchen Plutarch bereden wollte sich mit seinem Bruder zu versöhnen, und welcher antwortete: *Ich mache mir deswegen nicht mehr aus ihm, weil wir durch ein Loch gekommen sind.*[1] In Wahrheit, der Brudername ist ein sehr schöner und liebreicher Name, und daher machten er und ich unser Bündnis.[2] Allein die Vermengung der Güter, die Teilungen, und der Umstand dass des einen Reichtum des andern Armut, ist, machen diese brüderliche Zuneigung um einen guten Teil frostiger. Da Brüder ihr Glück auf einem Wege und auf einerlei Art machen müssen, so müssen sie notwendig einander zu nahe treten und wider einander verstoßen. Warum sollte sich weiter die Übereinstimmung und die Ähnlichkeit, welche die wahren und vollkommenen Freundschaften erzeugen, sich bei diesen hier finden? Vater und Sohn, desgleichen auch Brüder, können von gänzlich verschiedener Gemütsart sein. Dies ist mein Sohn, dies ist mein Vetter; allein es ist ein wilder, schlimmer, und alberner Mensch. Weiter sind dieses Freundschaften, zu welchen uns das natürliche Gesetz und die natürliche Verbindlichkeit anhalten, und bei denen folglich desto weniger eigene Wahl und Freiheit stattfindet. Nichts hängt so sehr von unserm freien Willen ab, als die Zuneigung und Freundschaft. Es ist wahr, ich, meines Teils, habe von dieser Seite alle er-

1 *Plutarch. de fraterno amore.*
2 Dieses bedeutet so viel, dass sie einander zu des Montagne Zeiten den Brudernamen erteilt, welcher das Merkmal und Pfand der miteinander geschlossenen Freundschaft sein sollte. Aus einem ähnlichen Grunde nennte sich das Fräulein von Gournay des Montagne *fille d'alliance*; und nicht deswegen, als ob Montagne sich mit dieses Fräuleins Mutter verehlichet hätte, wie ich einmal in einer guten Gesellschaft habe behaupten hören. Man findet in dem Marot viele Beispiele von dieser Art Galanterie, und unter andern ein Sinngedicht mit der Aufschrift *De sa Mère par Alliance*. Er sagt in demselben, es könnte nicht vom Alter herkommen, dass er grau zu werden anfinge, weil seine Mutter in der besten Blüte ihrer Jahre wäre.

wünschte Vorteile genossen: weil ich den besten und gütigsten Vater, der jemals gewesen ist, bis in seine spätesten Jahre gehabt habe; und aus einem Hause bin, welches vom Vater zum Sohne berühmt ist, und besonders in Ansehung der brüderlichen Eintracht zum Muster dienen kann:

– – – Et ipse
Notus in fratres animi paterni.[1]

Die Zuneigung gegen das weibliche Geschlechte kann man ebenfalls unmöglich mit derselben vergleichen oder in dieses Verzeichnis bringen: ob sie gleich auf unserer Wahl beruhet. Ihr Feuer, ich gestehe es,

– neque enim est Dea nescia nostri
Quae dulcem curis miscet amaritiem.[2]

ist heftiger, brennender, und empfindlicher. Allein, es ist ein wildes, flatterichtes, wallendes, und abwechselndes Feuer, eine fieberhafte Hitze, die uns bald überfällt, bald aber sich wieder legt, und uns nur auf einer Seite einnimmt. Bei der Freundschaft hingegen ist eine durchgängige und allgemeine Inbrunst, die übrigens gemäßiget und allezeit gleich ist: eine beständige und stille Inbrunst, die holdseelig und artig, nicht aber rauh und stechend ist. Weiter ist bei der Liebe nichts, als ein rasendes Verlangen nach dem, was uns flieht.

1 Ich selbst hege, wie bekannt, eine väterliche Neigung gegen die Brüder. *Horat. L. II. Od. II. v. 6.*

2 Die Göttin kennt mich auch, die süße Bitterkeit unter den Kummer mischt. *Catull, Epigr. LXVI. v. 17. 18.*

Come segue la lepre il cacciatore
Al freddo, al caldo, alla montagna, al lito,
Ne più l'estima poi, che presa vede,
E sol dietro a chi fugge affretta il piede.[1]

Sobald sie sich in die Schranken der Freundschaft, das ist, in der Übereinstimmung des Willens hält, verschwindet sie und wird matt. Der Genuss ist ihr Verderben, weil ihre Absicht nur auf den Körper geht, und endlich zum Ekel wird. Hingegen die Freundschaft genießt man desto besser, je mehr man sie wünscht: sie entsteht, nährt sich, und wächset nur bei dem Genusse, weil sie nur auf den Geist sieht, und die Seele durch die Übung immer mehr und mehr geläutert wird. Unter dem Scheine dieser vollkommenen Freundschaft haben diese flatterhaften Regungen ehedem Raum bei mir gefunden: dass ich nichts von ihm sage, da er es in seinen Versen deutlich genug an den Tag leget. Also habe ich zwar beide Leidenschaften kennen lernen, aber niemals einander gleich geachtet. Die erste verfolgt mit hohem und kühnem Fluge ihren Weg, und sieht die andere mit Verachtung sehr weit unter ihr einher ziehen.

Die Ehe ist nicht allein ein Handel, zu welchem man zwar Anfangs frei schreiten kann, den man aber gezwungen und mit Gewalt halten muss, und der nicht bloß auf unsern Willen ankommt, ein Handel, der meistenteils aus andern Absichten geschlossen wird: sondern es müssen auch tausend andere Dinge mit dabei entwickelt werden, welche den Faden zu zerreißen, und den Fortgang einer lebhaften Zuneigung zu unterbrechen zureichend sind. Hingegen die Freundschaft hat auf nichts, als auf sich selbst, zu sehen; und mit nichts, als mit sich selbst, zu schaffen.

1 Gleichwie der Jäger einen Hasen in Kälte, in Hitze, über Berge und über Feld verfolgt, denselben aber nicht achtet, wenn er ihn gefangen hat, und ihm nur so lange nachsetzt als er flieht. *Ariosto. Cant. X. Stanz. 7.*

Hierzu kommt noch, dass, recht zu sagen, die Weibespersonen gemeiniglich zu dem Umgange und der Vertraulichkeit, welche diese heilige Verbindung unterhalten, nicht recht geschickt sind, und dass ihre Seelen nicht gesetzt genug zu sein scheinen, diese Verknüpfung feste und dauerhaft zu erhalten. Wenn dies nicht wäre, und man könnte eine solche ungezwungene und freiwillige Bekanntschaft aufrichten, bei welcher nicht allein die Seelen diesen völligen Genuss hätten, sondern bei der auch die Leiber an der Verbindung Teil hätten, in die sich also der ganze Mensch einließe: so ist es ganz gewiss, dass die Freundschaft noch vollkommener und vollständiger sein würde. Allein wir wissen kein einziges Beispiel, dass dieses Geschlecht so weit habe gelangen können, und es wird durch die Schulen der alten Weltweisen davon ausgeschlossen.

Die andern unter den Griechen gewöhnlichen Ausschweifungen aber werden von unsern Sitten mit allem Rechte verabscheuet. Gleichwohl schickten sich auch diese nicht genugsam zu der vollkommenen Vereinigung und Übereinstimmung, welche wir hier verlangen, weil nach ihrer Gewohnheit, notwendig eine Ungleichheit in den Jahren und ein Unterschied in den Pflichten unter den Verliebten sein musste. *Quis est enim iste amor amicitiae? Cur neque deformem adolescentem quisquam amat, neque formosum senem?*[1] Selbst die Abschilderung, welche die Akademie davon macht, erlaubt mir, wie ich glaube, von ihr zu sagen: dass sich diese erste Brunst, welche der Venus Sohn in dem Herzen des Liebhabers gegen die Blüte einer zarten Jugend erreget, der sie alle wilden und heftigen Ausschweifungen, welche nur eine unbändige Hitze erregen kann, verstatteten, bloß auf die äußerliche Schönheit gegründet habe. Ein falsches Bild der leiblichen Zeugung! Denn auf das Gemüt konnte sie sich noch nicht gründen, weil dessen Triebe noch verborgen waren,

1 Denn wie steht es dann mit dieser freundschaftlichen Liebe? Warum liebt keiner keinen garstigen Jüngling, und keinen schönen Greis? *Cic. Tusc. Quaest. L. IV. c. 33.*

und weil sich dasselbe nur erst zu zeigen anfing. Befiel diese Brunst ein niederträchtiges Herz: so bediente sich dasselbe seine Absicht zu erreichen des Reichtums, der Geschenke, des Versprechens einer Beförderung zu Ehrenämtern, und anderer dergleichen nichtswürdiger Ware, welche sie verwerfen. Befiel sie ein großmütiges Herz: so waren auch die Hilfsmittel edelmütiger, philosophische Lehren, Unterweisungen die Religion zu verehren, den Gesetzen zu gehorchen, für das Beste seines Landes zu sterben, Beispiele der Herzhaftigkeit, Klugheit, Gerechtigkeit. Der Liebhaber befleißigte sich, sich durch die Artigkeit und Schönheit seiner Seele beliebt zu machen, weil sein Körper bereits längst entkräftet war: und hoffete durch diese Übereinstimmung der Gemüter einen festern und dauerhaften Handel zu treffen. Wenn diese Bemühung gelang: so entstand zur gehörigen Zeit (Denn wenn sie gleich nicht von dem Liebhaber verlangten, dass er sich Zeit bei seinem Vorhaben nehmen, und Bescheidenheit brauchen sollte: so verlangten sie es doch sehr ernstlich bei dem Geliebten; und um so vielmehr, weil dieser von einer innerlichen Schönheit zu urteilen hatte, die schwer zu erkennen, und mühsam zu entdecken ist) in dem Geliebten eine Begierde nach einer geistigen Empfängnis, vermittelst einer geistigen Schönheit. Diese war die vornehmste. Die körperliche war etwas zufälliges, und stand der andern nach. Bei dem Liebhaber war es umgekehrt. Aus dieser Ursache ziehen sie den Geliebten vor, und behaupten, dass die Götter ebenfalls denselben vorziehen. Sie tadelten daher auch den Dichter Äschylus sehr, dass er bei dem Liebesverständnisse zwischen dem Achilles und Patroklus, dem Achilles, welcher noch in seinen jungen Jahren und noch nicht mannbar, aber der schönste Grieche war, als den Liebhaber vorgestellet. Nächst dieser durchgängigen Gemeinschaft, welche das vornehmste und vortrefflichste Teil davon ist, und hier herrscht, sagen sie auch, dass sowohl die Privatpersonen, als das gemeine Wesen, sehr wichtigen Vorteil davon hätten. Sie wäre die Stärke der Länder, welche dieselbe einführten, der beste Schutz der Billigkeit und Freiheit, wie aus der heilsamen Liebe des Hermodius und des Aristogiton erhelle. Aus dieser Ursache nennen sie dieselbe heilig und göttlich; und ihrer Rechnung nach ist ihr nur die Gewalttätigkeit der Tyrannen, und die Niederträchtigkeit der Völker, entgegen. Kurz, alles was man zum Vorteile der Akademie sagen kann, ist dieses, dass es eine Liebe gewesen die auf Freundschaft hinaus gelaufen ist: eine Sache, die sich ziemlich wohl mit der Stoischen Erklärung der Liebe vergleichen lässt: *Amorem conatum esse amicitiae faciendae ex pulchritudinis specie.*[1]

Ich komme wieder auf meine Beschreibung einer billigern[2] und gleichförmigern Art: *Omnino amicitiae, corroboratis iam confirmatisque ingeniis & aetatibus, iudicandae sunt.*[3] Übrigens verstehen wir gewöhnlich unter Freunden und Freundschaft nur solche Bekanntschaften und Vertraulichkeiten, welche eine gewisse Gelegenheit oder ein gewisser Vorteil geknüpfet haben, vermittelst welcher sich unsere Seelen miteinander vereinigen. Bei der Freundschaft, von welcher ich rede, vermischen und vermengen sie sich in allen Stücken so miteinander, dass man nicht gewahr wird wie sie miteinander verbunden sind. Will man mit aller Gewalt von mir wissen, warum ich ihn geliebt habe: so merke ich, dass ich dieses nicht anders ausdrücken kann, als durch diese Antwort: Weil er es war, weil ich es war. Es zeigte sich darinnen, ich weiß nicht was für ein unbegreiflicher und unüberwindlicher Zug, welcher diese Vereinigung vermittelte, der über meine Vernunft ist, und den ich nicht umständlich beschreiben kann. Wir suchten uns, ehe wir uns gesehen hatten, und weil wir von einander hatten reden hören; welches zu unserer Zuneigung mehr beitrug, als man hätte denken sollen; ich glaube, auf eine Verordnung des Himmels. Wir umarmten uns gleich das erste Mal, als wir einander nennen hörten. Und als wir uns antra-

1 Die Liebe sei ein Bestreben der schönen Gestalt wegen Freundschaft zu machen. *Cic, Tusc. Quaest. IV. c. 34.*

2 Als diejenige Art von Freundschaft ist, von welcher er bisher geredet hat.

3 Allerdings muss man die Freundschaft alsdann erst beurteilen, wenn das Gemüt und die Jahre bereits zu ihrer Reife gelangt sind. *Cic. de Amicit. c. 20.*

fen, welches bei einem großen Feste und bei einer Gesellschaft in der Stadt geschahe, wurden wir so eingenommen, so bekannt, so vertraut miteinander, dass von der Zeit einer dem andern beständig der Liebste war. Er schrieb ein vortreffliches lateinisches Strafgedichte, welches in dem Drucke erschienen ist,[1] in welchem er die Übereilung bei unserer Vertraulichkeit, die so geschwind zu ihrer Vollkommenheit gelangt war, entschuldiget und erzählet.[2] Da sie nur so kurze Zeit dauern konnte, und da wir so spät angefangen hatten, (denn wir waren beide schon in unserm männlichen Alter, und er war noch einige Jahre älter als ich) so hatte sie keine Zeit zu verlieren, und durfte sich nicht nach den weichlichen und gemeinen Freundschaften richten, die aus

1 In der Sammlung der hinterlassenen Werke des Stephan de la Boetie, welche von dem Montagne herausgegeben und bei Friedrich Morel 1571 zu Paris gedruckt sind.

2 Er tut dieses zu Anfange dieses Stücks, in etlichen zwanzig Zeilen, die man hier nicht ungerne sehen wird.

Prudentum bona pars vulgo male credula, nulli
Fidit amicitiae, nisi quam exploraverit aetas,
Et vario casus luctantem exercuit usu.
At nos iungit amor paullo magis annuus, & qui
Nil tamen ad summum reliqui sibi fecit amorem:
Forte inconsulto: sed nec fas dicere, nec sit
Quamvis morose sapiens, quum noverit ambos,
Et studia, & mores, qui nostri inquirat in annos
Foederis, & tanto gratus non plaudat amori.
Nec metus in celebres ne nostrum nomen amicos
Invideant inferre, sinant modo Fata, nepotes.
Insita ferre negat mala cerasus, nec adoptat
Pruna pyrus: – – –
Arboribus mox idem aliis haud segnis adhaesit
Surculus, occulto naturae foedere: iamque
Turgentes coëunt oculi, & communibus ambo
Educunt foetum studiis, viget advena ramus.
– – –
Haud dispar vis est animorum. Hos nulla revinctos
Tempora dissocient, hos nulla adiunxeris arte.
Te, Montane, mihi casus sociavit in omnes
Et natura potens, & amoris gratior illex
Virtus.

Vorsichtigkeit so lange und vorgängig mit einander bekannt sein müssen.

Diese hat keinen andern Begriff als von sich selbst, und bezieht sich auf weiter nichts. Nicht eine besondere Betrachtung, oder zwo, oder drei oder viere, oder tausend, sondern, ich weiß nicht was für eine Quintessenz von allem diesem Gemengsel, bemächtigte sich meines Willens, und nötigte mich denselben gänzlich dem seinigen zu überlassen und zu ergeben; welche sich auch seines ganzen Willens bemächtigte, und denselben nötigte sich gänzlich dem meinigen zu überlassen und zu ergeben. Ich sage mit Recht überlassen: denn wir behielten uns nichts eigenes, nichts was sein oder mein war, vor. Als Lälius in Gegenwart der römischen Bürgermeister, welche nach des Tiberius Gracchus Verurteilung alle seine ehemaligen Vertrauten verfolgeten, den Caius Blosius, (der dessen vornehmster Freund war) fragte, was er für denselben hätte tun wollen, gab derselbe zur Antwort:[1] *Alles mögliche.* Wie? Alles mögliche? versetzte Lälius. Wenn er dich nun unsere Tempel hätte anstecken heißen? *Er würde mir dieses niemals geheißen haben,* versetzte Blosius. Wenn er es aber nun getan hätte? fuhr Lälius fort. *Ich würde ihm gehorchet haben,* antwortete der andere. Wenn er ein so vollkommener Freund des Gracchus gewesen ist, wie die Geschichtschreiber melden, so hatte er nicht nötig die Bürgermeister durch dieses letzte und kühne Geständnis aufzubringen, und durfte nur darauf bestehen, dass er des Gracchus Willen gewiss wüsste. Indessen ist doch so viel an dem, dass diejenigen, welche seine Antwort als aufrührisch anklagen, dieses Geheimnis nicht recht verstehen, und nicht voraussetzen, wie es doch wirklich ist, dass er nicht allein um des Gracchus Willen gewusst, sondern auch denselben vollkommen hat lenken können. Sie waren bessere Freunde, als Bürger: bessere Freunde, als Freunde oder Feinde ihres Vaterlandes; als Freunde des Ehrgeizes, und der Unruhe.

1 *Plutarch* in dem *Leben des Tiberius und Gracchus,* desgleichen *Valer. Maxim. Lib. IV c. 7. de exemplis Romanis §. I.*

Da sie sich einander vollkommen vertrauet hatten, so hatte jeder die Zügel der Neigungen des andern in seiner Hand. Nun setze man, dass Tugend und Vernunft den Zügel führen: (wie ihn dann diese notwendig führen müssen) so ist des Blosius Antwort wie sie sein soll. Wenn ihre Handlungen diesem Leitfaden nicht gefolgt hätten: so wären sie, meines Ermessens, weder unter einander Freunde, noch Freunde gegen sich selbst gewesen. Übrigens klingt diese Antwort nicht härter, als die meinige klingen würde, wenn mir einer diese Frage vorlegte: Wenn dir dein Wille beföhle deine Tochter zu ermorden, wolltest du das tun und ich gäbe es zu. Denn dieses, dass ich in meinen Willen kein Misstrauen setze, beweiset nicht, dass ich dergleichen Gedanken habe. Und ebenso wenig Misstrauen setze ich in den Willen eines Freundes. Die ganze Welt würde mich nicht von der Versicherung abbringen können, die ich von den Absichten und Urteilen des meinigen hege. Man würde mir keine von seinen Handlungen vorstellen können, von was für einer Seite es auch geschehen möchte, deren Triebfeder ich nicht augenblicklich finden wollte. Unsere Seelen sind so einig gewesen, sie haben sich mit einer so inbrünstigen Neigung betrachtet, und einander hierdurch bis auf das Innerste des Herzens gesehen, dass ich nicht allein die seinige so gut als die meinige kenne; sondern dass ich auch mich ihm weit eher, als mir selbst, anvertrauet haben würde.

Man setze ja nicht die gemeinen Freundschaften in diesen Rang. Ich kenne dieselben so gut, als ein anderer; und noch dazu die allervollkommensten darunter. Allein, ich will niemanden raten ihre Regeln miteinander zu vermengen: man würde sich betrügen. Bei diesen andern Freundschaften muss man allezeit den Zaum in der Hand behalten, und klug und vorsichtig gehen. Das Band ist nicht so verknüpft, dass man sich vollkommen darauf verlassen könnte. *Liebe ihn,* sagte Chilon,[1] *als wenn du ihn einmal hassen würdest: hasse ihn, als wenn du ihn dereinst lieben würdest.* Diese Lehre welche in dieser ächten und vollkommen-

1 Bei dem *Aulus Gellius L. I. c. 3. Laerz* eignet diesen Lehrspruch dem Bias zu,

sten Freundschaft so abscheulich ist, ist sehr heilsam bei den gewöhnlichen und gemeinen Freundschaften. In Ansehung derer muss man sich der Worte bedienen, welche Aristoteles oft im Munde führte:[2] *Meine lieben Freunde, es gibt keine Freunde!*

Bei einem solchen edlen Umgange verdienen die Gefälligkeiten und Wohltaten, welche den andern Freundschaften Nahrung geben, nicht einmal in Betrachtung gezogen zu werden. Die vollkommene Vermischung unserer Neigungen ist daran Ursache. Denn gleichwie die Freundschaft, welche ich zu mir selbst trage, dadurch nicht wächset, dass ich mir bedürfenden Falls selbst helfe, die Stoiker mögen sagen was sie wollen; und gleichwie ich mir für einen mir selbst geleisteten Dienst nicht Dank weiß: ebenso veranlasst die wahrhaftig vollkommene Vereinigung solcher Freunde, dass sie an dergleichen Pflichten nicht mehr denken, und die Worte, *Wohltat, Verbindlichkeit, Erkenntlichkeit, Bitte, Danksagung,* und dergleichen mehr, welche eine Trennung und einen Unterschied bedeuten, hassen und verbannen. Sie können sich nichts leihen und nichts geben, weil sie wirklich alles miteinander gemein haben, Willen, Gedanken, Urteile, Güter, Weiber, Kinder, Ehre und Leben, und nach des Aristoteles sehr geschickten Erklärung eine Seele in zwei Körpern sind.[3] Dieses ist eben die Ursache, warum die Gesetzgeber, um den Ehestand mit einer erdichteten Ähnlichkeit mit dieser göttlichen Verbindung zu beehren, die Schenkungen zwischen Mann und Frau verbieten. Denn dadurch wollten sie zeigen, dass alles beiden

in *dem Leben dieses Weltweisen L. I. Segm. 87.* wie auch Aristoteles *Rhetor. L. II. c. 13.* getan hatte, wo man das andere Glied findet, *dass man eine Person so hassen müsse, als wenn man sie dereinst lieben würde,* welches nicht in dem Laerz steht. Wegen des ersten Gliedes, *dass man lieben müsse, als wenn man einmal hassen würde,* ira amare oportere, ut si aliquando esset osurus, sagt Cicero, er könnte sich nicht vorstellen, dass dergleichen Worte, wie man gemeiniglich dafür hielte, aus des Bias, eines der sieben Weisen, Munde gegangen sein sollte. *De Amicit. c. 16.*

2 Ω φιλοι, ουδειζ φιλος. *Diog. Laërt.* in *Vita Aristotelis L. V. Segm. 21.*

3 Ερωτηθεις τι εςι φιλο; εφη, Μια ψυχη δυοι σωμασι ενοικουσα. *Id, ibid. Segm. 20.*

gemein sein soll, und dass sie nichts zu teilen und abzusondern haben.

Wenn bei der Freundschaft, von welcher ich rede, einer dem andern etwas geben könnte: so würde derjenige, welcher die Wohltat empfinge, den andern verbinden. Denn, da sich beide mehr als alles andere, angelegen sein lassen sich untereinander Gutes zu tun: so bezeigt sich derjenige freigebig, welcher den andern Stoff und Gelegenheit dazu gibt und seinem Freunde das Vergnügen macht dasjenige zu bewerkstelligen, was er am meisten wünschet. Wenn der Weltweise Diogenes Geldmangel hatte, sagte er, *er forderte es von seinen Freunden nicht, sondern forderte es wieder.*[1] Damit ich aber zeige wie dieses wirklich zugehet, so will ich ein besonderes Beispiel davon erzählen.[2] Eudamidas, ein Korinther, hatte zweene Freunde, den Charixenus einen Sycionier, und den Aretheus einen Korinther. Als er nun in Armut starb, seine zween Freunde aber reich waren, machte er sein Testament so: »Dem Aretheus vermache ich meine Mutter zu ernähren, und sie in ihrem Alter zu erhalten: dem Charixenus meine Tochter zu verheiraten, und sie, so gut als ihm nur möglich ist, auszustatten. In dem Falle aber, dass einer von beiden mit Tode abgehen sollte, so setze ich den noch lebenden an dessen Stelle ein.« Diejenigen, welche dieses Testament zu sehen bekamen, spotteten darüber: allein seine Erben nahmen dasselbe auf die erhaltene Nachricht mit besondern Vergnügen an. Ja, als einer von ihnen, Charixenus, fünf Tage darnach gestorben, und seine Stelle zum Vorteile des Aretheus erlediget worden war, ernährte dieser die Mutter sorgfältig, und gab von den fünf Talenten, welche er im Vermögen hatte, zwei und ein halbes seiner einzigen Tochter mit, die andern zwei und ein halbes aber der

1 *Diog. Laërt.* in *Vita Diogenis Cynici* L. Val Segm. 46. χρηματων δεομενος, απαιτειν ελεγε τους φιλους, ουκ αιτειν.

2 Dieses Beispiel ist aus einem Gespräche des Lucians, Toxaris genannt, genommen, und vielleicht nur aus seinem Gehirne ersonnen. Montagne hat dieses vermuten, und sich dasselbe dennoch zu Nutze machen können, dem zu Folge wie er anderwerts sagt.

Tochter des Eudamidas, welchen er auch allen beiden an einem Tage Hochzeit ausrichtete.

Dieses Beispiel ist ganz vollkommen, nur eins ist dabei zu erinnern, die Vielheit der Freunde. Denn, die vollkommene Freundschaft, von welcher ich rede, ist unteilbar. Jeder ergibt sich seinem Freunde so völlig, dass er nichts anderwerts zu verteilen übrig hat. Vielmehr ist er unwillig, dass er nicht zwiefach, dreifach, oder vierfach ist; dass er nicht viele Seelen und viele Willen hat, um sie alle diesem Gegenstande zu ergeben.

Die gemeinen Freundschaften kann man teilen. Man kann an einer Person die Schönheit, an der andern ihr ungezwungenes Wesen, an noch einer andern die Freigebigkeit, die eine als Vater, die andere als Bruder, lieben, und so weiter. Allein, diejenige Freundschaft, welche die Seele einnimmt, und dieselbe unumschränkt beherrscht, kann unmöglich zwiefach sein. Gesetzt, dass zween zugleich Hülfe verlangten: wem wolltest du beistehen? Gesetzt, dass sie ganz entgegengesetzte Dienste von dir verlangten: was für eine Einrichtung wolltest du darinnen treffen? Gesetzt, dass dir einer eine Heimlichkeit anvertrauete, an deren Wissenschaft dem andern gelegen wäre: wie wolltest du dir heraus helfen?

Die einzige und vornehmste Freundschaft trennet alle andere Verbindungen. Das Geheimnis, welches ich keinem andern zu offenbaren geschworen habe, kann ich, ohne einen Meineid zu begehen, diesem entdecken, der kein anderer als ich ist. Es ist schon ein großes Wunder sich in zwei Teile zu teilen; und diejenigen, welche sich dreifach zu machen vornehmen, erkennen dessen Größe nicht. Was seines Gleichen hat, ist nicht das äußerste. Wer voraus setzet, dass ich von zween einen so wie den andern liebe, und dass sie sich untereinander lieben, und mich ebenso sehr lieben als ich sie liebe, der vervielfältiget die einfachste und einigste Sache, und die man sehr selten nur ein einziges Mal in der Welt antrifft. Der übrige Teil dieser Erzählung kommt mit demjenigen, was ich gesagt habe, vollkommen überein. Denn, Eudamidas braucht seine Freunde aus Gefälligkeit und aus Gunst zu seiner Bedürfnis. Er hinterlässt sie zu Erben seiner Freigebigkeit, welche darinnen besteht, dass er ihnen Mittel an die Hand gibt ihm Gutes zu tun. Und ohne Zweifel zeigt sich die Stärke der Liebe weit mehr in seiner Tat, als in des Aretheus Tat. Kurz, dieses sind Wirkungen, die sich einer nicht einbilden kann, wenn er sie nicht versucht hat; und welche mich die Antwort, die ein junger Soldat dem Cyrus gab, ungemein hoch zu halten veranlassen. Cyrus fragte denselben, wie hoch er sein Pferd hielte,[1] vermittelst dessen er den Preis in dem Wettrennen erhalten hatte, und ob er dasselbe gegen ein Königreich vertauschen wollte. *Nein, gewiss nicht, Herr,* gab derselbe zur Antwort. *Aber herzlich gerne wollte ich es darum geben, um einen Freund zu erlangen, wenn ich einen Menschen anträfe, der eine solche Verbindung wert wäre.* Er sagte nicht unrecht, *wenn ich anträfe.* Denn man findet leichtlich Leute, die zu einer seichten Bekanntschaft geschickt sind. Allein bei dieser hier, wo man alles aufs Spiel setzt, wo man sich nichts vorbehält, müssen alle Bewegungsgründe vollkommen rein und sicher sein.

Bei den Bündnissen, die nur auf einen Zweck abzielen, hat man nur auf die Mängel zu sehen, welche diesen Zweck besonders betreffen. Es kann mir nichts verschlagen, von was für Religion mein Arzt oder mein Sachwalter ist. Dieser Umstand geht die Freundschaftspflichten, welche sie mir schuldig sind, nichts an.

Bei dem häuslichen Umgange, welchen ich mit meinen Bedienten pflege, halte ich es ebenso. Ich bekümmere mich nicht darum, ob ein Lakai keusch ist, sondern ob er fleißig ist. Ich hüte mich nicht so sehr vor einem Mauleseltreiber, der ein Spieler ist, als vor einem dummen; und nicht so sehr vor einem Koche, der ein Flucher ist, als vor einem, der unwissend ist. (Ich will hier nicht sagen, was in der Welt geschehen soll; das tun wohl genug andere: sondern das, was ich tue.

1 *Xenoph. Cyropaed. L. VIII, c 3.*

Mihi sic usus est: Tibi, ut opus est facto, face[1]

Zu der Gesellschaft bei Tische wähle ich mir einen Lustigen, nicht aber einen Klugen: zu der im Bette die Schönheit, eher, als die Gütigkeit: zum Gespräche, die Geschicklichkeit, wenn auch keine Redlichkeit dabei ist: und so weiter. Einer, welcher mit seinen Kindern spielte und auf dem Stocke ritte,[2] bat denjenigen, welcher ihn überraschete, niemanden nichts davon zu sagen, bis er selbst Vater wäre: denn er glaubte, dass demselben die Leidenschaft, welche alsdann in seiner Seele entstehen würde, geschickt machen würde eine solche Handlung nach der Billigkeit zu beurteilen. Ebenso wollte auch ich wünschen, dass ich mit Leuten redete, die das, was ich sage, erfahren hätten. Allein, da ich gar wohl weiß wie sehr eine solche Freundschaft von dem gemeinen Gebrauche abgeht, und wie seltsam sie ist, so verspreche ich mir keinen guten Richter hierinnen zu finden. Selbst die Gedanken, welche uns das Altertum über diese Materie hinterlassen hat, scheinen mir gegen die Empfindung, die ich davon habe, matt zu sein. Ja, in diesem Stücke überschreiten die Wirkungen selbst die Lehren der Weltweisheit.

Nil ego contulerim iucundo sanus amico.[3]

Der alte Menander pries den glücklich, welcher nur einen *Schatten von einem Freunde* hätte antreffen können.[4] Gewiss, er hatte Ursache so zu reden, wenn er es auch versucht hatte. In Wahrheit, vergleiche ich den ganzen Überrest meines Lebens, ob ich dasselbe gleich durch Gottes Gnade ganz ruhig, gemächlich, und den Verlust eines solchen Freundes ausgenommen, von aller

1 So pflege ich es zu halten. Mache du es deines Teils, wie es die Umstände erfordern. *Terent. Heaut. Act. I. Sc. I. v. 21.*

2 Agesilaus. *S. Plutarch* in des *Agesilaus Leben.*

3 So lange ich bei Verstande bin, werde ich einem angenehmen Freunde nichts gleich schätzen. *Horat, L. I. Sat. V. v. 44.*

4 Plutarchus *de amicit. frat.*

schweren Trübsal frei, in voller Zufriedenheit hingebracht habe, weil ich mich mit den natürlichen und ursprünglichen Vorteilen begnügt habe, ohne nach andern zu trachten; vergleiche ich, sage ich das ganze, mit den vier Jahren, da ich so glücklich gewesen bin die angenehme Gesellschaft und den angenehmen Umgang dieses Mannes zu genießen: so ist es nichts als Rauch, nichts als eine düstere und verdrießliche Nacht. Seit dem Tage, da ich ihn verloren habe,

Quem semper acerbum,
Semper honoratum (sic Dii voluistis) habebo.[1]

vergehe ich, und zehre mich ab. Ja, selbst die Ergötzlichkeiten, welche sich mir darbieten, verdoppeln nur mein Leidwesen über seinen Verlust, anstatt mich zu trösten. Wir teilten alles miteinander. Mich dünkt ich nehme ihm seinen Teil weg,

Nec fas esse ulla me voluptate hic frui
Decrevi, tantisper dum ille abest meus particeps.[2]

Ich war bereits so geübt und so gewohnt allerwegen den andern Mann abzugeben, dass mir nicht anders ist, als ob ich nur noch halb wäre.

Illam meae si partem animae tulit
Maturior vis, quid moror altera,
Nec charus aeque, nec superstes
Integer? Ille dies utramque
Duxit ruinam.[3]

1 *Virg. Äneid. L. V. c. 49. 50.*

2 Ich habe überlegt dass es unbillig sein würde, wenn ich mir hier einige Lust machte, indessen dass mein Mitgenosse nicht zugegen ist. Terent. *Heautont. Act. I. Scen. I. v. 97. 98. Montagne hat des Terenz Worte etwas verändert, damit er sie zu seiner Absicht brauchen konnte.*

3 Hat ein allzu frühzeitiger Tod die eine Hälfte meiner Seele weggerissen, was zaudere ich andere? Ich liebe mich selbst nicht mehr so sehr, und ich bin nicht mehr ganz übrig. Der einzige Tag hat unser beider Verderben befördert. *Horat. L. II. Od. XVII. v. 5. seqq.*

Es ist keine Handlung oder Vorstellung, wobei ich dieses nicht zu sagen Anlass finden sollte, wie er auch ganz gewiss gegen mich getan haben würde. Denn, gleichwie er mich in Ansehung jeder andern Gaben und Tugenden unendlich weit übertraf: so übertraf er mich auch in der Freundschaftspflicht.

Quis desiderio sit pudor aut modus
Tam cari capitis?[1]

O misero frater ademte mihi!
Omnia tecum una perierunt gaudia nostra,
Quae tuus in vita dulcis alebat amor.
Tu mea, tu moriens fregisti commoda frater,
Tecum una tota est nostra sepulta anima.
Cuius ego interitu tota de mente fugavi,
Haec studia atque omnes delicias animi.
Alloquar? Audiero numquam tua verba loquentem?
Numquam ego te vita, frater amabilior,
Adspiciam posthac? at certe semper amabo.[2]

Allein wir wollen doch diesen jungen Menschen von sechzehn Jahren ein wenig reden hören.

»Weil ich befunden habe, dass dieses Werk, und zwar in böser Absicht, von denenjenigen an das Licht gestellet worden ist, welche unsere Polizei zu verunruhigen und zu verändern suchen, ohne sich darum zu bekümmern, ob sie dieselbe verbessern wer-

1 Wie sollte ich mich der Sehnsucht schämen, wie sollte ich sie mäßigen können, da ich einen so werten Freund verloren habe? *Horat. L. I. Od. XIV. v. 1. 2.*

2 O! werter Bruder! Wie unglücklich macht mich dein Verlust! Mit dir ist alle meine Freude dahin, die deine im Leben süße Liebe nährete. Ach! dein Absterben, mein Bruder, dein Absterben, hat mein ganzes Glück zerstört! Mit dir ist zugleich meine ganze Seele begraben. Über deinem Absterben habe ich mich der Musen und alles Vergnügens entschlagen. Soll ich dich nicht wieder sprechen? Soll ich kein Wort mehr von dir hören? Soll ich dich, allerliebster Bruder, nicht mehr sehen? Lieben werde ich dich wenigstens allezeit. *Catull. Eclog. LXVI. v. 20–26. – Eclog. LXIII. v. 9. 10. 11.*

den; und dass sie dasselbe unter andere Schriften von ihrer Art gemischt haben: so habe ich den Vorsatz fahren lassen dasselbe hier einzurücken. Damit aber das Gedächtnis des Verfassers von Seiten dererjenigen nicht darunter leidet, welche von seinen Meinungen und seinen Handlungen keine genaue Kundschaft haben erlangen können: so erinnere ich dieselben, dass er diese Materie in seiner Kindheit abgehandelt hat; bloß zur Übung, weil sie ganz gemein und an tausend Örtern in den Büchern durchgepeitschet worden ist. Ich zweifele ganz und gar nicht, dass er das, was er geschrieben hat, nicht sollte geglaubt haben: denn er war allzu gewissenhaft, als dass er, auch nur zum Spaße, hätte lügen sollen. Ich weiß auch überdies, dass er, wenn er anders die Wahl gehabt hätte, lieber zu Venedig als zu Sarlat geboren zu sein würde gewünscht haben: und das mit Rechte. Allein, er hegte noch einen andern Grundsatz, der vorzüglich in seiner Seele eingepräget war, dass er den Gesetzen, unter welchen er geboren war, sehr gewissenhaft gehorchte und unterwürfig war. Niemals ist ein besserer Bürger, ein besserer Freund der Ruhe seines Landes, noch ein größerer Feind der Empörungen und Neuerungen zu seiner Zeit gewesen. Eher würde er seine Geschicklichkeit dieselben zu dämpfen angewendet haben, als dass er dadurch Gelegenheit gegeben haben sollte sie noch mehr zu erregen. Sein Gemüt war nach andern Jahrhunderten, als diesem, geformet. Allein, statt dieses ernsthaften Werkes will ich ein anderes einrücken, welches er in eben den Jahren verfertiget hat, welches munterer und lustiger ist.«

Von den Kannibalen

Als der König Pyrrhus nach Italien ging, und die Ordnung des Kriegsheers sahe, welches ihm die Römer entgegen schickten, sagte er:[1] *Ich weiß nicht, was dies für Barbaren sind:* (denn die Griechen nennten alle fremde Völker Barbaren) *allein die Stellung dieses Kriegsheeres ist gar nicht barbarisch.* Eben das sagten die Griechen von des Flaminius Heere,[2] welches er in ihr Land führte; und Philippus, als er von einer Höhe die Ordnung und Einteilung des römischen Lagers in seinem Königreiche, unter dem Publius Sulpicius Gallus sahe.[3] So sehr muss man sich hüten den Meinungen des Pöbels beizufallen, und sie nach der Vernunft, nicht nach dem gemeinen Gerüchte, beurteilen.

Ich habe lange Zeit einen Menschen bei mir gehabt, der sich zehen bis zwölf Jahre in der Neuen Welt, welche in unserm Jahrhunderte entdeckt worden ist, eben in der Gegend aufgehalten hatte, wo Villegaignon anlandete,[4] und welche er das *südliche Frankreich* nannte. Diese Entdeckung eines unermeßlichen Landes scheinet von großer Wichtigkeit zu sein. Ich wollte nicht gut

1 *Plutarch* in dem *Leben des Pyrrhus.*

2 Wenn uns Montagne dieses auf des Plutarchs Wort (in dem *Leben des Flaminius*) hat versichern wollen, wie es scheint, so hat er denselben nicht recht verstanden. Plutarch redet daselbst nicht von dem Kriegsheere, sondern von der Person des Flaminius. Er sagt nicht, dass die Griechen über der schönen Ordnung der Völker, welche Flaminius in ihr Land geführt hatte, erstaunet wären; sondern dass diejenigen, welche diesen Consul noch niemals gesehen hatten, und ihn das erste Mal sprachen, fast eben das von ihm zu sagen gezwungen gewesen, was Pyrrhus von dem ersten römischen Kriegsheere, welches er in Schlachtordnung gestellet gesehen, gesagt hatte u.s.w. Übrigens schickt sich das, was Plutarch die Griechen von dem Flaminius sagen lässt, ebenso gut hierher, als das, was sie nach des Montagne Vorgeben von des Flaminius Heere gesagt haben sollen.

3 *Liu. L. XXXI. 2. 34.* Ac subiecta cernens Romana castra, admiratus esse dicitur, & universam speciem castrorum, & descriptis quaeque suis partibus, tum tendentium ordine, tum itinerum intervallis: negasse barbarorum ea castra ulli videri posse.

4 In Brasilien, wo er im Jahre 1557 anlandete.

dafür sein, dass nicht künftighin noch eine andere folgen könnte; so viele weit größere Leute, als wir, haben sich in Ansehung dieser betrogen. Ich besorge nur, unsere Augen dürften größer als der Magen, und unsere Neugierde größer als unsere Fähigkeit sein. Wir ergreifen alles, und behalten nichts als Wind in der Hand.

Plato lässt den Solon erzählen,[1] er hätte von den Priestern der Stadt Says in Ägypten gehöret, dass ehedem und vor der Sündflut eine große Insel, *Atlantis* genannt, gleich an der Mündung der Meerenge bei Gibraltar gewesen, welche einen größern Umfang als Afrika und Asien zusammen gehabt hätte. Dass ferner die Könige in dieser Gegend, welche nicht allein diese Insel im Besitze gehabt, sondern sich auch über das feste Land weit ausgebreitet hätten. Dass sich ihre Herrschaft in der Breite von Afrika bis Ägypten und in der Länge von Europa bis Toscanien erstrecket; und dass sie sich vorgenommen gehabt hätten, sogar Asien zu überziehen, und alle an das Mittelländische Meer angrenzende Völker bis an den Meerbusen des Schwarzen Meeres unter das Joch zu bringen getrachtet hätten. Dass sie in dieser Absicht durch Spanien, Gallien, und Italien, bis in Griechenland gedrungen wären, wo ihnen die Athenienser Widerstand getan hätten. Allein einige Zeit darauf wären die Athenienser sowohl, als sie, nebst ihrer Insel, von der Sündflut verschlungen worden.

Es ist sehr wahrscheinlich, dass diese gewaltige Wasserflut auf der Erde außerordentliche Veränderungen verursacht haben muss. So glaubt man, dass Sizilien von Italien,

1 In dem Gespräche *Timäus* p. 524–525.

(Haec loca vi quondam & vasta convulsa ruina
– – –
Dissiluisse ferunt, quum protinus utraque tellus,
Una foret).[1]

Zypern von Syrien, die Insel Negrepont von dem festen Lande Böotien, abgerissen worden sei: und dass gegenteils Länder, die vorher getrennet gewesen sind, vereiniget worden, weil die dazwischen liegenden Meerbusen von Schlamme und Sande verschlemmet worden

Sterilisque diu palus aptaque remis
Vicinas urbes alit, & grave sentit aratrum.[2]

Allein es hat wenig Wahrscheinlichkeit, dass eben diese Insel die neue Welt sei, welche wir jetzt entdeckt haben. Denn jene berührte gleichsam Spanien, und es würde eine unglaubliche Wirkung der Überschwemmung sein, wenn sie dieselbe weiter als 1200 Meilen davon entfernet hätte. Überdies haben die Schifffahrten der Neuern bereits schon entdecket, dass diese neue Welt keine Insel, sondern ein festes Land sei, welches mit Ostindien auf der einen Seite, und auf der andern mit den Ländern unter beiden Polen, zusammen stößet; oder wenigstens nur durch eine so kleine Meerenge oder einen so kleinen Zwischenraum von denselben abgesondert ist, dass sie deswegen keine Insel genannt zu werden verdienet. Es ist nicht anders, als ob in diesen großen Körpern, ebenso wie in den unsrigen, von Zeit zu Zeit einige fieberhafte Bewegungen wären. Wenn ich betrachte, wie viel mein

1 *Virg. Aeneid. L. III. v. 414. 416. 417.*
Daselbsten teilte sich vor dem das feste Land
– – –
Denn eine tolle Flut, so saget man, ist mitten
Durch das vereinte Land mit voller Macht gerennt.

2 *Horat. de Arte Poetica. v. 65. 66.*
Sodass wir, wo der Wind die Flaggen pflegt zu wehen,
Ein fruchtbar Ackerland und fette Wiesen sehen.

Fluss Dordoigne zu meiner Zeit gegen das Ufer rechter Hand, wo der Strom hingeht, weggerissen hat, und dass derselbe seit zwanzig Jahren so weit eingedrungen ist, und von vielen Gebäuden den Grund weggespület hat: so sehe ich wohl, dass dieses ein ganz außerordentliches Anspülen ist. Denn, wenn es allezeit so gegangen wäre, oder künftig hin gehen sollte, so würde die Welt gänzlich ihre Figur verlieren. Allein es gibt Abwechselungen. Bald breiten sich die Flüsse auf einer Seite aus, bald auf der andern, bald bleiben sie in ihren Ufern. Ich rede hier nicht von plötzlichen Überschwemmungen, deren Ursachen wir klärlich wissen. In Medoc, längst dem Meere hin, sieht mein Bruder, Herr von Arsac, eins von seinen Landgütern unter dem Sande begraben, welchen das Meer ausgeworfen hat. Der First von einigen Gebäuden ragt noch hervor. Seine Felder und Ländereien sind zu einer ziemlich magern Trift geworden. Die Einwohner sagen, das Meer dränge seit einiger Zeit so stark auf sie an, dass sie mehr als vier Meilen Land verloren hätten. Dieser Sand kommt voraus. Man sieht große Haufen Sand sich bewegen, welche eine halbe Meile vor dem Meere vorher gehen, und an das Land treiben.

Das andere Zeugnis aus dem Altertume, welches man auf diese Entdeckung deuten will, findet sich bei dem Aristoteles, wenn anders das kleine Büchelchen *von den unerhörten Wundern* seine Arbeit ist. Er erzählt darinnen, dass gewisse Karthaginenser, welche über das Atlantische Meer außer der Meerenge bei Gibraltar gesetzet wären, nachdem sie lange Zeit geschiffet, endlich eine große fruchtbare Insel angetroffen hätten, welche ganz mit Holze bedeckt wäre, durch welche große und tiefe Ströme flössen, und die von allem festen Lande weit entfernt wäre. Sie wären hierauf, sowohl als andere, nach der Zeit durch die Güte und Fruchtbarkeit des Landes angelocket mit ihren Weibern und Kindern dahin gegangen, und hätten sich daselbst niederzulassen angefangen. Die Herren von Karthago hätten gesehen, dass ihr Land nach und nach vom Volke entblößet würde, und hätten daher scharf bei Lebensstrafe verboten, dass keiner mehr dahin gehen sollte. Sie hätten auch die neuen Einwohner daraus verjagt, aus Furcht, wie es hieße, dieselben möchten sich mit der Zeit dergestalt vermehren, dass sie selbst von ihnen unterdrückt würden, und ihr Staat zerstöret würde. Diese Erzählung des Aristoteles schickt sich ebenso wenig auf unsere neue Länder.

Der Mensch, welchen ich bei mir hatte, war ein einfältiger und plumper Mensch, welche Art von Leuten am geschicktesten ist, ein wahres Zeugnis abzulegen. Denn, verschmitzte Leute geben zwar sorgfältiger Acht, und beobachten mehr Dinge; machen aber allerhand Glossen dabei und sehen sich daher genötiget, um ihren Erklärungen einen Schein zu geben, und dieselben glaublich zu machen, die Geschichte ein wenig zu verändern. Sie stellen einem die Sachen niemals unverfälscht vor, sondern drehen und verkleiden dieselben, wie sie ihnen vorgekommen sind, und setzen gemeiniglich, um ihr Urteil in Ansehen zu bringen, und um einem dasselbe einzuschwatzen, von dieser Seite der Materie etwas zu, und verlängern und erweitern dieselbe. Entweder muss man einen sehr aufrichtigen oder einen einfältigen Menschen vor sich haben, der keine Erdichtungen aushecken, oder denselben doch keine Wahrscheinlichkeit geben kann, und der keiner Partei zugetan ist. Von dieser Art war der meinige: und überdies hat er mir zu verschiedenen Zeiten etliche Bootsknechte und Kaufleute gezeigt, welche er auf dieser Reise hatte kennen lernen. Also begnüge ich mich meines Teils, mit dieser Nachricht, ohne mich um das zu bekümmern, was die Erdbeschreiber davon sagen.

Wir sollten Landbeschreiber haben, die uns die Örter, wo sie gewesen sind, umständlich beschrieben. Allein, weil sie den Vorteil vor uns voraus haben, dass sie Palästina gesehen haben, so wollen sie auch das Vorrecht haben, uns Neuigkeiten aus der ganzen übrigen Welt zu erzählen. Ich wollte wünschen, dass jeder das beschriebe, was er weiß, und so viel als er davon weiß, und nicht allein hierinnen, sondern bei allen andern Materien. Einer kann eine besondere Kenntnis oder Erfahrung von der Natur eines Flusses, oder einer Quelle haben, der übrigens weiter nichts weiß, als was jeder weiß. Indessen wird er sich doch, um dieses kleine Stück in Gang zu bringen, die ganze Naturlehre zu schreiben unterfangen. Von diesem Fehler entspringen viele andere Unbequemlichkeiten.

Ich befinde, damit ich wieder auf mein Vorhaben komme, bei dieser Nation, so viel man mir erzählet hat, nichts wildes oder barbarisches: ausgenommen, weil jeder dasjenige Barbarei nennt, was bei ihm nicht gebräuchlich ist. Denn, wir haben auch in Wahrheit keine andere Richtschnur der Wahrheit und Vernunft, als das Beispiel und die Vorstellung der Meinungen und Gebräuche, die in unserm Lande üblich sind. Da ist allezeit die vollkommenste Religion, die vollkommenste Polizei, die vollkommenste und unverbesserlichste Einrichtung in allen Stücken. Sie sind Wilde, ebenso wie wir die Früchte, welche die Natur für sich und nach ihrem ordentlichen Laufe hervorgebracht hat, *wilde* nennen: da wir doch vielmehr diejenigen, welche wir durch unsere Kunstgriffe verderbet, und von der gemeinen Ordnung abgebracht haben, *wilde* nennen sollten. Bei jenen haben die wahren, die nützlichern und natürlichen Tugenden und Eigenschaften, ihre Lebhaftigkeit und Munterkeit; welche wir bei diesen aus der Art gebracht, und nach unserm verderbten Geschmacke gezogen haben. Und gleichwohl übertreffen verschiedene Früchte aus diesem Lande, ohne Wartung, selbst nach unserm Geschmacke, die unsrigen an Schmackhaftigkeit und Annehmlichkeit.

Es würde unbillig sein, wenn die Kunst unsere große und mächtige Mutter, die Natur, überträfe. Wir haben der Schönheit und Pracht ihrer Werke durch unsere Erfindungen so zugesetzt, dass wir sie ganz erstickt haben. Gleichwohl macht sie allerwegen, wo ihre Reinigkeit hervorleuchtet, unsere nichtigen und unbesonnenen Unternehmungen zu Schande.

Et veniunt hederae sua sponte melius,
Surgit & in solis formosior arbutus antris.
– – –
Et volucres nulla dulcius arte canunt.[1]

Wir können mit allen unsern Bemühungen nicht das Nest des kleinesten Vögelchens, dessen Bau, Schönheit, und Nutzbarkeit nachmachen: ja, nicht einmal das Gewebe der verächtlichen Spinne. Alle Dinge, sagt Plato,[2] werden entweder durch die Natur, oder durch den Zufall, oder durch die Kunst, hervorgebracht. Die größten und schönsten, durch eines von den beiden erstern: die geringen und unvollkommenen, durch die letztere.

Diese Nationen scheinen mir also insofern Barbaren zu sein, weil sie nicht viel von der Art des menschlichen Witzes angenommen haben, sondern der ursprünglichen Einfalt noch sehr nahe sind. Sie folgen noch den natürlichen Gesetzen, und sind durch die unsrigen noch nicht sehr verderbet worden. Ja, sie tun dieses so vollkommen, dass ich mich manchmal ärgere, dass sie nicht eher, zur Zeit dererjenigen Menschen, welche besser als wir davon hätten urteilen können, bekannt geworden sind. Ich ärgere mich, dass Plato und Lykurg nichts von ihnen gewusst haben. Denn es dünkt mich, dass dasjenige, was wir bei diesen Völkern durch die Erfahrung finden, nicht allein alle Gemälde mit welchen die Poesie das goldene Weltalter ausgeschmücket hat, und alle ihre Erfindungen einen gewissen Stand der Menschen zu dichten, übertrifft; sondern sogar die Begriffe und Wünsche der Weltweisen. Sie haben sich keine so reine und vollkommene Einfalt vorstellen können, als wir sie in der Tat finden. Sie haben

1 Der Efeu kommt wild besser fort. Der Hagdorn wächset schöner in einsamen Höhlen – – Die Vögel singen angenehmer ohne Zutun der Kunst. *Propert. L. I. Eleg. II. v. 10. 11. 15.*

2 Δεγουσι που τινες ώς παντα εςτι τα πραγματα γιγνομενα, και γενομενα, και γενησομενα, τα μεν φυσει, τα δε τεχνη, τα δια τυχην. – – τα μεν μεγιστα αυτων και καλλιστα απεργαζεσαι φυσιν και τυχην, τα δε σμικροτερα, τεχνην. *De Legibus p. 665. H.*

nicht glauben können, dass sich unsere Gesellschaft mit so weniger Kunst, und fast ohne menschliches Zutun, erhalten könne.

Dies ist ein Volk, würde ich zu dem Plato sagen, unter welchem ganz und gar keine Handlung im Schwange geht, das von der Gelehrsamkeit keine Kenntnis hat, keine Rechenkunst versteht, von keinem Unterschiede der Stände oder politischen Vorzügen etwas weiß. Ein Volk, unter welchem weder Dienstbarkeit, noch Reichtum, noch Armut, keine Verträge, keine Erbfolgen, keine Teilungen, und keine andere Beschäftigungen als zum Zeitvertreibe, bekannt sind. Ein Volk, welches von keiner andern, als einer allgemeinen, Verwandtschaft, von keinen Kleidern, keinem Ackerbaue, keinem Metalle, keinem Weine und Getreide, weiß. Ein Volk, bei welchem sogar die Worte, welche Lügen, Verräterei, Verstellung, Geiz, Neid, Verleumdung, Verzeihung bedeuten, unbekannt sind. Wie weit würde er die Republik, die er selbst ersonnen hat, von dieser Vollkommenheit entfernt finden?

Hos natura modos primum dedit.[1]

Übrigens bewohnen sie eine sehr lustige und gemäßigte Gegend: sodass man, wie mir meine Zeugen erzählet haben, sehr selten einen Kranken darinnen sieht; und dass sie, wie sie versichert haben, keine alten Leute gesehen, welche gezittert hätten, triefäugich gewesen wären, die Zähne verloren hätten, oder gekrümmt gegangen wären. Sie wohnen längst der Küste des Meeres hin, und sind von der Landseite durch große und hohe Berge eingeschlossen, welche ungefähr hundert Meilen in der Breite voneinander entfernt sind. Sie haben großen Überfluss an Fischen und Fleischen, welche mit den unsrigen keine Ähnlichkeit haben, und welche sie braten, und ohne alle andere Zurichtung essen. Der erste, welcher ein Pferd in das Land brachte, erregte mit diesem Aufzuge so großen Abscheu, dass sie ihn, ungeacht er viel-

1 Diese Weise hat die Natur zuerst gelehrt. *Virgil, Georg. L. II, v. 20.*

mals unter ihnen gewesen war, mit Pfeilen tot schossen, ehe er ihnen noch einmal recht unter die Augen kam.

Ihre Gebäude sind sehr lang, und es haben zwei- bis dreihundert Personen darinnen Raum. Sie machen solche aus der Rinde großer Bäume, welche mit dem einem Ende auf dem Boden stehen, und mit den Gipfeln aneinander stoßen, nach Art einiger unserer Scheuern, deren Dächer an den Seiten bis auf die Erde herunter gehen. Sie haben so hartes Holz, dass sie damit schneiden, ihre Schwerter daraus machen, und Roste ihr Fleisch zu braten daraus verfertigen können.

Sie schlafen in baumwollenen Hängebetten, dergleichen man sich auf unsern Schiffen bedient. Jedes schläft allein: denn die Weiber schlafen nicht bei den Männern.

Sie stehen mit der Sonnen Aufgang auf, und essen geschwind, sobald sie aufgestanden sind, womit sie sich den ganzen Tag behelfen: denn sie halten weiter keine Mahlzeit. Dabei trinken sie nicht: wie Suidas von gewissen morgenländischen Völkern sagt, welche außer der Mahlzeit trunken. Sie trinken des Tages mehr als einmal, und desto mehr. Ihr Getränke bereiten sie aus einer gewissen Art von Wurzeln, und es kommt an Farbe unserm rötlichen Weine nahe. Dieses Getränke trinken sie nicht anders, als warm. Es hält sich nicht über zween bis drei Tage, und schmeckt etwas herbe. Es steigt nicht in den Kopf, und ist dem Magen dienlich: es schlägt bei denenjenigen durch, die dasselbe nicht gewohnt sind; und ist ein sehr angenehmer Trank für einen, der dergleichen Getränke liebt. Statt des Brotes bedienen sie sich einer gewissen weißen Materie, wie überzogener Coriander. Ich habe es gekostet, es schmeckt süße und ein wenig ekel.

Der ganze Tag wird mit Tanzen hingebracht. Die jüngsten gehen mit Bogen auf die Jagd. Die Weiber beschäftigen sich indessen, zum Teile ihnen ihr Getränke zu wärmen, welches ihre Hauptverrichtung ist. Einer von den Greisen predigt früh, ehe sie sich zum Essen setzen, insgemein der ganzen Hütte, indem er von einem Ende bis zum andern geht, und einerlei Satz vielmals wiederholet, bis er herum ist: denn es sind Gebäude die wohl hundert Schritte lang sind. Er preiset ihnen nicht mehr als zweierlei an, Tapferkeit wider die Feinde, und Freundschaft gegen ihre Weiber. Sie vergessen dabei niemals schließlich die Verbindlichkeit zu erwähnen, dass ihnen dieselben ihren Trunk warm erhalten und zubereiten. Man findet an vielen Orten, und unter andern auch bei mir, ihre Art von Betten, Stricken, Schwertern, und hölzernen Armbändern, mit denen sie in den Gefechten die Faustgelenke verwahren, und große Rohre, die an der einem Seite offen sind, durch deren Schall sie den Takt bei ihren Tänzen erhalten. Sie scheren sich die Haare an dem ganzen Leibe ab, und putzen sich den Bart besser als wir, ohne andere Schermesser, als von Holze oder Steine, zu haben.

Sie glauben die Seelen wären ewig. Diejenigen, welche sich um die Götter wohl verdient gemacht hätten, bewohnten in dem Himmel den Ort, wo die Sonne aufgeht: die Verdammten hingegen, die Abendseite.

Sie haben, ich weiß nicht was für Priester und Propheten, welche sich dem Volke sehr selten zeigen, und in den Gebirgen wohnen. Bei ihrer Ankunft halten viele Dorfschaften ein großes Fest, und eine feierliche Zusammenkunft. (Jede Familie, wie ich sie beschrieben habe, macht eine Dorfschaft aus, und sie liegen ungefähr eine Französische Meile auseinander.) Dieser Prophet redet öffentlich mit ihnen, und ermahnet sie zur Tugend und zu ihrer Pflicht: allein ihre ganze Sittenlehre besteht nur in den zweien Stücken, der Herzhaftigkeit im Kriege, und der Liebe zu ihren Weibern. Er verkündiget ihnen auch das Zukünftige, und den Erfolg, welchen sie sich von ihren Unternehmungen zu versprechen haben. Er treibet sie entweder zum Kriege an, oder rät ihnen davon ab. Allein, wenn er es nicht trifft; wenn ihnen etwas anders begegnet, als er ihnen verkündiget hat: so wird er in tausend Stücken gehauen, wenn sie ihn habhaft werden, und als ein falscher Prophete verdammt. Daher kommt es, dass man einen, der sich einmal geirret hat, nicht wieder zu sehen bekommt. Das Wahrsagen ist eine Gabe Gottes: daher ist es ein strafbarer Betrug, wenn einer dasselbe missbraucht.

Bei den Scythen legte man die Wahrsager, wenn sie es nicht recht getroffen hatten, mit Händen und Füßen in Banden, auf kleine mit Heidekraut angefüllte Wagen, welche von Ochsen gezogen wurden, worauf man sie verbrannte.[1] Diejenigen, welche mit solchen Dingen zu schaffen haben, die durch menschliche Kräfte ausgeführet werden können, verdienen Entschuldigung, wenn sie so viel tun als ihnen möglich ist. Allein sollte man nicht die andern, welche uns mit Versicherungen einer außerordentlichen Gabe, die über unsern Verstand ist, hintergehen, weil sie ihr Versprechen nicht erfüllen, und über ihren verwegenen Betruge, billig bestrafen?

Sie führen mit denenjenigen Völkern Krieg, welche jenseits ihrer Berge weiter in das feste Land hinein wohnen. Sie ziehen ganz nackend gegen dieselben zu Felde; und haben keine andere Waffen, als Bogen oder hölzerne Schwerter, die an dem einen Ende spitzig zugehen, wie unsere Fangeisen. Sie beweisen in ihren Gefechten eine bewundernswürdige Tapferkeit, als welche sich niemals anders, als mit Morde und Blutvergießen endigen. Denn von Fliehen und von Schrecken wissen sie nichts. Jeder bringt statt des Siegeszeichens den Kopf eines von ihm erlegten Feindes nach Hause, und befestiget denselben an seiner Haustüre.

Nachdem sie ihre Gefangenen lange Zeit gut gepfleget, und aufs Allerbeste gehalten haben, stellt derjenige, in dessen Gewalt dieselben sind, eine große Zusammenkunft seiner Bekannten an. Er legt hierauf dem Gefangenen einen Strick an den einen Arm an, an dessen Ende er ihn, einige Schritte entfernet, damit er nicht von ihm beschädiget werden kann, hält. Den andern Arm lässt er seinen besten Freund auf eben die Art halten; worauf sie ihn beide in Gegenwart der ganzen Versammlung, mit dem Schwerte nieder machen. Wenn dieses geschehen ist, braten sie ihn, essen ihn gemeinschaftlich miteinander, und schicken auch ihren abwesenden Freunden Stücke davon. Dieses geschieht nicht, wie

1 *Herodot. L. IV. p. 279.*

man denkt, um sich davon zu nähren, wie es ehedem die Scythen machten; sondern um die strengste Rache auszuüben. Dass sich dieses wirklich so verhält, sieht man daraus: Sie erfuhren, dass sich die Portugiesen, die sich mit ihren Feinden in ein Bündnis eingelassen hatten, einer andern Todesart gegen sie bedienten, wenn sie von ihnen gefangen wurden: welche darinnen bestand, dass sie von ihnen bis an den Gürtel eingegraben wurden, hernach eine Menge Pfeilschüsse bekamen, und endlich gehangen wurden. Sie dachten hierauf, diese Leute aus der andern Welt (als welche die Kenntnis vieler Laster unter ihren Nachbarn ausgestreuet und auf alle Art von Bosheit weit besser als sie ausgelernet hatten) müssten nicht ohne guten Grund diese Art der Rache erwählen, und dieselbe müsste ohne Zweifel härter als die ihrige sein, daher sie ihren ehemaligen Gebrauch zu verlassen, und diesen anzunehmen anfingen. Ich bin es gar wohl zufrieden, dass wir die barbarische Abscheulichkeit einer solchen Handlung tadeln. Allein das verdreußt mich, dass wir bei unsern eigenen Fehlern so blind sind, da wir die ihrigen so genau wahrnehmen. Ich dächte, es wäre barbarischer einen Menschen lebendig zu fressen, als ihn tot zu fressen: einen Körper, der noch die völlige Empfindung hat, durch die grausamsten Martern und Peinigungen zu zerfleischen, ihn langsam braten zu lassen, ihn von Hunden und von Schweinen zerreißen zu lassen; als ihn, wenn er tot, ist, zu braten und zu essen. Gleichwohl haben wir das erste nicht allein gelesen, sondern noch vor kurzem gesehen: nicht unter alten Feinden, sondern unter Nachbarn und Mitbürgern; und, was das schlimmste ist, unter dem Vorwande der Gottesfurcht und Religion. Chrysipp und Zeno,[1] die beiden Häupter der Stoischen Sekte, haben zwar geglaubt, wir könnten uns ohne Bedenken des Menschenfleisches nach Belieben zu unserer Notdurft bedienen, und zur Nahrung brauchen: gleich wie sich unsere Vorfahren, als sie vom Cäsar in der Stadt Alexia belagert wurden, entschlossen,

1 *Diog. Laërt.* in *vita Chrysippi* L. VII. Segm. 188. Και τους αποθανοντας κατεσθιειν κελευων.

den Hunger bei dieser Belagerung durch die Leiber der Greise, der Weiber, und anderer zum Fechten untüchtiger Personen zu stillen.

Vascones (fama est) alimentis talibus usi
Produxere animas.[1]

Die Ärzte scheuen sich ebenfalls nicht, dasselbe sowohl innerlich, als äußerlich, zur Wiederherstellung unserer Gesundheit zu brauchen. Allein niemals hat sich unter ihnen eine so widersinnische Meinung gefunden,[2] welche die Verräterei, die Ungerechtigkeit, die Tyrannei, die Grausamkeit entschuldiget hätte, welches unsere gewöhnlichsten Fehler sind. Wir können sie also in Betrachtung der Regeln der gesunden Vernunft Barbaren nennen: aber nicht in Betrachtung unserer; da wir sie in allen Arten von Barbarei übertreffen.

Ihr Krieg ist sehr edel und großmütig. Er verdient so viel Entschuldigung, und besitzt so viel Schönheit, als bei dieser menschlichen Schwachheit nur möglich ist. Der einzige Grund dazu bei ihnen ist die Nacheiferung in der Tapferkeit. Sie fechten nicht um mehr Land zu erobern: denn sie genießen noch die natürliche Fruchtbarkeit, welche sie ohne Mühe und Arbeit mit allem Nötigen versorget; und zwar so reichlich, dass sie nicht nötig haben ihre Grenzen zu erweitern.

Sie sind noch in der glückseligen Verfassung, dass sie nichts weiter verlangen, als ihre natürliche Bedürfnis erfordert. Alles was darüber ist, halten sie für überflüssig.

Überhaupt nennen sie diejenigen unter ihnen, welche von gleichem Alter mit ihnen sind, Brüder; die, welche jünger sind, Kinder; und die Greise sind aller andern Väter. Diese lassen ihren Erben gemeinschaftlich den völligen und ungeteilten Besitz der Güter, ohne weitere Rechtsansprüche, als diejenigen, welche die

1 Die Gasconier haben, wie es heißt, ihr Leben mit der gleichen Nahrung hingebracht. *Juven. Sat. XV. v. 93. 94.*
2 Unter den Wilden nämlich, von welchen Montagne redet.

Natur ihren Geschöpfen gibt, indem sie dieselben in die Welt setzt.

Wenn ihre Nachbarn über das Gebirge kommen, um sie anzugreifen, und sie den Sieg über dieselben davon tragen: so besteht aller Vorteil des Überwinders in der Ehre, und dem Ruhme, dass er es dem andern an Tapferkeit und Heldenmute zuvor getan hat. Um die Güter der Überwundenen bekümmern sie sich wenig; und kehren wieder in ihr Land zurücke, wo ihnen nichts Nötiges abgeht, und wo sie sich, welches das wichtigste ist, ihre Umstände zu Nutze machen, und sich damit begnügen. Jene tun ihrerseits eben das. Sie verlangen von ihren Gefangenen weiter keine andere Auslösung, als das Geständnis, dass sie überwunden sind. Allein unter allen findet sich in einem Jahrhunderte kein einziger, der nicht lieber das Leben einbüßen, als nur mit einem einzigen Worte etwas von seinem unüberwindlichen Mute nachgeben wollte. Man findet keinen einzigen, der sich nicht lieber ermorden und fressen lassen, als dieses verbitten wollte. Sie verstatten ihnen alle Freiheit, damit ihnen das Leben desto lieber sein soll; und drohen ihnen gemeiniglich öfters mit ihrem zukünftigen Tode. Sie stellen ihnen vor was für Martern sie dabei auszustehen haben, was für Anstalten man dazu macht, wie sie zerfleischet werden sollen, und was für einen Schmaus man auf ihre Unkosten halten wird. Alles dieses geschieht bloß in der Absicht, um ihnen ein verzagtes oder kleinmütiges Wort abzulocken, oder ihnen Lust zur Flucht zu machen: um den Vorteil zu erlangen, dass sie dieselben in Furcht gejagt, und ihre Standhaftigkeit zu Boden geschlagen. Denn, wenn man es recht betrachtet, besteht auch darinnen nur der wahre Sieg.

--- Victoria nulla est
Quam quae confessos animo quoque subiugat hostes.[1]

1 Es ist kein Sieg, wenn sich die Feinde nicht für überwunden erkennen, und man auch ihren Mut überwältiget hat. *Claudian. de sexto Consulatu Honorii Panegyris v. 248. 249.*

Die Ungarn, ein sehr kriegerisches Volk, verfolgten ehedem ihren Sieg niemals weiter, wenn sie den Feind in ihrer Gewalt hatten. Denn sobald sie ihm dieses Geständnis abgedrungen hatten, stellten sie dieselben ohne ihnen einiges Leid zuzufügen, und ohne Lösegeld, wieder auf freien Fuß; ausgenommen, dass sie ihnen, wenn es aufs höchste kam, versprechen mussten, von nun an die Waffen nicht wider sie zu ergreifen. Wir laufen dem Feinde manchen Vorteil ab, welcher nur erbettelt ist; und den wir uns nicht zuschreiben können. Ein Lastträger muss starke Arme und Schenkel haben, aber die Tapferkeit nicht. Die Stellung des Heeres ist eine tote und körperliche Eigenschaft. Es ist ein Glücksstreich, wenn man dem Feinde ein Bein stellt, und ihm durch das Sonnenlicht die Augen blendet. Die Geschicklichkeit zu fechten ist ein Kunststück und eine Wissenschaft, die auch ein feiger und nichtswürdiger Mensch besitzen kann.

Das Verdienst und die Schätzbarkeit eines Menschen kommen auf sein Herz und seinen Willen an: da liegt seine wahre Ehre. Die Tapferkeit ist die Stärke, nicht der Schenkel und der Arme, sondern des Muts und der Seele. Sie beruht nicht auf der Güte unsers Pferdes, oder unserer Waffen, sondern auf unserer eigenen. Wer mit standhaftem Mute fällt, *si succiderit, de genu pugnat.*[1] Wer vor der bevorstehenden Todesgefahr nicht erschrickt, und noch wenn er den Geist aufgibt, dem Feinde herzhaft und mit Verachtung unter die Augen sieht, ist nicht von uns, sondern von dem Schicksale geschlagen. Er ist geblieben, aber nicht überwunden. Die tapfersten sind zuweilen die unglücklichsten.

Es gibt Fälle, da der Verlust einer Schlacht so triumphierend, als irgends ein Sieg ist. Die vier verschwisterten Siege, die schönsten, welche jemals unter der Sonne gewesen, der bei Salamin, der bei Platäa, der bei Mykale, und der in Sizilien haben sich allen ihren Ruhm zusammen genommen nicht dem Ruhme der Niederlage, welche der König Leonidas und die Seinigen bei

1 Ficht auf den Knien, wenn er sich nicht mehr auf den Füßen halten kann. *Sen. de Providentia* c. 2.

dem Passe Thermopylä erlitten, entgegen zu setzen getrauet. Wer hat jemals mit einer rühmlichen und ehrsüchtigen Begierde eine Schlacht zu gewinnen getrachtet, als der Feldherr Ischolas eine zu verlieren? Wer hat sich listiger und emsiger zu retten gesucht, als er sich in das Verderben zu stürzen? Ihm war aufgetragen worden einen gewissen Pass in Pelopones wider die Arkadier zu verteidigen. Da er sich nun hiezu wegen der Lage des Ortes und der Übermacht der Feinde unvermögend hielt, und überzeugt war, dass alles was dem Feinde unter die Augen ginge, ganz gewiss bleiben würde; auf der andern Seite aber glaubte, es würde seiner Tugend und Großmut und dem lacedämonischen Namen unanständig sein, wenn er das ihm aufgetragene nicht in Acht nähme: so traf er hierinnen folgendes Mittel. Er sparte die jüngsten und muntersten unter seinem Volke zur Verteidigung und zum Dienste des Vaterlandes, und schickte sie wieder dahin zurück. Mit den andern, an welchen nicht so viel gelegen war, beratschlagte er sich diesen Pass zu verteidigen, und durch ihren Tod dem Feinde das Eindringen so schwer zu machen, als möglich wäre. Dieses geschahe auch. Denn, da er gar bald von den Arkadiern umringt ward, wurden er und die Seinigen, nachdem sie ein großes Würgen unter denselben angestellt, endlich von ihnen niedergemacht. Hat man Siegern jemals ein Siegeszeichen aufgerichtet, welches diese Besiegte nicht mit mehrerm Rechte verdienen? Ein wahrer Sieger muss zu kämpfen, nicht aber sich zu retten suchen. Der Ruhm der Tapferkeit besteht darinnen, dass man mit dem Feinde schlägt: nicht darinnen, dass man ihn schlägt.

Doch ich komme wieder auf unsere Historie. Anstatt dass sich diese Gefangenen durch alles, was man mit ihnen vornimmt, bewegen lassen sollten, bezeigen sie sich vielmehr die zween oder drei Monate durch, da man ihnen das Leben lässt, allezeit fröhlich, und treiben vielmehr ihre Herren an, nur bald den Versuch mit ihnen anzustellen. Ja, sie bieten ihnen Trotz, schimpfen sie, und werfen ihnen ihre Feigheit und die vielen Schlachten vor, welche sie wider die Ihrigen verloren haben.

Ich habe einen Gesang, welchen ein Gefangener verfertiget hat, in welchem diese Stelle vorkommt. »Sie sollten nur alle kühnlich kommen, und sich versammeln um von ihm zu schmausen. Sie würden zugleich auch ihre Väter und Großväter mit fressen, die seinem Leibe zur Nahrung und Speise gedient hatten. Diese Muskeln, sagt er, dieses Fleisch, und diese Adern, sind von euch, ihr Narren. Ihr wisst nicht, dass das beste von eurer Vorfahren Gliedern noch darinnen ist. Kostet sie nur recht: ihr werdet euer eigen Fleisch schmecken.« Eine Art zu denken, die gewiss nicht barbarisch ist! Diejenigen, welche ihren Tod abmalen, und die Art, wie man sie umbringt, vorstellen, malen den Gefangenen so ab, dass er denenjenigen, die ihn tot schlagen, in das Gesichte speiet, und ihnen eine höhnische Miene gibt. In der Tat, sie hören nicht vor dem letzten Hauche auf, ihnen mit Worten und Gebärden zu trotzen, und ihnen Hohn zu sprechen. Die rechte Wahrheit zu sagen, sind dieses sehr wilde Leute in Vergleichung mit uns! Denn sie müssen es entweder wahrhaftig recht sein oder wir sind es. Es ist ein gewaltiger Unterschied, zwischen ihrer und unserer Art zu leben.

Die Männer haben mehr als eine Frau, und haben desto mehrere, je größern Ruhm sie durch ihre Tapferkeit erlangt haben.

Es ist etwas sehr schönes bei ihren Heiraten, dass anstatt der Eifersucht, welche unsere Weiber bezeigen, wenn andere Freundschaft und Gewogenheit für uns hegen, die ihrigen sich hingegen ebenso eifrig bemühen ihnen dieselbe zu verschaffen. Sie lassen sich nichts so sehr, als die Ehre ihrer Männer, angelegen sein; und suchen daher so viele Gespielinnen als nur möglich ist zu bekommen, weil dieses ein Zeugnis von ihres Mannes Tapferkeit ist. Die unsrigen werden aus vollem Halse schreien: das kann nimmermehr sein. Dieses ist eine Tugend die dem Ehestand eigen ist, aber aus den ältesten Zeiten her. In der H. Schrift finden wir, dass Lea, Rahel, Sara, und Jacobs Weiber, ihren Ehemännern ihre schönen Mägde beigelegt haben, und Livia verschaffete dem August zu ihrem eigenen Nachteile Gelegenheit seinen Begierden genug zu tun.[1] Des Königs Deiotarus Gemahlin, Stratonike, überließ ihm nicht allein ein sehr schönes Kammermädchen, die bei ihr in Diensten war, sondern erzog auch die Kinder, welche er mit derselben zeugte, sehr sorgfältig, und war ihnen sogar behilflich ihrem Vater in der Regierung zu folgen.[2] Damit man aber nicht etwa meint, dieses geschähe aus einer blinden und sklavischen Verbindlichkeit zu ihren Gebräuchen, und durch den Eindruck, welchen eine von alten Zeiten eingeführte Gewohnheit bei ihnen macht, ohne Vernunft und ohne Überlegung und weil sie aus Blödsinnigkeit sich nicht besser zu helfen wüssten: so muss ich einige Beispiele von ihrer Geschicklichkeit anführen.

Außer dem gedachten Kriegesliede habe ich noch ein Liebeslied von ihrer Art, welches sich so anfängt: »Schlange, warte, warte, Schlange, damit mir meine Schwester nach der Zeichnung deiner Haut ein schönes Band für meine Liebste machen kann. So mag deine Schönheit und deine Bildung der Schönheit aller andern Schlangen ihren vorgezogen werden.«

Ich weiß endlich schon so viel von der Dichtkunst, dass ich urteilen kann, dass in diesen Gedanken nicht allein keine Barbarei ist, sondern dass sie vollkommen anakreontisch sind.

Ihre Sprache ist übrigens eine angenehme Sprache, welche artig klingt, und mit den griechischen Endungen einige Ähnlichkeit hat.

Drei von ihnen, welche nicht wussten, wie nachteilig dereinst ihrer Ruhe und ihrer Glückseligkeit die Kenntnis der verderbten Sitten unsers Weltteiles sein wird, und dass dieser Umgang ihr Unglück sein wird, welches ihnen, wie ich nicht anders glaube, schon sehr nahe ist, kamen zur Zeit des verstorbenen Königs Carl IX. nach Rouen. Elende Leute, die sich von der Neugierde hatten blenden lassen, und ihr schönes Land verlassen hatten, um das unsrige zu besehen! Der König redete lange mit ihnen. Man

1 *Suet. in Augusto c. 71.* Circa libidines haesit Augustus. Postea quoque, ut ferunt, ad vitiandas virgines promptior, quae sibi undique etiam ab uxore conquirerentur.

2 *Plutarch. de Virtutibus mulierum* in dem Artikel *Stratonike*.

zeigte ihnen unsere Lebensart, unsere Pracht, die Einrichtung einer schönen Stadt. Hierauf fragte sie einer, was sie davon dächten, und wollte wissen, was ihnen darunter am bewundernswürdigsten geschienen hätte. Sie antworteten, dreierlei Dinge, wovon ich das dritte zu meinem großen Verdrusse vergessen habe. Allein die zwo ersten weiß ich noch. Sie sagten, erstlich käme es ihnen sehr seltsam vor, dass so viel großbärtige Männer, welche stark und gewaffnet, und um den König herum wären, (vermutlich meinten sie seine Schweizer Leibwache) einem Kinde untertänig wären, und dass man nicht vielmehr aus denselben einen zum Befehlshaber erwählete. Zum andern wunderten sie sich darüber (nach ihrer Art zu reden nennen sie einen Menschen des andern seine Hälfte), dass sie unter uns Leute gesehen hätten, welche an allem einen Überfluss hätten, da hingegen ihre Hälften vor ihren Türen, verhungert und nackend, bettelten; und es käme ihnen seltsam vor, dass diese dürftigen Hälften dergleichen Ungerechtigkeit erduldeten, und dass sie sich nicht über die andern hermachten, oder ihnen die Häuser ansteckten.

Ich besprach mich mit einem von ihnen sehr lange; allein ich hatte einen Dolmetscher, der mir sehr schlechte Dienste tat, und aus Dummheit meine Gedanken so wenig begriff, dass ich nichts besonders von ihnen herausbringen konnte. Als ich ihn fragte, was es ihm helfe, dass er das Oberhaupt unter den Seinigen wäre: (denn er war ein Heerführer, und unsere Bootsknechte nannten ihn König) gab er mir zur Antwort, dieses, *dass er bei den Feldzügen voranginge.* Ich fragte ihn weiter, wie viel Leute er unter sich hätte: worauf er mir einen gewissen Raum wies, anzudeuten, dass deren so viele wären, als in diesem Raume stehen könnten, welches etwa vier- oder fünftausend Mann betragen mochte. Endlich fragte ich ihn noch, ob er außer dem Kriege nichts mehr zu gebieten hätte. Worauf er antwortete, *so viel bliebe ihm noch übrig, dass man ihm, wenn er die unter ihm stehenden Flecken besuchte, durch ihre Wälder Wege schlüge, damit er gemächlich durchkommen könnte.* Alles dies ist so unrecht nicht. Allein, was? Sie tragen keine Hosen.

Von der Ungleichheit, die zwischen uns ist

Plutarch sagt an einem gewissen Orte, er fände unter den Tieren keinen so großen Unterschied, als unter den Menschen. Er redet von der Fähigkeit der Seelen und von den innerlichen Eigenschaften. Und in Wahrheit, ich finde den Epaminondas, so wie ich mir denselben vorstelle, über manchen, den ich kenne, und der doch ebenfalls eine Vernunft hat, so weit weg, dass ich bald noch weiter als Plutarch gehen, und sagen möchte, es sei ein größerer Unterschied zwischen einem und dem andern Menschen, als zwischen einem Menschen und einem Tiere ist.

Hem vir viro quid praestat.[1]

Es gibt ebenso viele und ebenso unzählige Grade des Verstandes, als von hier Klaftern bis zum Himmel sind. Es ist etwas wundersames, (dass ich dieses beiläufig erwähne, da wir eben von dem Werte der Menschen reden) dass außer uns alle andere Dinge nur ihrer eigentümlichen Eigenschaften wegen hochgeschätzet werden. Wir loben ein Pferd, weil es munter und wohl abgerichtet ist,

– – – Volucrem.
Sic laudamus equum, facili cui plurima palma
Fervet, et exultat rauco victoria circo,[2]

nicht aber wegen seines Geschirres. Man rühmt einen Windhund wegen seiner Geschwindigkeit, nicht aber wegen seines Halsbandes: einen Falken wegen seines Fluges, nicht aber wegen der Haube und wegen der Schellen. Warum schätzen wir denn nicht ebenfalls einen Menschen wegen seiner eigenen Gaben? Der

1 Wie weit übertrifft ein Mann den andern. *Terent. Eunuch. c. 2. v. 1.*
2 Man lobt ein flüchtiges Pferd, welches in der Rennbahn öfters den Preis davon getragen. *Juvenal, Sat. 57. 58.*

oder jener führt einen großen Staat, er hat einen schönen Palast, großes Ansehen, so viele Einkünfte: alles dieses ist außer ihm, aber nicht in ihm. Der Mensch ist für sich selbst, nicht wegen der außer ihm befindlichen Dinge schätzbar. Man kauft keine Katze im Sack. Wer um ein Pferd handelt,[1] nimmt demselben sein Geschirr ab; damit er es bloß und unbedeckt sieht: oder, wenn es ja bedeckt ist, wie man sie vor alten Zeiten den Fürsten zum Kaufe vorgeführet; so sind doch nur diejenigen Teile bedeckt, an denen so gar viel nicht gelegen ist, damit man sich nicht von der Schönheit seiner Haare, oder der Breite seines Kreuzes blenden, sondern vornämlich auf die Schenkel, die Augen und Füße sieht, welches die nützlichsten Glieder sind.

Regibus hic mos est, ubi equos mercantur, opertos
Inspiciunt, ne sic facies, ut saepe, decora
Molli fulta pede est, emptorem inducat hiantem,
Quod pulchrae clunes, breve quod caput, ardua cervix.[2]

Warum schätzet man denn einen Menschen, den man schätzen will, wenn er eingehüllt und eingewickelt ist?[3] Er zeigt uns nur solche Stücke, welche ganz und gar nicht sein sind, und verbirgt uns diejenigen, aus welchen man allein von seinem wahren Werte urteilen kann. Man sieht auf den Wert des Degens, und nicht auf den Wert der Scheide, und gibt vielleicht keinen Heller dafür, wenn man ihn aus der Scheide gezogen hat. Man muss also einen Menschen nicht nach seinen äußerlichen Umständen, sondern nach seiner eigentlichen Beschaffenheit beurteilen. Ein alter

1 Equum emturus, solui iubes stratum: detrahis vestimenta venalibus, ne qua vitia corporis lateant. *Sen. Ep.* 80.

2 Wenn die Fürsten Pferde kaufen wollen, so besehen sie dieselben bedeckt, damit sie sich, wenn das Pferd etwa einen weichen Huf oder einen schönen Kopf hätte, wie es sich öfters zuträgt, nicht betrügen lassen, und nur auf ein schönes Kreuz, auf einen kleinen Kopf, und einen dünnen und langen Hals sehen. *Horat. L. I. Sat. II. v. 86. u. f.*

3 Equum emturus solui iubes stratum &c. hominem involutum aestimas. *Sen. Ep. 80.*

Schriftsteller sagt sehr artig: Weißt du, warum du manchen groß achtest?[1] Du rechnest seine hohen Schuhe mit. Das Postament gehört nicht zur Bildsäule. Man messe den Menschen ohne seine Stelzen.[2] Er muss seine Reichtümer und Ehrenstellen ablegen, und sich im Hemde darstellen. Hat er einen zu seinen Verrichtungen geschickten, gesunden und muntern Körper? Was hat er für eine Seele? Ist sie schön, geschickt, und mit allen nötigen Fähigkeiten wohl versehen? Besitzt sie eignen oder fremden Reichtum? Hat das Glück keinen Teil daran? Kann sie mit unverwandtem Auge gezuckte Degen sehen? Ist es ihr eines, ob ihr das Leben zum Munde oder zum Halse heraus führet? Ist sie genugsam still, und vergnügt? Hierauf muss man sehen, und hieraus muss man den grossen Unterschied, welcher zwischen uns ist, beurteilen.

– – Sapiens, sibique imperiosus:
Quem neque pauperies, neque mors, neque vincula terrent[3]

Responsare cupidinibus, contemnere honores
Fortis, et in se ipso totus teres atque rotundus:
Externi ne quid valeat per laeve morari,
In quem manca ruit semper fortuna?[3]

Ein solcher Mensch ist hundert Meilen weit über alle Königreiche und Herzogtümer erhaben. Er ist sich selbst sein Königreich.

1 Quare magnus videtur? cum basi illum sua metiris. Eb. das. *Ep.* 76.
2 Hier hat Montagne den Seneca übersetzt oder umschrieben. Atqui cum voles veram hominis aestimationem iniri, et scire qualis sit, nudum inspice. Ponat patrimonia, ponat honores, et alia fortunae mendacia; corpus ipsum exuat: animum intuere, qualis quantusque sit, alieno an suo magnus. Si erectis oculis gladios micantes videt, et si scit sua nihil interesse, utrum anima per os, an per iugulum exuat, beatum voca.
3 Ist er weise, und Herr über sich selbst, sodass ihm weder Armut, noch Banden noch Tod erschrecken? Kann er beherzt seine Leidenschaften überwinden und die Ehrenstellen verachten? Verschließt er sich in sich selbst, so, dass ihn kein Zufall hindern, und das Glück nichts anhaben kann? *Horat. L. II. Sat. 7. v. 83.*

Sapiens pol ipse fingit fortunam sibi.[1]

Was kann er sich weiter wünschen?

– – – Nonne videmus
Nil aliud sibi naturam latrare, nisi ut quoi
Corpore seiunctus dolor absit, mente fruatur,
Iucundo sensu, cura semotus metuque?[2]

Man vergleiche einmal mit diesem den gemeinen Haufen der Menschen, der so dumm, niederträchtig, knechtisch, und unbeständig ist, der beständig von verschiedenen Leidenschaften bestürmt, bald vor bald rückwärts gestoßen wird, und nie seiner selbst mächtig ist. Was für ein himmelweiter Unterschied ist zwischen beiden? Dennoch sind wir einmal durch die Gewohnheit so verblendet, dass wir wenig oder gar nichts daraus machen. Wenn wir einen Bauer und einen König, einen Edelmann und einen gemeinen Mann, eine obrigkeitliche und eine Privatperson, einen Armen und einen Reichen gegen einander betrachten, so nehmen wir gleich einen gewaltigen Unterschied wahr, da sie sich doch, so zu reden, nur durch die Hosen unterscheiden.

In Thracien unterschied sich der König von seinem Volke auf eine wunderliche und sehr ausnehmende Art. Er hatte eine besondere Religion und einen besondern Gott, welchen seine Untertanen nicht anbeten durften, und welches Merkur war und verachtete für seine Person die ihrigen, den Mars, den Bacchus und die Diane.[3] Allein alles dieses ist nur ein Firnis, und macht

1 Der Weise macht sich selbst sein Glück. *Plaut. in Trinummo. Act. II. Sc. 2. v. 84.*

2 Sehen wir nicht, dass die Natur nichts anders verlangt, als dass der Körper von Schmerzen befreit, und dass das Gemüt furcht- und sorgenlos vergnügt sein soll. *Lucret L. II. v. 16. u. f.*

3 Herodot sagt zwar *L. V. p. 331.* dass die thracischen Könige den Merkur vor allen andern Göttern anbeteten, dass sie nur bei ihm alleine schwüren und ihr Geschlechte von ihm herleiteten. Allein er sagt nicht, dass sie den Mars, den Bacchus, und die Diane, die einzigen Götter ihrer Untertanen, verachteten.

keinen wesentlichen Unterschied. Die Komödianten, welche auf dem Schauplatze einen Herzog oder Kaiser vorstellen, werden bald darauf wieder armselige Bediente und Lastträger, welches ihr wahrer und ursprünglicher Stand ist. Ebenso müssen wir auch einen Kaiser, dessen Pracht uns, wenn er sich öffentlich zeigt, die Augen blendet,

Scilicet et grandes viridi cum luce smaragdi.
Auro includuntur, teriturque Thalassina vestis
Assidue et Veneris sudorem exercita potat.[1]

hinter dem Vorhange betrachten; so werden wir nichts als einen gemeinen Menschen, und der vielleicht noch viel schlechter als der geringsten seiner Untertanen ist, an ihm finden.[2] *Ille beatus introrsum est: istius bracteata felicitas est.* Die Zaghaftigkeit, der Ehrgeiz, der Verdruss, und der Neid beunruhigen ihn ebenso, wie einen andern.

Non enim gazae, neque consularis
Summovet lictor miseros tumultus
Mentis et curas laqueata circum
Tecta volantes.[3]

Sorge und Furcht haben ihn mitten unter seinen Armeen bei der Kehle.

1 Weil er große und schöne in Gold gefasste Smaragden am Finger führt, und reiche Kleider trägt, die er bei den geilsten Handlungen abnützet. *Lucret. L. IV. v. 1119. seqq.*

2 Der eine ist innerlich glücklich, des andern Glückseligkeit bestehet nur in dem äußerlichen Scheine. *Senec. Ep. 115.*

3 Schätze und Würden zerstreuen die grausame Gemütsunruhe nicht, und die Sorgen flattern auch in vergoldeten Zimmern herum. *Horat. L. II. Od. 16. v. 11.*

Re veraque metus hominum, curaeque sequaces,
Nec metuunt sonitus armorum, nec fera tela,
Audacterque inter reges, rerumque potentes
Versantur, neque fulgorem reverentur ab auro.[1]

Werden sie denn von dem Fieber, dem Kopfwehe und dem Podagra mehr als wir, verschonet? Wenn ihnen das Alter auf den Hals fällt, kann sie denn ihre Leibwache desselben entledigen? Wenn sie die Furcht vor dem Tode einnimmt, können ihnen denn ihre Kammerherren helfen? Wenn sie eifersüchtig oder eigensinnig sind, werden ihn unsere Bücklinge zufrieden stellen? Das Himmelbette, welches von Gold und Perlen starret, kann deswegen das Schneiden der Kolik nicht lindern.

Nec calidae citius decedunt corpore febres,
Textilibus si in picturis ostroque rubenti
Iacteris, quam si plebeia in veste cubandum est,[2]

Die Schmäuchler wollten Alexander den Großen überreden, er wäre Jupiters Sohn. Als er aber einstmals verwundet wurde, und das Blut aus seiner Wunde hervordringen sahe, fing er an:

Was meint ihr? Ist dieses nicht ein rotes und ganz menschliches Blut? Es ist wohl nicht von der Natur desjenigen Blutes, welches nach Homers Beschreibung aus den Wunden der Götter läuft.[3] Der Poet Hermodor ließ dem Antigonus zu Ehren aus seiner Feder Verse fließen, worinnen er ihn einen *Sohn der Sonne* nannte:

1 Furcht und Sorge fürchten sich wahrhaftig weder vor dem Geräusche der Waffen, noch vor den grausamsten Pfeilen. Sie mischen sich kühnlich unter die Könige und Herren der Welt, und scheuen sich nicht vor dem Schimmer des Goldes. *Lucret. L. II. v. 47. seqq.*

2 Das Fieber verlässet denjenigen nicht eher, der sich in einem kostbar gewirkten purpurnen Bette herum wälzet, als einen andern, der in einem schlechten schläfet. *Lucret. L. II. v. 34. seqq.*

3 *Plutarch. Apophthegm. Regum et Imperatorum,* unter dem Artikel *Alexander.*

Antigonus aber erwiderte,[1] *derjenige, der meinen Nachtstuhl ausräumt, sieht wohl, dass dieses nicht wahr ist.* Ein Mensch bleibet ein Mensch, und wenn er von Natur schlechte Gaben hat, so wird ihm die Herrschaft über die ganze Welt nichts helfen.

– – – Puellae
Hunc rapiant, quicquid calcaverit hic, rosa fiat.[2]

Was hilft das, wenn er eine unartige und dumme Seele hat? Wer nicht Munterkeit und Verstand besitzt, kann selbst die Wollust und das Glück nicht empfinden.

Haec perinde sunt, ut illius animus qui ea possidet:
Qui uti scit, ei bona, illi qui non utitur recte, mala.[3]

Die Glücksgüter, sie mögen beschaffen sein wie sie wollen, erfordern eine Empfindlichkeit, die sie zu schmecken geschickt ist. Der Genuss, nicht aber der Besitz, macht uns glücklich.

Non domus et fundus, non aeris acervus et auri,
Aegroto domini deduxit corpore febres,
Non animo curas: valeat possessor oportet,
Qui comportatis rebus bene cogitat uti.
Qui cupit, aut metuit, iuvat illum sic domus aut res,
Ut lippum pictae tabulae, fomenta podagram.[4]

Er ist ein Narr, er hat keinen Geschmack. Er empfindet eben soviel davon, als einer, der den Schnupfen hat, von der Annehm-

1 Eben daselbst unter dem Artikel *Antigonus.*
2 *Persius Sat. II. v. 38. 39.*
3 Bei diesen Sachen kommt es auf die Gemütsart des Besitzers an. Sie sind ein Glück für den, der sie zu gebrauchen weiß: aber ein Unglück für den, der sie nicht recht gebrauchet. *Terent. Heautont. Act. I. Sc. 3. v. 21. 22.*
4 Die Landgüter, die Häuser, die goldenen und silbernen Haufen helfen uns nicht vor dem Fieber, und können nichts wider die Gemütskrankheit verrichten. Der Besitzer dieser Güter muss an dem Leib und am Gemüt gesund sein

lichkeit des griechischen Weines, oder ein Pferd von dem prächtigen Zeuge, mit welchem man es geputzet hat. Ebenso, wie Plato sagt, dass die Gesundheit, die Stärke, der Reichtum und alles, was man etwas Gutes nennet, dem Ungerechten ebenso schädlich, als dem Gerechten nützlich sei und das Böse umgekehrt. Was helfen ferner die zeitlichen Güter, wenn der Leib und die Seele in einem schlimmen Zustande ist? Wie leicht kann uns nicht der geringste Nadelstich und die geringste Leidenschaft des Vergnügens an der Herrschaft über die ganze Welt berauben? Sobald das Podagra zuckt, ist es mit dem allergroßmächtigsten Herrn und mit der Majestät aus.

Totus et argento conflatus, totus et auro.[1]

Vergisst er nicht seine Paläste und seine Hoheit? Verhütet dann, wenn er zornig wird, sein hoher Stand, dass er nicht rot oder bleich wird, oder wie ein Narr mit den Zähnen knirscht? Wenn er aber ein geschickter Mensch ist, und gute Gaben hat, so trägt die königliche Würde wenig zu seinem Glücke bei.

Si ventri bene, si lateri est pedibusque tuis nil
Dinitiae poterunt regales addere maius.[2]

Er sieht, dass alles nur falscher Schein und Betrug ist. Ja, vielleicht ist er der Meinung des Königs Seleucus, dass derjenige, welcher wüsste, wie schwer ein Szepter wäre,[3] denselben nicht

und sie wohl anwenden. Die Reichtümer sind demjenigen, der von dem Geiz oder von der Furcht dasjenige was er hat, zu verlieren, gequälet wird, ebenso viel nütz, als die Umschläge einem Podagristen und die Gemälde einem Menschen, der böse Augen hat. *Horat. L. I. Ep. 2. v. 47. u. f.*

1 Ganz mit Gold und Silber bedeckt. *Tibull. Eleg. 1. v. 71.*

2 Wenn dein Bauch, die Seiten und die Füße gut sind, so können dich königliche Schätze nicht glücklicher machen. *Horat. L. I. Ep. 12. v. 5. 6.*

3 Plutarch: Ει πρεσβυτερω πολιτευτεων. Ob ein Mann, der bei Jahren ist, sich in öffentliche Geschäfte mischen solle? c. 12. ερριμενον ουκ αν ελεδαι διαδημα.

von der Erden aufheben würde. Er sagte dieses wegen der großen und schweren Last, die ein guter König auf sich hat. Gewiss es ist keine geringe Sache andere zu regieren, da sich schon so viele Schwierigkeiten zeigen, wenn wir nur uns selber regieren sollen. Was das Befehlen anbelanget, welches uns so angenehm vorkommt, so bin ich der Meinung, wenn ich die Schwäche der menschlichen Urteilskraft und die Schwierigkeit überlege, die man findet, wenn man unter neuen und zweifelhaften Dingen eine Wahl treffen soll, dass es leichter sei, zu folgen als zu leiten, und dass dieses ein großer Vorteil ist, wenn man nur einen gebahnten Weg gehen, und nur vor sich selbst zu sorgen hat:

Ut satius multo iam sit, parere quietum
Quam regere imperio res velle.[1]

Hierzu kommt noch, dass, wie Cyrus sagt, der Regent besser sein muss, als diejenigen, welche er regieret.

Allein der König Hieron sagt bei dem Xenophon noch mehr,[2] dass die Könige selber bei dem Genusse der Wollüste übler daran wären, als die Privatpersonen: weil die Leichtigkeit und Bequemlichkeit dieselben zu erhalten, den Geschmack raubet, welchen wir darinnen finden.

Pinguis amor nimiumque potens, in taedia nobis
Vertitur, & stomacho dulcis ut esca nocet.[3]

Glauben wir dann, dass die Chorknaben ein großes Vergnügen an der Musik haben? Sie werden derselben satt, und überdrüssig. Die Lustbarkeit, die Tänze, die Maskeraden, die Turniere erfreuen nur diejenigen, welche sie nicht oft sehen, und ein Verlan-

1 Der ruhige Gehorsam ist besser als die Regierung ist. *Lucret. L. V. c. 1126 seqq.*
2 *Xenophontis.* Ιερων Τυραννικος.
3 Die allzu häufige und gar zu mächtige Liebe wird uns zur Last, ebenso wie eine süße Speise im Magen schädlich, *Ovid. Amorum Lib. II. Eleg. 19. v. 25. 26.*

gen getragen hatten sie zu sehen. Wer aber dergleichen täglich sieht, findet weder Geschmack noch Vergnügen daran. Wer beständig mit Frauenzimmern Umgang hat, findet nichts Reizendes darinnen. Wer eher trinkt, als er dürstet, findet kein Vergnügen am Trinken. Die Possen eines Gauklers vergnügen uns: aber den Spielern selbst sind sie zur Last. Dass es sich aber wirklich so verhält, weil sich die großen Herren eine Ergötzlichkeit und ihre größte Lust daraus machen, dass sie sich manchmal verkleiden und sich zu einer niedrigen und gemeinen Lebensart herunterlassen können.

Plerumque gratae principibus vices
Mundaeque parvo sub lare pauperum
Coenae, sine aulaeis & ostro,
Sollicitam explicuere frontem.[1]

Es ist nichts so verdrießlich und abgeschmackt, als der Überfluss. Wer würde nicht einen Ekel bekommen, wenn er beständig 300 Frauenzimmer, wie der Großsultan in seinem Serrail, zu seinem Dienste bereit sähe. Wie viel Geschmack und Lust an der Jagd hatte jener von seinen Vorfahren behalten, der niemals mit weniger als siebentausend Falkenierern auf die Jagd ging.

Überdies glaube ich, dass der Schimmer der Hoheit dem Genusse des angenehmsten Vergnügens nicht wenig hinderlich ist; denn, es wird dadurch allzu stark beleuchtet und kundbar. Man verlanget, ich weiß nicht warum, von ihnen, dass sie ihre Fehler mehr als andere verbergen, und verdecken sollen. Denn, was bei uns Unbescheidenheit ist, hält das Volk bei ihnen für Tyrannei, Verachtung und Geringschätzung der Gesetze. Es hat das Ansehen, als ob sie außer einer lasterhaften Neigung sich ein Vergnügen daraus machten, die allgemeinen Gewohnheiten zu ver-

1 Die Veränderung gefällt den Großen gemeiniglich. Eine kleine und reinliche Mahlzeit, in einem Privathause wo weder Tapeten noch Purpur sind, hat ihnen öfters die Stirne aufgeheitert. *Horat. Lib. III. Od. 29. v. 13.*

achten, und mit Füßen zu treten. Gewiss, Plato beschreibt in seinem Gorgias einen Tyrannen,[1] als einen, der in einer Stadt die Freiheit hat alles zu tun, was ihm gefällt. Daher geschieht es, dass die Bekanntmachung und Entdeckung ihrer Laster mehr Eindruck macht, als das Laster selbst. Jedermann fürchtet, er möchte verraten und ausgekundschaftet werden. Hingegen bei den Fürsten beobachtet man sogar ihre Gebärden und Gedanken, weil das ganze Volk glaubet, es habe nicht nur Recht, sondern auch Ursache darüber zu urteilen. Allein die Flecken scheinen überhaupt allezeit größer zu sein, je höher und heller der Ort ist, an welchen sie sich befinden. Ein Mal und Warze wird an der Stirne eher wahrgenommen, als anderswo eine Schmarre. Daher die Poeten dichten, Jupiter sei unter einer andern Gestalt auf seine Buhlereien gegangen, und unter so vielen Liebeshändeln, welche sie von ihm melden, hat er sich nur bei einer einzigen, wie ich glaube, in seiner Größe und Majestät gezeigt.

Aber wieder auf den Hieron zu kommen, so erwähnt er auch, wie viel Beschwerlichkeiten er bei seiner Regierung hätte,[2] weil er nicht frei gehen und reisen könnte, sondern sich wie ein Gefangener in den Grenzen seines Landes aufhalten und sich bei allen seinen Handlungen von einem verdrießlichen Gedränge umgeben sehen müsste. Und in Wahrheit, ich habe die unsrigen öfters mehr bedauert als beneidet, wenn ich sie ganz alleine an der Tafel sitzen, und von einer solchen Menge Schwätzer und unbekannter Leute, die sie ansehen, umgeben gesehen habe. Der König Alphonsus sagte, die Esel wären besser daran als die Könige: denn ihre Herren ließen sie in Ruhe fressen, da dieses die Könige von ihren Dienern nicht erlangen könnten. Ich habe mir auch niemals einbilden können, dass es eine besondere Bequemlichkeit für einen verständigen Mann sei, etliche 20 Aufseher um seinen Nachtstuhl zu haben, oder dass er sich lieber von einem Manne der zehntausend Livers Einkünfte hat, oder der Casal

1 Τουτο λεγω (τυϱαννειν) εξειναι εν τη πολει, ό αν δοκη αυτω, ποιειν τουτο, u. s. w. *p. 469. c. Tom. I.*

2 *Xenophontis. Hieron.*

eingenommen oder Siena verteidiget hat, als von einem redlichen und erfahrnen Bedienten sollte aufwarten lassen.

Die Vorzüge der Fürsten bestehen gleichsam nur in der Einbildung. Jeder Stand hat etwas einer Herrschaft Ähnliches. Cäsar nennet alle Herren, welche zu seiner Zeit in Frankreich die Gerichtsbarkeit hatten, kleine Könige.[1] In der Tat, den Namen Sire bei Seite gesetzet, ist es mit unsern Königen sehr weit gekommen. Man betrachte nur in den von dem Hofe entfernten Provinzen, wie zum Exempel Bretagne eine ist, das Gefolge, die Untertanen, die Bedienten, die Beschäftigungen, die Bedienung und die Zeremonien eines einsamen und für sich lebenden Herrn, der unter seinen Bedienten erzogen ist, und bemerke dabei, was für eine hohe Einbildung er hat. Nichts kann königlicher sein. Er hat nur einmal des Jahres von seinem Herrn reden gehöret, wie von dem Könige in Persien, und kennt ihn nicht weiter als nach einer gewissen alten Verwandtschaft, welche sein Secretair im Register aufgezeichnet hat. In Wahrheit, unsere Gesetze sind frei genug; und ein französischer Edelmann empfindet die Last der Untertänigkeit in seinem ganzem Leben kaum 2 Mal. Die wesentliche und wirkliche Unterwürfigkeit betrifft unter uns nur diejenigen, welche sich darein begeben, und welche durch einen solchen Dienst Ehre und Reichtum zu erwerben suchen. Wer hinter seinem Herde bleibt, und sein Hauswesen ohne Streit und ohne Prozess zu regieren weiß, der ist ebenso frei als der Herzog von Venedig.[2] *Paucos servitus, plures servitutem tenent.* Hauptsächlich aber klagt Hieron darüber, dass er sich aller gegenseitigen Freundschaft und Gesellschaft beraubt sieht, worinnen doch das vollkommenste und angenehmste Vergnügen des menschlichen

1 Es stehet nichts solches von den Galliern bei dem Cäsar. Ich glaube, dass Montagne hierher gezogen hat, wie er es auch sonsten tut, was man von den Deutschen lieset: In pace nullus est communis Magistratus, sed Principes regionum atque pagorum inter suos ius dicunt, controversiasque minuunt. *De bell. Gall. VI. 23.* Diese Anmerkung ist von dem Herrn *Barbeyrac.*

2 Wenig Leute fallen in Knechtschaft. Die meisten begeben sich freiwillig darein. *Sen. Ep. 22.*

Lebens besteht. Denn was für ein Zeichen der Liebe und Zuneigung kann mir derjenige geben, welcher mir, er mag wollen oder nicht, alles, was er tun kann, zu tun schuldig ist. Kann ich auf seine demütige Reden und tiefe Verbeugungen trauen, da er mir dieselben nicht verweigern kann? Die Ehre, welche uns diejenigen erzeigen, die uns fürchten, ist keine Ehre. Diese Ehrenbezeigungen sind sie der königlichen Würde, nicht aber mir schuldig.

Maximum hoc regni bonum est,
Facta domini cogitur populus sui
Quam ferre, tam laudare.[1]

Sehe ich nicht, dass man einem schlimmen ebenso wie dem guten Könige, einem verhassten ebenso wohl, als einem geliebten, dem einen so gut als dem andern Ehre erzeigt? Mit eben solcher Pracht und eben solcher Zeremonie ist mein Vorgänger bedienet worden, und mein Nachfolger wird auch so bedienet werden. Wenn mich meine Untertanen nicht beleidigen, so ist dieses eben kein Zeichen einer guten Gesinnung. Warum soll ich es so auslegen, da sie es nicht tun können, wie sie gleich wollen? Keiner folget mir aus Freundschaft, die zwischen ihm und mir; denn wie will da, wo so wenig Übereinstimmung und Gemeinschaft ist, Freundschaft entstehen? Meine Hoheit hat mich außer dem Umgange mit den Menschen gesetzet. Es ist gar zu viel Ungleichheit und Unterschied zwischen uns: Sie folgen mir nur aus Verstellung und Gewohnheit nach, oder vielmehr meinem Glücke, um das ihrige dadurch zu vermehren. Alles, was sie sagen und tun, ist Verstellung, weil ihre Freiheit durch meine große Macht über sie auf allen Seiten eingeschränket ist. Ich sehe nichts als verhüllte und verkleidete Leute um mich. Den Kaiser Julian lobten seine Hofleute einstens, dass er die Gerechtigkeit so gut handhabete;

1 Der größte Vorteil bei der Königlichen Würde ist dieser, dass die Völker die Handlungen ihrer Herren nicht nur leiden, sondern auch loben müssen. *Senec. Thyest. Act. II. S. 1. v. 30 u. f.*

worauf er sagte: *Ich wollte mir gerne auf diese Lobeserhebungen etwas einbilden, wenn sie nur von solchen Leuten kämen, welche mich, wenn ich anders verführe, schelten und tadeln dürften.*[1] Die Fürsten haben alle wahren Vorteile mit Leuten vom Mittelstande gemein, (denn auf geflügelten Pferden zu reiten, und Ambrosin zu speisen, gehöret nur für die Götter). Sie haben keinen andern Schlaf und Appetit als wir. Ihr Stahl ist nicht besser gehärtet als der, womit wir uns bewaffnen.

Ihre Krone bedeckt sie weder vor der Sonne, noch vor dem Regen.

Diocletian, der doch eine so verehrte und beglückte Krone trug, legte dieselbe nieder, um dem Vergnügen eines einsamen Lebens nachzuhängen. Als aber kurze Zeit darnach die öffentlichen Geschäfte erforderten, dass er dieselbe wieder aufsetzte, so antwortete er denenjenigen, die ihn darum ersucht.[2] *Ihr würdet euch nicht vorgenommen haben mich hierzu zu überreden, wenn ihr die schöne Ordnung der Bäume, welche ich zu Hause gesetzt habe und die schönen Melonen, welche ich gesäet habe, gesehen hättet.*

Nach der Meinung des Anacharsis würde der glücklichste Zustand einer Polizei derjenige sein,[3] in welchem bei der Gleichheit aller andern Sachen, der Vorzug nach der Tugend und die Verachtung nach dem Laster abgemessen würden. Als sich der König Pyrrhus entschlossen hatte nach Italien zu gehen, und ihm Cyneas sein Ratgeber die Eitelkeit seines Ehrgeizes zu verstehen geben wollte, so fragte er:[4] Warum fassen Ew. Majestät ein so großes Unternehmen? Worauf er ihm geschwind antwortete: *Damit ich mich von Italien Meister mache.* Und wenn dieses ge-

1 Gaudebam planeque me efferebam, si ab his laudarer quos & vituperare posse adverterem, si quid secus factum sit aut dictum. *Ammian. Marcell. Lib. XXII. c. 10.*

2 Utinam Salonae possetis visere blera nostris manibus instituta, profecto nunquam istud tentandum iudicaretis. *Sext. Aur. Victor.* im Artikel: *Diocletianus.*

3 *Plutarchus* im *Gastmale der sieben Weisen.*

4 *Plutarchus* im *Leben des Pyrrhus.*

schehen ist, erwiderte Cyneas? *So gehe ich nach Gallien und Spanien,* sagte der andere. Und darnach? *So will ich die Afrikaner unter das Joch bringen, und wenn ich endlich die ganze Welt bezwungen habe, so werde ich mich zur Ruhe begeben und nach meinem Gefallen leben.* Um Gottes Willen, sagte Cyneas, woran liegt es denn, dass Ew. Majestät nicht den Augenblick in diesem Zustande sind. Warum begebet ihr euch nicht den Augenblick da ihr es saget, in Ruhe, und ersparet so viele Arbeit und Gefahr, die ihr bei euren Absichten habet?

Nimirum quia non bene norat quae esset habendi.
Finis et omnino quod crescat vera voluptas.[1]

Ich will diese Materie mit einem Vers, welchen ich zu dieser Gelegenheit sehr geschickt befunden habe, schließen.

Mores cuique sui fingunt fortunam.[2]

1 Das machts, dass er nicht den Endzweck kennt, welchen man sich bei dem Besitz der Güter vorsetzen soll, noch wie weit sich das wahrhafte Vergnügen erstrecket. *Lucret. Lib. V. v. 1431.*

2 Von den Sitten eines jeden Menschen hänget sein Glück ab. *Corn.* in dem *Leben des Atticus.*

Von der Ungewissheit unserer Urteile

Es ist wohl eine ausgemachte Sache, was dieser Vers sagt:

Επεων δε πολυς νομος ένθα και ένθα.[1]

Es ist überall erlaubt sowohl für als wider eine Sache zu reden. Zum Exempel

Vinse Hannibal, e non seppe usar' poi
Ben la vittoriosa sua ventura.[2]

Wer wird wohl mit unsern Leuten dieses als einen Fehler ausschreien, dass wir bei Moncontour unser Glück nicht weiter verfolgt haben: Oder wer wird den König von Spanien wohl beschuldigen,[3] dass er sich des Vorteils, den er bei St. Quintin über uns befochten hatte, nicht hätte zu bedienen gewusst. Man würde sagen können, dieser Fehler käme von einer Seele her, die trunken von ihrem Glücke wäre, und von einer Tapferkeit, die über und über voll von einem Anfange des Glücks, die Begierde verliert es zu vermehren. Es wird ihr so schon sauer, das zu verdauen, was sie hat, sie hat alles schon vollauf, sie kann nichts mehr ergreifen. Sie ist des Glückes, das ihr zu Teil geworden, unwürdig. Denn, was hilft es ihr, wenn sie dem Feinde Zeit lässt, wieder auf die Beine zu kommen. Wer wird ihr zutrauen, dass sie einen Feind wieder antasten wird, der sich wieder gesetzt hat, dem Zorn und Rache ein neues Herz gegeben, wenn sie vorher weder Verstand noch Herz gehabt, ihn in seiner Flucht und Schrecken zu verfolgen?

1 *Homer. Ilias L. XX. v. 249.*
2 Hannibal siegte zwar, aber er wusste nicht sich seines Glückes zu bedienen.
3 Philipp II., der die Franzosen bei St. Quintin schlug, im Jahr 1556 den 10. August am Tage Laurentius.

Dum fortuna calet, dum conficit omnia terror.[1]

Und was kann man endlich hierbei bessers erwarten, als was jetzt gleich versäumt ist? Hier ist es nicht wie etwa auf dem Fechtboden, wo der für den Sieger gehalten wird, der dem andern die meisten Stöße angebracht hat. Solange noch ein Feind da ist, sooft muss man wieder von vorne anfangen. Das verdient kein Sieg genennet zu werden, was dem Kriege kein Ende macht. In der Schlacht, die Cäsar bei Oricum verlor, rückte er den Soldaten des Pompeius vor,[2] dass es um ihn wäre geschehen gewesen, wenn ihr Feldherr das Siegen verstanden hätte: Und wie die Reihe an ihn kam, ging er dem Pompeius anders zu Leibe. Aber warum soll man nicht auch im Gegenteile behaupten dürfen, dass es die Eigenschaft eines tumultuarischen, und unersättlichen Gemütes sei, seinen Begierden weder Maß noch Ziel setzen zu können: Dass man die göttlichen Wohltaten missbraucht, wenn man die Grenzen, die ihnen die Vorsehung gesetzet hat, zu überschreiten suche: Dass man seine Sachen dem zweifelhaften Schicksale noch einmal anvertraue, wenn man sich nach dem Siege der Gefahr noch einmal aussetzt: Ja, dass es einer der größten Kunstgriffe im Kriege sei, seinen Feind nicht zur äußersten Verzweifelung zu bringen? Als Sylla und Marius, in dem Kriege, den sie gemeinschaftlich wider die Marsen geführt, und sie geschlagen hatten, einen Haufen ihrer überwundenen Feinde als ergrimmte Bestien auf sich loskommen sahen, so befunden sie es nicht für ratsam sie zu erwarten. Hätte ein allzu rasches Feuer den Herrn von Foix nicht verleitet, den Sieg bei Ravenna zu hitzig zu verfolgen, so würde er ihn nicht durch seinen Tod befleckt haben. Und dennoch diente das frische Andenken dieses Exempels noch dazu den Herrn von Anguien bei Serisoles, vor einem gleichen Unglücke zu bewahren. Es ist sehr gefährlich einen Menschen, dem

1 *Lucan. Lib. VII. v. 734.*
– – Da das Glück noch warm ist, und noch alles die Furcht vollbringen kann.

2 *Plutarch* in dem *Leben des Cäsars.*

man zu seiner Rettung nichts als die Waffen übrig gelassen hat, anzugreifen. Die Not lehrt mit einer erstaunenden Wut fechten, *Gravissimi sunt morsus irritatae necessitatis.*[1]

Vincitur haud gratis iugulo qui provocat hostem.[2]

Aus dieser Ursache geschahe es, dass Pharax, den König von Lacedämon, der eine Schlacht wider die Mantiner gewonnen hatte,[3] verhinderte, 1000 Argier anzugreifen, die aus der Niederlage entronnen waren, und ihm vielmehr riet, sie ihres Wegs gehen zu lassen, um nicht die Wut einer durch das Unglück erbitterten Tapferkeit zu erfahren. Als Clodomir, König von Aquitanien, nach erhaltenem Siege über Gondemarum König von Burgundien, ihn in der Flucht durch sein Nachsetzen, zum Umkehren zwang, kostete ihn seine Hartnäckigkeit die ganze Frucht seines Sieges, denn er blieb darbei.

Weiter: wem die Wahl freisteht, seine Soldaten prächtig und reich auszuputzen, oder aber sie nur zur Notdurft zu bewaffnen; dem werden gleich Sertorius, Philopömen, Brutus,[4] Cäsar und andre mehr in die Augen fallen, die der ersten Meinung zugetan waren. Sie hielten gewiss dafür, dass es den Soldaten zur Ehre und Ruhmbegierde anspornete, sich wohl geziert zu sehen, und dass er viel tapferer fechten würde um seine kostbaren Waffen, als sein Vermögen und Eigentum nicht zu verlieren. Aus dieser Ursache, sagt Xenophon, führten die asiatischen Völker,[5] ihre Weiber, Kebsweiber, ihre Reichtümer und kostbarstes Geräte,

1 Montagne hat diese Stelle schon vorher übersetzt. Aus dem Herrn Barbeyrac sehe ich, dass sie aus einer von den Reden des Porzius Cato ist, unter den Fragmenten des Sallustius Kap. XI. zu Ende.

2 *Lucan. Lib. IV v. 275.*
Den Feind, den kann man nicht vergeblich überwinden.

3 *Diod. Sicul. Lib. XII. c. 25.*

4 Milites habebat tam cultos, ut argento & auro politis armis ornaret: Simul & ad speciem, & quo tenatiores eorum, in proelio essent, metu damni. *Sueton. i J. Caes. §. 67.*

5 In der *Cyropädie B. IV. K. 4. §. I.*

allemal mit sich zu Felde. Hingegen würde man auf der andern Seite einwenden können, dass man bei den Soldaten die Sorgfalt ihrer Erhaltung viel eher zu unterdrücken als zu vermehren suchen sollte: Sie würden dadurch gedoppelt zur Feigheit getrieben: Geschweige denn, dass man dadurch dem Feinde nur mehr Mut und Begierde zum Siege und der reichen Beute mache. Ja man hat sogar beobachtet, dass dieses einmal den Römern wider die Samniter vortrefflichen Mut gemacht hat. Als einstmals Antiochus dem Hannibal sein prächtiges Kriegsheer, und das an allen Arten von Gerätschaften einen reichen Überfluss hatte, zeigte, und ihn fragte: Wie wird wohl den Römern bei dieser Macht zu Mute sein? so antwortete er ihm: vortrefflich, sie können damit zufrieden sein, so geizig als sie auch immer sind.[1]

Lykurgus verbot den Seinigen nicht nur alle Pracht in ihrem Geräte,[2] sondern er erlaubte ihnen nicht einmal die überwundenen Feinde zu plündern, denn er wollte, dass die Armut und Mäßigung seiner Soldaten, mit ihren übrigen Kriegstugenden genau zusammen passen sollten.

Wir pflegen den Soldaten gern die Freiheit zu verstatten, den Feind, bei Belagerungen oder wo wir sonst nahe an denselben zu stehen kommen, auf allerhand Art und Weise zu trotzen, und zu beschimpfen; und es scheint, dass dieses nicht ohne allen Grund geschiehet. Denn man hat schon sehr viel gewonnen, wenn man ihnen alle Hoffnung der Gnade und des Vergleiches benimmt: Wenn man ihnen vorstellt, dass sie von denen keine Gnade erwarten können, die sie kurz vorher so empfindlich beleidigt haben, und dass ihnen keine Hilfe als der Sieg übrig bleibe. Eben dieses kam dem Vitellius teuer zu stehen: denn er reizte die Soldaten des Otho, mit dem er Krieg führte, und welche in üblem Ruf der Tapferkeit wegen waren, weil sie der Arbeit entwöhnt, sich allzu sehr an die städtischen Vergnügungen gehängt hatten;

1 Satis plane, inquit, satis esse credo Romanis, haec omnia, etiam avarissimi sint. *Aul. Gell. Lib. V cap. 5.*

2 *Plutarch.* in *apopht. Lacon.* ganz zu Ende vom Lykurg.

diese reizte er durch seine Schimpfworte, und Vorwürfe ihrer Feigheit, und der Sehnsucht nach dem römischen Frauenzimmer so sehr, dass er ihnen eben dadurch das Herz wieder frisch machte, welches vorher alle Vermahnungen nicht hatten bewerkstelligen können; sodass er sie sich bei einer solchen Gelegenheit auf den Hals zog, wo er sich nicht wider sie schützen konnte. Und es ist wahr, dass heftige und beißende Schimpfreden es leichte dahin bringen können, dass der, so für die Ehre seines Königs schläfrig würde gefochten haben, seine eigne mit desto größrer Herzhaftigkeit verteidige.

Wenn man bedenkt, wie viel an der Erhaltung des Haupts einer Armee gelegen ist, und wenn man überlegt, dass der Feind am meisten nach diesem Haupte zielt, von welchem so viele andre abhängen: so sollte man gar nicht zweifeln, dass diese Feldherren die sich kurz vor der Schlacht zu verkleiden entschlossen, nicht vollkommen Recht getan hätten. Unterdessen ist doch die Gefahr der sie sich aussetzen nicht geringer als die, der sie zu entgehen suchten. Denn sollte es sich zutragen, dass der General von seinen Leuten verkannt würde; so fehlt ihnen auf einmal die Freudigkeit, welche ihnen seine Gegenwart und sein Beispiel einflößen; und wenn sie die Kennzeichen und Merkmale, die sie an ihm gewohnt sind, vermissen, so glauben sie, er sei entweder geblieben, oder er habe sich in Sicherheit gebracht, weil er an dem guten Ausgange des Treffens verzweifelt habe. Was aber die Erfahrung anbelangt, so finden wir, dass sie vor beide Meinungen Gründe darbietet. Das Exempel des Pyrrhus in der Schlacht wider den Konsul Lermus in Italien, kann uns zu beiden Absichten dienlich sein. Denn es ist wohl gewiss, dass er durch die Verwechselung der Waffen mit dem Demogakles[1] sein Leben erhalten,[2] aber er hätte auch bei einem Haare die Schlacht darüber

1 Oder vielmehr *Megakles* wie man aus dem Plutarch sehen kann, im *Leben des Pyrrhus*.

2 Oder vielmehr seine Generale, welche in seiner Abwesenheit die Armee commandierten. *Plutarch* in dem *Leben des Otho*.

verloren.[1] Alexander, Cäsar und Lukullus, waren gewohnt, sich in der Schlacht durch prächtige Zierraten, und reiche Waffen kenntlich zu machen, die von besonderer und schimmernder Farbe waren. Agesilaus und der große Gilippus waren allezeit im Felde schlecht bekleidet,[2] und ohne allen kaiserlichen Schmuck.

Bei der Pharsalischen Schlacht, wurde dem Pompeius unter andern mit vorgeworfen, dass er seine Armee den Feind stehenden Fußes erwarten lassen.[3] Ich werde hier die Worte des Plutarchs hiervon auf das genaueste übersetzen:[4] Da doch, spricht er, die Heftigkeit der Schläge, welche durch das Laufen verursacht wird, geschwächt wird, und dadurch die Wut der Streitenden wider einander gehemmt wird, welche doch wenn sie mit Heftigkeit hart wider einander anrennen, sie mit einer rasenden Unsinnigkeit erfüllt, indem ihre Herzhaftigkeit sowohl durch das Feldgeschrei als durch das Laufen vermehrt wird, da sie Gegenteils durch das Stillestehen erkaltet und gleichsam gerinnet. So viel sagt er hiervon. Hätte aber Cäsar verloren, so würde man im Gegenteile nicht sagen können: Dass der festeste Stand eines Menschen sein Ruhepunkt wäre; dass der, so stille steht und seine Kräfte auf den Notfall spart, einen großen Vorteil vor demjeni-

1 Daselbst.

2 Ich bin nicht der Meinung, dass ein Mann den Titel des Großen verdienen könne, der sein Vaterland aus Furcht vor dem Henkerschwerte verlassen müssen, zu welchem er, weil er das gemeine Wesen bestohlen hatte, war verdammt worden. Von diesem infamen Diebstahle des Gilippus kann man den *Diod. Sicul.* lesen *Libr. XIII. cap. 33.* Sein Vater Klearchus befand sich in gleichen Umständen. Dieser Historienschreiber sagt, dass als er zum Tode verurteilt worden, er vor Vollstreckung des Urteils, sich aus dem Staube gemacht. So verloren, fährt er fort, diese beiden Männer, durch ihren niederträchtigen Geldgeiz auf einmal die Frucht ihrer Taten, da sie sonst für vortreffliche Männer wären gehalten worden.

3 Cäsar ist es selbst, der dieses dem Pompeius vorwirft: quod nobis, sagt er, nulla ratione, factum a Pompeio videtur: propterea quod est quaedam animi incitatio atque alacritas naturaliter innata omnibus, quae studio pugnae incenditur. Dieses scheint mir ohne hinlängliche Ursache vom Pompeius getan zu sein: denn in dem Menschen herrscht eine gewisse Ungestümigkeit, die durch die Begierde zur Schlacht entflammt wird. *de Bello. Ciu. L. III. c. 17.*

4 *Leben des Pompeius.*

gen hat, der in Bewegung ist, und der die Hälfte seines Atems schon im Anlaufe zugesetzt hat? Geschweige, dass es unmöglich ist, dass ein ganzes Kriegsheer, das aus so vielen Abteilungen besteht, sich durchgängig mit einerlei Kraft in Bewegung setze und in einem solchen abgemessenen Zeitpunkte, dass seine Ordnung und Schluss nicht dadurch sollte Schaden leiden; und dass der hitzigste nicht eher an dem Feinde sein wird, ehe ihm sein Kamerad zu Hilfe kommen kann. In dem entsetzlichen Treffen, welches sich die zweie persischen Brüder einander lieferten,[1] führte der Lacedämonier Clearchus seine Leute ganz gelassen zum Treffen an. Er kommandierte die Griechen, die auf des Cyrus Partei waren: fünfzig Schritte aber von dem Feinde, ließ er sie mit Gewalt anlaufen. Er glaubte durch die Kürze des Weges sowohl ihren Atem zu schonen, als ihre Ordnung, und dennoch sowohl ihren Personen als ihren Wurfpfeilen die Kraft des Anlaufs zu geben. Andre haben diesen Zweifel auf eine andre Art, bei ihren Armeen zu heben gesucht: Fallen die Feinde auf euch, sagen sie, so erwartet sie stehenden Fußes, stehen sie aber vor euch, alsdenn greift sie mit Wut an.

Bei dem Einfalle Kaiser Karl des fünften in Provence, stund es bei dem Könige Franz den I., ob er ihm in Italien entgegen gehen, oder ob er ihn in seinem Lande erwarten wollte. Er bedachte gleichwohl, dass ein großer Vorteil dabei ist, sein Haus rein und von den Kriegstrubeln befreit zu erhalten, auf dass man auf den Notfall beständig Geld und Hilfe daraus ziehen könnte, wenn es bei allen seinen Kräften bliebe: Dass es der Krieg notwendig erfordert, beständig etwas zu erweisen, welches man doch in seinem eigenen Lande nicht gerne tut: Und dass der Bauer diese Verwüstungen mit mehrer Ungeduld von seinen eignen Leuten, als von dem Feinde erduldet, sodass leicht Empörungen und Aufruhr daraus entstehen können: Dass ferner die Freiheit zu rauben und zu plündern dem Soldaten viel Ungemach des Krieges übertragen hilft, welches man doch in seinem eignen Lande

1 Artaxerxes, Mnemon und Cyrus.

nicht gestatten kann: Dass es schwer sei den Soldaten in der Nachbarschaft seiner Frau und seiner Heimat in seiner Pflicht zu erhalten, wenn er nichts als seinen Sold zu hoffen hat: Dass der, so ungebetne Gäste ins Haus bekommt, selten viel vor die Zeche bekomme: dass man mit mehrer Freudigkeit angreife, als sich verteidige. Dass die Empfindung der in unserm Lande verlornen Schlacht viel zu heftig sei, als dass sie nicht den ganzen Staatskörper schmerzlich treffen sollte, zumal, da die Furcht das alleransteckenste unter allen Übeln ist, das sich mit vieler Geschwindigkeit und Heftigkeit ausbreitet: Ja, dass es zu befürchten sei, die Städte, welche dieses Unglück an ihren Toren mit angesehen haben, und welche ihre Soldaten und Officirer zitternd und außer Atem aufgenommen haben, möchten in der ersten Angst zu dem Feinde übertreten.[1] Gleichwohl entschloss er sich seine Völker wieder über das Gebirge kommen zu lassen, um den Feind zu erwarten. Denn im Gegenteil konnte er sich leicht vorstellen, dass es ihm an keiner Bequemlichkeit fehlen könnte, wenn er in seinem Lande und unter lauter Freunden wäre: Dass sowohl die Lebensmittel als auch die Gelder ihm ohne Bedeckung sicher könnten zugeführet werden, weil die engen Wege sowohl als die Flüsse unter seiner Botmäßigkeit stünden: Dass seine Untertanen ihm mit desto größerm Eifer dienen würden, je näher sie die Gefahr bei sich hätten: Und dass es allezeit bei ihm stehen würde eine Schlacht zu liefern oder nicht, weil er einen sichern Rückhalt an so vielen ihm unterworfnen Städten hätte. Und erforderte es seine Gelegenheit, so könnte er in Sicherheit Zeit gewinnen zum Zaudern und zu erwarten, dass sich der Feind selbst, in einem feindlichen Lande, wo von allen Seiten ihm alles zuwider wäre, aufriebe, wo ihm alle Mittel benommen wären, eine Armee zu erfrischen, oder aber auszudehnen, wenn sich Krankheiten darinnen einfinden sollten, wo er keine Gelegenheit hätte seine Ver-

1 Bis zum Ende dieser Periode ist beinahe alles von Wort zu Wort, aus einer Rede *Franz des I.* genommen, die er im Staatsrate gehalten; und die man in den *Memoires des Wilhelm du Bellay* findet im *6. Buch 258. 259 Blatte.*

wundeten sicher unterzubringen; wo er weder Geld noch Lebensmittel anders als mit vieler Gefahr haben könnte, wo er keine Zeit zur Ruhe und zur Erfrischung hätte, wo er keine Wissenschaft der Gegenden und der Wege hätte, und wo er keinen Augenblick vor jählingen Überfällen, und gefährlichen Hinterhalten sicher wäre, und wo ihm alle Mittel benommen wären, den Überrest seiner Armee zu retten, wenn er sollte geschlagen werden. Und da könnten ihm zum Behufe beider Meinungen keine Exempel aus den Geschichten fehlen.

Scipio hielt es für viel zuträglicher seinen Feind in Afrika aufzusuchen, als sein eigen Land zu verteidigen, und ihn in Italien, wo er damals war, zu bekriegen; und er befand sich gut darbei. Im Gegenteil aber ging die Armee Hannibals zu Grunde, bloß deswegen, weil er die Eroberung des feindlichen Landes fahren ließ, um das Seinige zu bedecken. Die Athenienser erlebten ein widriges Schicksal, als sie den Feind in ihrem Lande gelassen hatten, um nach Sizilien überzugehen. Dem Agathokles hingegen war das Glück günstiger, als er sein Königreich Sizilien bekriegt verlassen, und in Afrika eingefallen war. Und so pflegen wir wohl ohne Grund gemeiniglich zu sagen, dass sonderlich im Kriege der Ausgang meistens vom Glücke abhänge, welches sich schwerlich von unsern Vernunftschlüssen und unsrer Klugheit befehlen lässt: Nach jenem Verse:

Et male consultis pretium est, prudentia fallax,
Nec fortuna probat causas, sequiturque merentes:
Sed vaga per cunctos nullo discrimine fertur.
Scilicet est aliud quod nos cogatque regatque
Maius, & in proprias ducat mortalia leges.[1]

1 Auch übel gefasste Ratschläge können ihr gutes Ende haben, die Vernunft ist oft betrüglich. Das Glück wird nicht allezeit den Verdiensten zu Teil, es schwankt ohne Unterschied von einem zu dem andern. Denn es ist eine höhere Macht, die uns zwingt und die uns regiert, und welche nach ihren eignen Grundsätzen handelt. *Manil. Lib. IV c. 95.*

Betrachten wir es aber genau, so scheint es, dass unsre Ratschläge, ebenso wie ihr Ausgang vom Glücke abhängen, und dass unsre Vernunftschlüsse ebnermaßen Teil an der Ungewissheit und Verwirrung des Glückes nehmen. Wir schlössen ohne Bedacht und mit Verwegenheit, sagt Timäus im Plato,[1] weil unsere Ratschläge ebenso wie wir der Ungewissheit des Schicksals unterworfen sind.

1 Αλλα πως ημεις πολυ μετεχοντες του προστυχοντος τε και εικη, ταυτη πη και λεγομεν. *Plato* in *Timaeo*.

Von dem Alter

Ich kann die Art, wie wir die Dauer unsers Lebens schätzen, nicht billigen. Ich sehe, dass die Weisen dieselbe, wenn man der gemeinen Meinung nachgehen will, sehr verkürzen. *Wie,* sagt der jüngere Cato zu denjenigen, die ihn sich zu ermorden abhalten wollten, *bin ich denn jetzt in einem Alter, da man mir vorwerfen kann, ich verließe das Leben zu bald?* Und er war doch nicht älter als achtundvierzig Jahre.[1]

Er hielt dieses also für ein reifes und hohes Alter, weil er bedachte, wie wenig Menschen dazu gelangen. Diejenigen, die ich weiß nicht von was für einem so genannten natürlichen Laufe, der ihnen einige Jahre darüber verspricht, reden, würden denselben vollenden, wenn sie einen Freibrief hätten, der sie vor einer großen Menge Zufälle sicherte, denen jeder von uns natürlicher Weise ausgesetzet ist, und die diesen Lauf, den sie sich versprechen, unterbrechen können. Was für eine Torheit ist es nicht, dass wir auf die Abnahme der Kräfte warten, die das höchste Alter mit sich bringet, und unserm Leben dieses Ziel setzen, da doch diese Todesart die allerseltenste und ungewöhnlichste unter allen ist? Wir nennen sie allein natürlich, eben als ob es wider die Natur wäre, wenn ein Mensch den Hals stürzt oder in einem Schiffbruche ersäuft, oder von der Pest und vom Seitenstechen hingerissen wird, und als ob uns unsere ordentliche Beschaffenheit nicht allen diesen Ungemächlichkeiten aussetzete. Wir wollen uns also nicht mit diesen schönen Worten schmäucheln: man könnte allenfalls dasjenige eher natürlich nennen, was sich bei allen ereignet, gewöhnlich und allgemein ist.

Vor Alter sterben ist ein seltener, besonderer und außerordentlicher Tod, und eben deswegen so viel weniger natürlich, als die andern Arten des Todes. Dies ist die letzte und äußerste Art zu sterben. Je entfernter sie von uns ist, desto weniger dürfen wir

1 *Plutarch* in *Catons von Utika Leben.*

uns Hoffnung darauf machen. Sie ist zwar das Ziel, welches wir nicht überschreiten werden, und welches uns das Gesetz der Natur vorgeschrieben hat. Aber es erteilt uns auch sehr selten das Vorrecht, so lange zu leben. Dies ist eine Ausnahme, die es aus besonderer Gunst mit einem einzigen in einer Zeit von zwei oder drei Jahrhunderten machet, indem es ihn aller Widerwärtigkeiten und Schwierigkeiten entlediget, die es in dieser langen Laufbahn eingeschoben hat. Also ist meine Meinung, wir sollten das Alter, zu welchem wir gelanget sind, als ein Alter betrachten, zu welchem wenig Leute gelangen. Weil nach dem ordentlichen Laufe die Menschen dasselbe nicht erreichen, so ist dieses ein Zeichen, dass wir ziemlich weit voraus sind. Weil wir die gewöhnlichen Grenzen überschritten haben, welche das wahre Maß unseres Lebens sind, so dürfen wir uns keine Hoffnung machen viel weiter zu kommen. Nachdem wir so vielen Gelegenheiten zu sterben entgangen sind, bei welchen wir die Menschen hinfallen sehen, so müssen wir billig erkennen, dass ein außerordentliches Glück, wie dieses ist, das uns erhält, und das ganz ungewöhnlich ist, nicht lange währen kann.

Es ist sogar in den Gesetzen ein Fehler, dass sie auf diese falsche Einbildung zielen. Sie erklären einen Menschen nicht vor dem fünfundzwanzigsten Jahre fähig seine Güter selbst zu verwalten, und kaum behält er gleichwohl sein Leben so lange. August schnitte fünf Jahre von den alten römischen Verordnungen ab, und erklärete sich, dass es genug wäre, wenn ein Richter dreißig Jahr alt wäre.[1] Servius Tullius sprach die Ritter, wenn sie über siebenundvierzig Jahre waren,[2] von Kriegsdiensten frei. August setzte dieses auf fünfundvierzig Jahre herunter. Mir scheinet es nicht ratsam, Leuten vor dem fünfundfünfzigsten oder sechzigs-

1 *Sueton* in *Augusts Leben.* §. 32. Judices a tricesimo aetatis anno allegit, id est quinquennio maturius, quam solebant.

2 Ich habe von dem Herrn Barbeyrac erfahren, dass Montagne, wenn er dieses aus dem *Aulus Gellius Lib. X. c. 28.* genommen hat, hätte sagen sollen, Servius Tullius habe die Ritter und die Fußgänger, welche sechsundvierzig Jahre zurück geleget hatten, von den Kriegsdiensten frei gesprochen.

ten Jahre, den Abschied zu geben. Meine Meinung wäre, man sollte uns in dem gemeinen Wesen so lange brauchen und beschäftigen, als möglich wäre: allein ich finde auf der andern Seite, den Fehler, dass man uns nicht bald genug zu Verrichtungen angewöhnet.[1] August wurde in seinem neunzehnten Jahre Richter der ganzen Welt und befiehlt doch, dass einer dreißig Jahre alt sein soll, ehe er nur von dem Platze einer Dachrinne urteilen darf.

Meines Teils halte ich dafür, dass sich unsere Seelen schon in unserem zwanzigsten Jahre genugsam entwickeln, und alles versprechen, wozu sie künftighin im Stande sein werden. Niemals hat eine Seele, die in diesem Alter nicht deutliche Anzeichen ihrer Stärke gegeben hat, in der Folge einen Beweis davon abgeleget. Die natürlichen Gaben und Tugenden zeigen entweder zu dieser Zeit, oder gar niemals, was sie lebhaftes und schönes haben.

Si l'espine nou picque quand nai
A pene que picque jamai[2]

sagt man im Delphinate.

Ich denke, unter allen schönen menschlichen Handlungen, die mir bekannt geworden sind, von was Art sie auch sein mögen, wären sowohl in den alten als neuern Zeiten deren mehr vor dem dreißigsten Jahre, als nach diesem verrichtet worden: ja sogar öfters von eben den Personen. Kann ich es nicht mit vollkommener Gewissheit von den Taten Hannibals und des Scipio, seines großen Feindes, sagen? Sie haben die schönste Hälfte ihres Lebens hindurch den Ruhm genossen, den sie sich in ihrer Jugend er-

1 *Man muss merken,* sagt der ehrliche Philipp von Comines, *dass alle Leute, die jemals groß gewesen sind, und große Dinge getan haben, sehr jung angefangen haben, und dieses liegt an der Nahrung oder kommt von der Gnade Gottes.* L. I. c. 10. gegen das Ende.

2 Wenn der Dorn nicht sticht, weil er jung ist, so wird er schwerlich jemals stechen.

worben hatten. Sie waren hernach in Ansehung aller andern, aber keinesweges in Ansehung ihrer selbst große Männer. Meines Teils glaube ich gewiss, dass seit diesem Alter mein Geist sowohl als mein Leib mehr abgenommen als zugenommen haben, und mehr hinter sich als vor sich gegangen sind. Es ist möglich, dass bei denjenigen, die ihre Zeit wohl anwenden, die Wissenschaft und die Erfahrung mit dem Leben wächset: aber die Lebhaftigkeit, die Fertigkeit, die Standhaftigkeit und andere noch wichtigere und wesentlichere Gaben vergehen, und werden nach und nach matt.

Ubi iam validis quassatum est viribus aevi
Corpus, & obtusis ceciderunt viribus artus
Claudicat ingenium, delirat linguaque mensque.[1]

Bald altert der Körper zuerst: bald aber die Seele: und ich habe Leute gesehen, die eher ein schwaches Gehirn, als einen schwachen Magen oder schwache Beine bekommen haben. Dieses Übel aber ist desto gefährlicher, je weniger es diejenigen, welche damit befallen sind, wahrnehmen und empfinden. In diesem Stücke beschwere ich mich über die Gesetze, nicht, dass sie uns zu lange an der Arbeit lassen, sondern dass sie uns zu späte dazu gebrauchen. Mich dünket, wenn ich die Schwäche unseres Lebens betrachte, und wieviel gemeinen und natürlichen Klippen dasselbe ausgesetzet ist, man sollte keinen so großen Teil davon auf die Geburt, auf den Müßiggang, und auf die Lehrjahre wenden.

1 Wenn der Körper durch die heftigen Stöße der Zeit erschüttert ist, und die Glieder entkräftet sind, wird der Geist schwach, die Zunge stammelt, der Geist denkt irre. *Lucret. L. III. v. 452 u. f.*

Von der Unbeständigkeit unserer Handlungen

Diejenigen, welche sich die menschlichen Handlungen zu beurteilen üben, finden nirgends so viele Schwierigkeit, als wenn sie dieselben miteinander vergleichen und ihnen einerlei Anstrich geben wollen. Denn sie widersprechen gemeiniglich einander so sehr, dass sie dem Ansehen nach unmöglich sollten aus einerlei Werkstatt haben kommen können. Der junge Marius bezeiget sich bald als einen Sohn des Mars, bald als einen Sohn der Venus.[1] Der Papst Bonifacius VIII. ist, wie man sagt, zu seiner Würde wie ein Fuchs gelanget, hat sich darinnen wie ein Löwe gehalten, und ist wie ein Hund gestorben. Und wer sollte glauben, dass Nero, das vollkommene Bild der Grausamkeit, als man ihm die Verurteilung eines Missetäters nach Gewohnheit zu unterschreiben vorlegete, zur Antwort gegeben hätte: *Wollte Gott, ich hätte niemals schreiben gelernt.*[2] So bang war es ihm um das Herze, dass er einen Menschen zum Tode verurteilen sollte. Alles ist so voll von solchen Beispielen, von welchen auch jeder selbst genug finden kann, dass es mich manchmal befremdet, wenn ich sehe, dass sich verständige Leute Mühe geben, diese Stücke miteinander zu vergleichen, da ich doch die Unschließigkeit für den allergemeinsten und sichtlichsten Fehler unserer Natur halte, nach dem bekannten Vers des Publius Mimus:

Malum consilium est quod mutari non potest.[3]

Es ist wahrscheinlich, dass man von einem Menschen durch Hilfe der gemeinsten Handlungen in seinem Leben ein Urteil fäl-

1 *Plutarch* im *Leben des Caius Marius.* zu Ende. ’Εν αρχη παις Αρεος ώνομαζετο, ταχυ δε τοις έργοις έλεγχομενος, αυθις ’Αφροδιτης ὑιος εκαλειτο.

2 Vellem nescire literas. *Senec. de Clementia, L. II. c. 1.*

3 Das ist ein schlimmer Anschlag, den man nicht ändern kann. *Ex Publii Mimis apud A. Gellium. L. XVII. c. 14.*

len kann. Aber in Betrachtung der natürlichen Unbeständigkeit unserer Sitten und unserer Meinungen hat mich oft gedünkt, selbst die guten Schriftsteller hätten Unrecht getan, wenn sie mit Gewalt eine sichere und gründliche Abbildung von uns haben machen wollen. Sie wählen eine allgemeine Gestalt. Nach dieser Vorstellung ordnen und erklären sie alle Handlungen eines Menschen, und rechnen diejenigen, welche sich nicht genug drehen lassen wollen, unter die verstellten. August ist ihnen dennoch entwischt. Denn man findet bei diesem Manne eine so augenscheinliche, jählinge und beständige Verschiedenheit in seinen Handlungen sein ganzes Leben durch, dass ihm die allerkühnsten Richter nichts anhaben können, und nichts entscheiden. Ich traue den Menschen nichts weniger zu als die Beständigkeit, und nichts eher als die Unbeständigkeit. Wer sie einzeln, besonders und Stück für Stück beurteilete, würde öfters finden, dass ich die Wahrheit sage. In dem ganzen Altertume wird man schwerlich zwölf Männer aufweisen können, die ihr Leben auf einen gewissen und bestimmten Fuß gesetzt hätten, welches doch der Hauptzweck der Weisheit ist. Denn, ein Alter sagt um sie in einem einzigen Worte zusammenzufassen,[1] und um alle Lebensregeln in eine einzige einzuschließen, sie bestehet darinnen, *dass man immer einerlei will, und einerlei nicht will. Ich brauche nicht,* spricht er, *dazuzusetzen, woferne unser Wille gerecht ist: denn, wenn er nicht gerecht ist, kann er unmöglich immer einerlei sein.* Ich habe in der Tat ehedem gelernet, dass das Laster nichts anders als eine Unordnung und ein Mangel des rechten Maßes sei. Folglich kann unmöglich einige Beständigkeit dabei statt haben. Demosthenes hat, wie es heißt,[2] gesaget, Überlegung und Beratschlagung wären der Anfang aller Tugenden, und das Ende und die Vollkommenheit derselben wäre die Beständigkeit.

1 *Seneca Epist. 20.* Quid est sapientia? Semper idem velle, atque idem nolle: licet hanc exceptiunculam non adiiciam, *ut rectum sit quod velis.* Non potest cuiquam semper idem placere, nisi rectum.

2 Ἐστι γαϱ, εστιν ἁπασης αϱετης αχη μεν συνεσις, πεϱας δε ανδϱεια. *Orat. Funebr.*

Wenn wir mit Vernunft einen gewissen Weg erwählten, so würden wir den schönsten wählen; aber daran denkt niemand.

Quod petiit, spernit, repetit quod nuper omisit,
Aestuat, & vitae disconvenit ordine toto.[1]

Gemeiniglich gehen wir unsern Neigungen nach links, rechts, Berg auf, Berg unter, nach dem uns der Wind der Gelegenheiten führet. Wir denken nicht eher an das was wir wollen, als in dem Augenblicke, da wir es wollen; und verändern uns wie jenes Tier, das die Farbe des Ortes annimmt, an welchen man es bringet. Wir ändern den einmal gefassten Vorsatz gar bald und kehren bald wieder um. Es ist nichts als Wanken und Unbestand:

Ducimur ut nervis alienis mobile lignum.[2]

Wir gehen nicht, sondern werden fortgerissen, wie schwimmende Körper, bald stille, bald heftig, nachdem das Wasser reißend oder stille ist.

Nonne videmus,
Quid sibi quisque velit nescire, & quaerere semper,
Commutare locum quasi onus deponere possit?[3]

Alle Tage haben wir einen neuen Einfall, und unsere Neigungen ändern sich beständig mit der Zeit.

1 Er verachtet das, was er haben wollte. Er nimmt das wieder vor, was er erst unterlassen hatte. Er ist beständig unruhig, und in seinem ganzen Leben nicht mit sich einig. *Horat. Ep. 1, L. I. v. 98. 99.*

2 Man drehet uns wie einen Kreisel herum. *Horat. L. II. Sat 7. v. 82.*

3 Sehen wir nicht, dass der Mensch nicht weiß, was er will, und es doch ohne Aufhören suchet, dass er von einem Orte zum andern gehet, als wenn er daselbst seine Last ablegen könnte. *Lucret. L. III. v. 1070. seqq.*

Tales sunt hominum mentes, quali pater ipse
Juppiter auctifero lustravit lumine terras.[1]

Wir schweben zwischen verschiedenen Meinungen. Wir wollen nichts frei, nichts unbedingt, nichts beständig.[2] Wenn sich jemand gewisse Gesetze und eine gewisse Ordnung in seinem Kopfe vorgeschrieben und fest gesetzet hätte: so würden wir überall in seinem ganzen Leben eine Gleichheit der Sitten, eine Ordnung, und eine unbetrügliche Verbindung der Dinge bei ihm hervorleuchten sehen. Empedokles bemerkte diese Ungleichheit an den Agrigentinern,[3] welche den Ergötzlichkeiten nachhingen, als wenn sie den andern Tag sterben sollten, und so baueten, als wenn sie niemals sterben würden. Man würde gar leicht davon urteilen können, wie man an dem jungen Cato siehet. Eine Saite klingt wie die andere. Es ist eine beständige Harmonie sehr zusammen stimmender Töne. Hingegen, so viele Handlungen wir tun, so viel besondere Urteile fällen wir auch. Das sicherste nach meiner Meinung wäre, dass man dabei auf die nächsten Umstände sähe, ohne sich in eine weitläuftigere Untersuchung einzulassen, und ohne weitere Folgen daraus zu ziehen.

Während der Unordnungen unseres armen Staats hat sich, wie man mir erzählet, ein Mädchen nahe bei dem Orte, wo ich war, aus dem Fenster herabgestürzet, um der Gewalt eines Soldaten, der bei ihr einquartieret war, zu entgehen. Sie hatte sich nicht zu Tode gefallen, wollte sich aber, um ihre Unternehmung zu verdoppeln, ein Messer in die Kehle stoßen, wurde aber daran verhindert. Unterdessen bekannte sie doch selber, nachdem sie sich dadurch sehr beschädiget hatte, dass der Soldat mit nichts als mit Anhalten, Bitten und Geschenken in sie gesetzet hätte, allein sie

1 Wie der Tag ist, so sind auch der Menschen Gemüter. *Cic. Fragm. Poematum T. X. pag. 429. Edit. Gronou.*
2 Fluctuamus inter varia consilia; nihil libere volumus, nihil absolute, nihil semper. *Seneca. Epist.* 52.
3 *Diogenes Laërtius* in *vita Empedoclis L. VIII. Segm. 63.* Älianus schreibt diese Worte dem Plato zu. *Var. Hist. L. XII. c. 29.*

hätte besorgt, er möchte endlich mit Gewalt kommen. Ihre Worte, ihre Gebärden, und das zum Zeugnisse ihrer Tugend vergossene Blut machten sie also zu einer andern Lucretia. Gleichwohl weiß ich gewiss, dass sie sowohl vorher als hernach nicht so gar ehrenfest gewesen ist. Es verhält sich hier, wie man in dem Sprichworte sagt: Du magst noch so schön und ehrbar sein, du darfst nicht gleich schließen, wenn der Anschlag misslinget, dass deine Liebste eine unverletzliche Keuschheit besitzt. Vielleicht kann einmal ein Mauleseltreiber sein Glück bei ihr machen.

Antigonus hatte auf einen seiner Soldaten wegen seines guten Verhaltens und seiner Tapferkeit eine besondere Liebe geworfen, und befahl daher seinen Ärzten, dass sie ihn von einer langwierigen und innerlichen Krankheit heilen sollten, die ihn lange Zeit gequälet hatte. Da er aber nach seiner Genesung wahrnahm, dass er weit kaltsinniger an seine Verrichtungen ging, fragte er ihn, was ihn so verändert und feig gemachet hätte?[1] *Du selbst, Herr,* antwortete ihm der Soldat, *da du mich von den Übeln befreiet hast, um welcher willen ich mein Leben nicht achtete.*

Lucull hatte einen Soldaten, der sich, als er von den Feinden geplündert worden war, um sich zu rächen, einen schönen Streich tapfer gegen sie ausführte. Als nun sein Verlust wieder ersetzet war, und Lucull, der hierdurch eine gute Meinung von ihm bekam, ihn zu einer andern gefährlichen Unternehmung durch die schönsten Vorstellungen, auf die er sich nur besinnen konnte, anfrischete:

Verbis quae timido quoque possent addere mentem.[2]

antwortete er: *Brauche darzu einen armen ausgeplünderten Soldaten:*

1 *Plutarchus* im *Leben des Pelopidas.* C. 1.
2 Mit solchen Worten, die auch den Allverzagtesten ein Herze machen müssen. *Horat. Epist. 2. L. il. v. 36.*

Quantumuis rusticus, ibit,
Ibit eo quo vis, qui zonam perdidit, inquit.[1]

und weigerte sich schlechterdings zu gehen. Wenn wir lesen, dass Mahomet den Chasan, das Haupt seiner Janitscharen, sehr hart angesehen, als er gefunden, dass die Ungarn in seinen Haufen eingedrungen waren, und er sich feig im Treffen bezeigt hatte, und dass Chasan statt aller Antwort, rasend ganz allein, so wie er war mit seinem Gewehr in der Faust in den ersten Haufen Feinde, die ihm vorgekommen, hineingesetzet habe, von welchen er auch sogleich nieder gemacht worden, so war dieses vielleicht nicht sowohl eine Rechtfertigung, als eine Sinnesänderung, nicht sowohl eine natürliche Tapferkeit, als ein neuer Verdruss. Man lasse es sich nicht befremden, wenn man einen, der sich gestern so verwegen stellte, heute so furchtsam sehen tut. Entweder der Zorn, oder die Not, oder die Gesellschaft, oder der Wein, oder der Ton einer Trompete hatten ihm Herz gemachet. Dies Herz kam von keiner Überlegung. Die Umstände haben es ihm gestärkt: Es ist kein Wunder, wenn er jetzt ein ganz andrer Mensch geworden ist, weil sich die Umstände geändert haben. Diese so leichte Veränderung und dieser sein Widerspruch, den man bei uns siehet, hat verursachet, dass uns einige zwo Seelen, andere zwo Mächte angedichtet haben, die uns begleiteten und lenketen, jede nach ihrer Art, die eine zum Guten, die andere zum Bösen: weil sich eine so tolle Verschiedenheit in einem einfachen Dinge nicht wohl miteinander vergleichen lässet.

Nicht allein der Wind der Zufälle beweget mich, nachdem er gehet; sondern, was noch mehr ist, ich bewege und beunruhige mich selbst durch meine wankelbare Stellung. Wer genau Achtung gibt, wird sich schwerlich zwei Mal in einerlei Zustande antreffen. Ich gebe meiner Seele bald dieses bald wieder ein anderes Ansehen, nachdem ich sie auf eine oder die andere Seite lege.

1 So ungeschickt er auch war, so sagte er doch: Es mag Sturm laufen, wer da will, und wer nichts zu verlieren hat. *Horat. L. II. Epist 2. v. 40.*

Dass ich verschiedentlich von mir rede, kommt daher, dass ich mich verschiedentlich betrachte. Ich finde in mir alle einander entgegengesetzte Eigenschaften, nach einer gewissen Reihe, und auf gewisse Weise. Ich bin schamhaft, unverschämt, keusch, wollüstig, geschwätzig, verschwiegen, arbeitsam, weichlich, sinnreich, dumm, verdrießlich, aufgeräumt, verlogen, wahrhaftig, gelehrt, unwissend, freigebig, geizig und verschwenderisch. Alles dieses sehe ich gewissermaßen bei mir, nachdem ich mich betrachte. Jeder, der sich aufmerksam ausforschet, findet an sich, und an seiner Urteilskraft selbst diese Unbeständigkeit und Verschiedenheit. Ich kann nichts von mir vollkommen, schlechterdings und gewiss, ohne Verwirrung und ohne Vermischung und mit einem Worte sagen. *Distinguo* ist das allgemeine Glied meiner Logik.

Ungeacht ich beständig geneigt bin, von dem Guten Gutes zu reden und viel eher auch diejenigen Dinge, welche gut sein können, gut auslege, so machet doch unser seltsamer Zustand, dass wir oft durch das Laster selbst, etwas Gutes zu tun angetrieben werden, woferne nicht die Güte einer Handlung nach der Absicht allein müsste beurteilt werden. Daher darf man einen wegen einer tapfern Tat nicht gleich für einen tapfern Mann halten. Wer eigentlich tapfer ist, wird es beständig und bei allen Gelegenheiten sein. Wenn es eine angewohnte Tugend und nicht eine jähe Hitze wäre, so würde sie einen Menschen bei allen Zufällen gleich beherzt machen. Er würde, wenn er allein wäre, ebenso sein, wie er in Gesellschaft ist. Er würde sich in einem Turniere, als in einem Treffen bezeigen: denn man mag sagen, was man will, eben die Tapferkeit, welche sich auf dem Pflaster zeigt, zeigt sich auch in freiem Felde. Ein wahrhaftig tapferer Mensch würde ebenso beherzt eine Krankheit in seinem Bette, als eine Wunde im Felde ertragen: er würde sich vor dem Tode so wenig in seinem Hause, als in einem Sturme fürchten. Wir würden nicht sehen, dass ein Mann, der mutig Sturm läuft, sich hernach, wie ein Weib, über den Verlust eines Prozesses oder eines Sohnes quälete. Wenn einer keinen Schimpf ertragen kann, und standhaft in der Armut ist; wenn sich einer vor dem Barbiermesser scheuet, aber den feindlichen Degen nicht achtet: so ist zwar die Handlung aber nicht der Mensch lobenswürdig. Viele Griechen, sagt Cicero,[1] haben nicht das Herz dem Feinde unter die Augen zu gehen, bezeigen sich aber in Krankheiten standhaft. Bei den Cimbrern und Celtiberiern ist es umgekehrt.[2] *Nihil enim potest esse aequabile quod non a certa ratione proficiscatur.*

Alexander war in seiner Art ausnehmend tapfer: aber auch nur in seiner Art, und nicht überall vollkommen und durchgängig tapfer. So unvergleichlich seine Tapferkeit war, so hatte sie doch ihre Mängel. Dies machte, dass wir ihn bei den geringsten Mutmaßungen, als ob ihm die Seinigen nach dem Leben stünden, so erstaunlich bestürzet finden; und dass er bei dergleichen Untersuchungen so gewalttätige und unbesonnene Ungerechtigkeiten beging, und eine Furcht blicken ließe, die seine natürliche Vernunft in Unordnung brachte. Auch der Aberglaube, womit er so stark eingenommen war, kommt der Kleinmütigkeit sehr nahe. Die ausschweifende Reue, die er über die Hinrichtung des Klytus bezeigete, zeugt ebenfalls von der Ungleichheit seines Mutes. Unsere ganze Sache ist nichts als Stückwerk, und wir suchen uns fälschlich Ehre zu erwerben.

Die Tugend will bloß ihretwegen gesucht sein, und reißt uns ihre Maske, wenn wir sie zuweilen bei einer andern Gelegenheit entlehnen, alsobald wieder von dem Gesichte. Sie ist eine lebhafte und feste Farbe, wenn sie einmal recht in unsere Seele eingedrungen ist, und die niemals wieder ausgehet. Daher muss man, wenn man von einem Menschen urteilen will, seiner Lebensart lange und sorgfältig nachspüren. Wenn die Beständigkeit nicht bloß auf ihrem eigenen Grunde beruhet,[3] *Cui vivendi via*

1 Graeci hostem adspicere non possunt, eidem morbos toleranter atque humane ferunt. At Cimbri et Celtiberi in proeliis exsultant, lamentantur in morbo. *Tusc. Quaest. L. II. c. 27.*

2 Nichts kann beständig und gleichförmig sein, was nicht mit guter Überlegung geschieht. *Cic. ibid.*

3 Sodass er feste zu einer gewissen Lebensart entschlossen ist. *Cic. Paradoxon. V. c. 1.*

considerata atque provisa est; wenn ihn die Mannichfaltigkeit der Vorfälle einen andern Schritt zu gehen veranlässt, (ich meine einen andern Weg; denn die Schritte können geschwinde oder langsam sein) so lasse man ihn laufen, er gehet dem Winde nach, wie die Überschrift unseres Talebot saget.

Es ist kein Wunder, sagt ein Alter,[1] dass der Zufall soviel über uns vermag, weil wir nur auf ein Geratewohl leben. Wer sein Leben nicht überhaupt nach einem gewissen Endzwecke eingerichtet hat,[2] kann unmöglich die einzelnen Handlungen gehörig ordnen. Unmöglich kann einer die Teile in Ordnung bringen, wenn er nicht einen Entwurf zu dem Ganzen gemacht hat. Was hilft es, dass man sich Farben in Vorrat anschaffet, wenn man nicht weiß, was man zu malen hat? Niemand bestimmt sein Leben zu etwas gewissem, sondern wir beratschlagen uns nur stückweise darüber. Der Bogenschütze muss erst wissen, wohin er zielet, und darnach kann er erst die Hand, den Bogen, die Sehne, den Pfeil und die Bewegungen darnach einrichten. Unsere Anschläge schlagen fehl, weil sie keine gewisse Richtschnur, und kein Ziel vor sich haben. Wer sich keinen gewissen Hafen vorgesetzet hat, dem ist kein Wind günstig.

Ich stimme nicht mit dem Urteile überein, welches man zum Vorteile des Sophokles gefället, und worinnen man geschlossen hat,[3] er müsste im Stande sein seine häuslichen Geschäfte wohl in Obacht zu nehmen, ungeachtet ihn sein Sohn angeklagt hatte, weil man eine von seinen Tragödien gesehen hatte. Auch finde ich die Mutmaßung der Parier, die zur Verbesserung der Milesier

1 *Seneca Epist.* 71 Necesse est multum in vita nostra casus possit, quia vivimus casu.

2 Dies alles ist bis zu Ende des Absatzes aus dem Seneca genommen: Non disponet singula, nisi cui iam vitae suae summa proposita est. Nemo, quamvis paratos habeat colores, similitudinem reddet, nisi iam constet, quid velit pingere. Ideo peccamus, quia de partibus vitae omnes deliberamus, de tota nemo deliberat. Scire debet quid petat ille, qui sagittam vult mittere: et tum dirigere et moderari manu telum. Errant consilia nostra, quia non habent, quo dirigantur. Ignoranti quem portum petat, nullus suus ventus est. *Epist.* 72.

3 *Cic. de Senectute* c. 7.

abgeschicket worden waren, nicht zureichend zu dem Schlusse, den sie daraus zogen. Da diese die Insul besichtigten, merkten sie sich die am besten gebaueten Felder, und die am besten bestellten Lusthäuser auf dem Lande an. Als sie nun die Namen von den Herren dieser Güter aufgezeichnet und die Bürger in der Stadt versammelt hatten,[1] ernannten sie diese Besitzer zu neuen Regenten und Obrigkeiten, in der Meinung, Leute, welche das Ihrige wohl in Acht nähmen, würden sich auch die öffentlichen Angelegenheiten angelegen sein lassen. Wir sind alle aus verschiedenen Lappen zusammengesetzet: und sind so ungestalt und so ungleich zusammengesetzt, dass jedes Stück von uns jeden Augenblick sein Spiel treibet. Ja, wir sind uns selbst, so wenig als andern, gleich.

Magnam rem puta, unum hominem agere.[2]

Weil der Ehrgeiz den Menschen sowohl die Tapferkeit, als die Mäßigkeit, und die Freigebigkeit, ja selbst die Gerechtigkeit lehren kann, weil der Geiz einem Kramdiener, der doch hinter dem Ofen und im Müßiggange erzogen worden ist, so viel Mut einpflanzen kann, dass er sich so ferne von seinem Hause der Willkühr der Wellen und des erzürneten Neptuns in einem zerbrechlichen Schiffe anvertrauet; weil der Geiz selbst Klugheit und Verschwiegenheit lehret; weil die Venus sogar die Jugend, die noch unter der Zucht und unter der Rute stehet, mit Herzhaftigkeit und Kühnheit versiehet, und das zarte Herz der Mädchen die ihren Müttern noch im Schoße sitzen, bewaffnet:

1 *Herodot. L. V. p. 339.*
2 Glaube mir, es ist ein wichtiges Werk, wenn einer nur eine einzige Person vorstellen will. *Senec. Epist. 120.* gegen das Ende.

Haec duce custodes furtim transgressa iacentes
Ad iuvenem tenebris sola puella venit:[1]

so darf uns kein vernünftiger Mensch bloß nach unseren äußerlichen Handlungen beurteilen. Man muss bis auf das Innere fühlen, und sehen, von was für Triebfedern die Bewegung herkommt. Aber je kühner und höher diese Unternehmung ist, desto weniger Leute sollten sich derselben unterfangen.

1 Unter der Venus Anführung gehet die Jungfrau bei der Nacht ganz allein mitten durch ihre eingeschlafenen Wächter hindurch, um ihren Liebsten aufzusuchen. *Tibull. L. II. Eleg. 1. v. 75. 76.*

Von der Völlerei

Die Welt ist voller Verschiedenheit und Unähnlichkeit. Die Laster sind, als Laster betrachtet, einander alle gleich: und so verstehen es vielleicht die Stoiker. Aber ob sie schon auf gleiche Weise Laster sind, so sind sie doch nicht gleiche Laster. Es ist nicht glaublich, dass derjenige, der hundert Schritte über die Schranken hinaus ist,

Quos ultra citraque nequit consistere rectum,[1]

nicht in schlimmern Umständen sein sollte, als der, welcher nur zehen Schritte drüber getan hat: oder, dass der Kirchenraub nicht ärger sein sollte, als die Entwendung einiger Kohlstauden aus unserem Garten.

Nec vincet ratio, tantumdem ut peccet, idemque,
Qui teneros caules alieni fregerit horti,
Et qui nocturnus divum sacra legerit.[2]

Es ist so viel Unterschied hierinnen, als in irgend einer Sache. Die Verwirrung der Ordnung und des Maßes der Sünden ist gefährlich. Die Mörder, die Verräter, die Tyrannen haben allzu viel Vorteil dabei. Es ist nicht recht, dass sich ihr Gewissen dadurch erleichtert, weil ein anderer müßig, oder geil, oder saumselig in der Andacht ist. Jeder machet die Sünde seines Nächsten schwer, und seine leicht. Die Lehrer selbst ordnen sie oft, meinem Bedünken nach, schlecht. Sokrates sagte, die Hauptbeschäftigung der Weis-

1 Die man auf keine Weise überschreiten kann, ohne von dem rechten Wege abzuweichen. *Horat. L. I. Sai. I. v. 107.*

2 Denn man wird niemals aus tüchtigen Gründen beweisen können, dass derjenige, der etwas Küchengewächse aus einem Garten gestohlen hat, eines ebenso großen Verbrechens schuldig sei, als der zu Nachts die Tempel der Götter bestohlen hat. *Horat. L. I. Sat. 3 v. 114. seqq.*

heit bestünde darinnen, dass man das Gute und das Böse wohl unterschiede. Hingegen wir, unter welchen der Beste immer noch lasterhaft ist, müssen eben das von der Wissenschaft, die Laster zu unterscheiden, sagen; als ohne welche, wenn sie nicht recht genau ist, der Tugendhafte und der Gottlose miteinander vermenget und unkenntlich bleiben.

Nun scheinet mir aber die Trunkenheit vor andern Lastern ein grobes und viehisches Laster zu sein. Der Verstand hat bei andern noch mehr zu tun; und es gibt Laster, die, ich weiß selbsten nicht was, Großmütiges an sich haben, wenn ich so sagen soll. Es gibt Laster, in welche sich die Wissenschaft, der Fleiß, die Tapferkeit, die Klugheit, die Geschicklichkeit, und die Spitzfindigkeit mit einmischen: dieses hingegen ist völlig körperlich und irdisch. Daher geht es auch nur bei dem ungesittetsten, unter den jetzigen Völkern im Schwange.[1] Die übrigen Laster schwächen den Verstand, dieses entkräftet und betäubt den Leib.

Cum vini vis penetravit,
Consequitur gravitas membrorum, praepediuntur
Crura vacillanti, tardescit lingua, madet mens,
Nant oculi, clamor, singultus, iurgia gliscunt.[2]

Ein Mensch kann in keinem schlimmern Zustande sein, als wenn er sich selbst nicht kennt, und seiner selbst nicht mächtig ist. Man sagt unter andern davon, dass der Wein die verborgensten Geheimnisse bei denenjenigen, die ihn über die Maße getrunken haben, herauslocket, ebenso wie der Most, wenn er in einem Gefäße brauset, alles was zu Boden liegt, in die Höhe stößt.

1 Ich glaube nicht, dass es jetzt erlaubt ist, eine Erläuterung über diese Stelle zu machen, weil das Volk, welches man etwa nennen möchte, gar leicht den Vorwurf zurückschieben könnte.

2 Wenn der Wein einen Menschen einnimmt, so werden die Glieder schwer, der ganze Leib wanket, die Zunge stammelt, der Geist ist ertrunken, die Augen schwimmen, man hört nichts als Schreien, Schlucken, Zanken. *Lucret. L. III. v. 475. seqq.*

Tu sapientium.
Curas, et arcanum iocoso
Consilium retegis Lyaeo.[1]

Joseph erzählet,[2] dass er einen gewissen Gesandten, den die Feinde an ihn geschicket hatten, ausgeforschet habe, da er ihm mit starkem Trinken zugesetzt. Indessen fand sich doch August, da er dem Lucius Piso, welcher Thracien erobert hatte, seine allergeheimsten Sachen anvertrauete,[3] niemals betrogen: ebenso wenig als Tiberius mit dem Cossus, dem er alle seine Anschläge offenbarete: ungeacht wir wissen, dass sie alle beide dem Wein so stark ergeben gewesen, dass man sie beide oft betrunken aus dem Rate hat nach Hause tragen müssen.[4]

Hesterno inflatum venas de more Lyaeo.[5]

So vertraute man auch dem Cimber, ungeacht er sich oft betrank, so getreulich als dem Cassius, der Wasser trank, das Vorhaben den Cäsar zu ermorden:[6] daher er die artige Antwort gab; *Wie sollte ich einen Tyrannen vertragen, da ich nicht den Wein vertragen kann.*

1 Du machst die Ernsthaftesten lustig, und entdeckest uns ihre Gedanken und ihre geheimsten Anschläge. *Horat. L. III. Od. 21. v. 14. seqq.*
2 *De vita sua p. 1016. A.*
3 *Senec. Epist. 83. L. Piso* – – ebrius ex quo semel factus fuit, maiorem partem noctis, in convivio exigebat, usque in horam sextam fere dormiebat – – officium tamen suum, quo tutela urbis continebatur, diligentissime administravit.
4 Id. *ibid.* Tiberius – – Cossum fecit urbis praefectum, virum gravem, moderatum, sed mersum vino et madentem: adeo ut ex senatu aliquando, in quem e convivio venerat, oppressus inexcitabili somno, tolleretur. – – Nullum Cosso aut privatum secretum aut publicum elapsum.
5 Wenn, ihrer Gewohnheit nach, ihre Adern noch von dem Weine aufgeschwollen sind, den sie abends vorher zu sich genommen haben. *Virg. Eclog. v. 65.*
6 *Seneca Epist. 83.* De illa C. Cæsaris caede, illius dico, qui superato Pompeio Rempublicam tenuit, tam creditum est Tullio Cimbro, quam C. Cassio. Cassius tota vita aquam bibit: Tullius Cimber et nimius erat in vino. – In hanc rem locatus est ipse: Ego, inquit, quenquam feram, qui vinum ferre non possum? Aber Seneca hat die Rede des Cimber verstümmelt, damit er nicht dem Cäsar den Namen eines *Tyrannen* geben dürfte, wie Montagne tut.

Wir sehen, dass sich unsere Deutschen, wenn sie sich schon im Weine dicke getrunken haben, doch ihres Quartiers, ihrer Losung, und ihres Gliedes erinnern:

Nec facilis victoria de madidis, et
Blaesis, atque mero titubantibus.[1]

Ich hätte nimmermehr geglaubet, dass man sich in dem Trunke so vertiefen, ersticken, und begraben könnte, wenn ich nicht in den Geschichten Beispiele gelesen hätte.[2] Als Attalus eben den Pausanias, der den König in Macedonien Philippus nachgehends eben deswegen umbrachte, (einen König, dessen gute Eigenschaften gleichwohl von der Erziehung, die er in dem Hause und in der Gesellschaft des Epaminondas genossen hatte, zeugten) zu Gaste geladen, nötigte er ihn, damit er ihm einen recht empfindlichen Schimpf antun könnte, so viel zu trinken, dass er unwissend seine Schönheit, wie den Leib einer Straßenhure, den Mauleseltreibern und schlechtesten Bedienten im Hause preisgab. So erzählte mir auch eine Dame, die ich sehr ehre und hoch achte, dass bei Bourdeaux gegen Castres zu, wo sie ihr Haus hat, eine Baurenfrau, die eine Witwe war und die man für keusch hielte, als sie die ersten Zeichen einer Schwangerschaft an sich bemerkt, zu ihren Nachbarinnen gesagt hätte, sie würde glauben, sie sei schwanger, wenn sie einen Mann hätte. Als sich aber die Gelegenheit zu diesem Argwohne von Tage zu Tage vermehrete, sodass es endlich augenscheinlich war, geriete sie dahin, dass sie in ihrer Kirche von der Kanzel melden ließ; wer sich dieser Tat bewusst wäre und sie bekennen würde, dem verspräche sie solche zu vergeben, und ihn, wenn er es für gut befände, zu heiraten. Ein junger Bauerknecht, der bei ihr gedienet, und der durch diese Be-

1 *Ob sie schon betrunken sind, stammlen und taumeln, so sind sie doch nicht leicht zu schlagen.* – – Dies ist was sattsam Merkwürdiges, und Montagne hat, um es zu sagen, sich der Worte des Juvenals bedienen wollen, aber den Verstand der Worte in diesem Poeten verkehret. *Juvenal. Sat. XV. v, 47. 48.*
2 *Justin. L. IX. c. 6.*

kanntmachung ein Herz bekam, erklärte sich hierauf, er habe sie an einem Feiertage ziemlich betrunken, auf ihrem Herde in so tiefem Schlafe, und in einer so unziemenden Lage gefunden, dass er sich ihrer, ohne sie aufzuwecken, habe bedienen können. Sie leben noch miteinander in der Ehe.

Es ist gewiss, dass das Altertum dieses Laster nicht sehr verschrien hat. Selbst die Schriften der mehresten Philosophen reden ganz gelinde davon: und es gibt welche, sogar unter den Stoikern, die da raten, man solle sich manchmal die Freiheit nehmen, über die Maßen zu trinken, und sich zu berauschen, um der Seele eine Erleichterung zu schaffen.

Hoc quoque virtutum quondam certamine magnum
Socratem palmam promeruisse ferunt.[1]

Der Sittenrichter Cato, der andere Leute bessern sollte, muss sich vorrücken lassen, dass er viel getrunken.

Narratur et prisci Catonis
Saepe mero caluisse virtus.[2]

Cyrus, der so berühmte König, führet unter andern lobenswürdigen Dingen, worinnen er sich seinen Bruder Artaxerxes zu übertreffen rühmt, von sich an,[3] dass er besser trinken könne, als jener. Ja, selbst bei den ordentlichsten und gesittesten Völkern ist der Versuch, wer am meisten trinken könnte, stark im Gebrauche gewesen. Ich habe vom Silvius, einem vortrefflichen Arzte in Paris, sagen hören, man müsste wenn man verhüten wollte, dass die Fibern unseres Magens nicht nach und nach schlaff würden, sie monatlich einmal durch diese Ausschweifung aufmuntern

1 Man sagt, dass schon der große Sokrates selbst den Preis in diesem berühmten Kampfe davon getragen habe. *Corn. Gall. Eleg. 1. v. 47.*

2 Man sagt, dass des alten Cato Tugend oft vom Weine erhitzet worden. *Horat. L. III. Od. 21. v. 11. 12.*

3 ’Οινον πλειονα πινειν και Φερειν. *Plutarch* im *Leben des Artaxerxes.*

und reizen, damit sie nicht steif würden. So schreibt man auch,[1] dass sich die Perser nach dem Trunke über die wichtigsten Sachen beratschlaget hätten.

Mein Geschmack und meine Leibesbeschaffenheit ist diesem Laster mehr als mein Verstand entgegen. Denn außerdem, dass ich meinen Glauben leichtlich unter das Ansehen der alten Meinungen gefangen nehme, so halte ich sie wohl für ein sehr niederträchtiges und dummes Laster, das aber nicht so boshaft und schädlich ist als die andern, die fast alle weit handgreiflicher das Band der gemeinen Gesellschaft verletzen. Und wenn wir uns kein Vergnügen machen können, ohne dass es uns etwas kostet, wie man zu sagen pflegt, so glaube ich, dass dieses Laster unserem Gewissen weniger kostet als die übrigen. Außerdem ist es leicht zu lernen, und nicht schwer zu finden. Ein nicht geringer Vorteil!

Ein Mann von hohem Stande und Alter rechnete unter die drei vornehmsten Bequemlichkeiten, die ihm, wie er mir sagte, noch im Leben übrig wären, auch diese, und wo will man sie besser finden, als unter den natürlichen? Aber er machte es nicht recht. Man muss die Schleckerei, und die sorgfältige Wahl des Weins dabei vermeiden. Wer gern delikaten Wein trinkt, muss sich auch gefallen lassen verfälschten zu trinken. Man muss keinen so hohen und edeln Geschmack haben. Wer ein guter Trinker sein will, darf keinen so zarten Gaumen haben. Die Deutschen trinken fast ohne Unterschied jeden Wein gerne. Sie wollen ihn verschlucken, nicht aber kosten. Also haben sie wohlfeilen. Sie genießen die Wollust häufiger und mit mehr Bequemlichkeit.

Zum andern, wenn man französisch bei zwoen Mahlzeiten und mäßig trinkt, schränkt man die Gunstbezeugungen dieses Gottes zu sehr ein. Es gehört mehr Zeit und Standhaftigkeit dazu. Die Alten brachten oft ganze Nächte mit dieser Übung hin, und verknüpfeten öfters die Tage damit. Also muss man ordentlich desto reichlicher und stärker trinken. Ich habe zu mei-

1 *Herodot. L. 1. c. 133.* und andere Schriftsteller.

ner Zeit einen großen Herrn gesehen, einen Herrn, der große Dinge unternahm und rühmlich ausführte, welcher aber, ohne sich Gewalt anzutun, ordentlich bei der Tafel nicht weniger als fünf Lots Wein trank,[1] und wenn er aufstand, sich dennoch zu unsern Schaden nur allzu klug und allzu vorsichtig bezeigete. Ein Vergnügen, das wir in unserem Lebenslaufe mit in die Rechnung bringen wollen, muss einen größern Teil unsers Lebens dauern. Wir sollten wie die Kramdiener und Tagelöhner keine Gelegenheit zu trinken ausschlagen, und diese Begierde beständig im Kopfe haben. Es scheinet, als ob wir von Tage zu Tage den Genuss dieses Vergnügens abkürzeten, und dass sonst in unsern Häusern, wie ich in meiner Kindheit gesehen habe, das Frühstücken, das Vesperbrot und die kleinen Mahlzeiten,[2] weit häufiger und gewöhnlicher gewesen wären als jetzt. Sollte es wohl daher kommen, dass wir in etwas auf Besserung dächten? wahrhaftig, nein. Aber vielleicht daher, dass wir der Unzucht mehr nachhängen, als unsere Väter. Allein dieses sind zwei Dinge, die nicht in gleicher Stärke beisammen sein können. Sie hat auf der einen Seite unsern Magen geschwächet: und auf der andern dienet die Nüchternheit dazu, dass sie uns artiger und zu Liebeswerken geschickter machet.

1 Von dem Worte Lot sagt Ménage in seinem *Dictionaire Etymologique* nur soviel, dass dieses Wort, unter andern Bedeutungen seiner Meinung nach auch für ein Maß flüssiger Dinge gebrauchet werde, und weiset uns auf das *Glossarium* des du Cange, der auch nicht mehr saget. Ein guter Freund hat mich versichert, dass dieses Wort in Flandern, wo es noch in diesem Verstande gebräuchlich ist, etwas über zwo Kannen, Pariser Maß, mache: und dies sagt Cotgrave in seinem *Dictionaire François Anglois* ausdrücklich. Borel bemerket in seinem *Trésor de Recherches et Antiquités Gauloises* u. s. w. bei dem Wort *Monnoye*, secondes Additions, an, dass im Jahr 1351, das *Lot* Wein nicht mehr als zween Pfenninge (Denier) gekostet habe.

2 *Le ressiner*, oder vielmehr *reciner*, heißt, nach dem neuen Ausleger des Rabelais, das Vesperbrot, oder das Essen, so einige Zeit nach der Mittagsmahlzeit folget: *Reciner*, sagt dieser geschickte Ausleger, kommet her von *Recoenare*, welches von *coena* abstammet, und nach dem Festus vor Alters das Mittagmahl bedeutete. Man sehe den Festus L. III. über das Wort *Coena* und L. XVII. über das Wort *Sensus*.

Mein Vater hat mir wunderschöne Dinge von der Keuschheit seiner Zeit erzählet. Er konnte davon reden, weil er sowohl durch die Kunst als von Natur zum Umgange mit Frauenzimmern sehr geschickt war. Er redete wenig, aber artig, und mischete immer in seine Reden einige Zierraten aus bekannten Büchern, besonders aus spanischen ein, und unter den spanischen hatte er den sogenannten *Marcus Aurelius* gut inne.[1] In seinen Mienen zeigte sich eine leutselige, höfliche und sehr bescheidene Ernsthaftigkeit. Er hielt ganz besonders viel auf die Ehrbarkeit und den Wohlstand an seiner Person, und in seinen Kleidern, er mochte zu Fuß oder zu Pferde sein. Sein Wort hielt er ganz unglaublich genau, er war sehr gewissenhaft, und überhaupt sehr für die Religion eingenommen, ja mehr zum Aberglauben als zu dessen Gegenteile geneigt. Er war, für einen Mann von kleiner Statur, sehr munter. Er war gerade und sehr gut gewachsen, und hatte ein angenehmes Gesicht, das ins Braune fiel. Er war ferner in allen adelichen Übungen sehr geschickt. Ich habe noch mit Blei ausgefüllete Röhren gesehen, womit er seine Arme geübet haben soll, um sie zum Stangen und Steinwerfen, oder zum Fechten geschickt zu machen: desgleichen mit Blei besohlete Schuhe, womit er sich zum Laufen und Springen leicht machen wollte. In Ansehung des Springens erzählt man noch kleine Wunder von ihm. Er lachte, da er schon über sechzig Jahr alt war, über unsere jetzige Geschicklichkeit. Er sprang in seinem langen Pelze auf ein

1 Mericus Casaubonus sagt von diesem Buche in einer kleinen Nachricht, die er seiner Englischen Übersetzung von dem wahren Werke des Kaisers Marcus Aurelius vorgesetzet hat, dass dieses Buch ursprünglich Spanisch geschrieben, und darnach ins Italienische, Französische und Englische übersetzet worden sei u. s. w. *Der Verfasser,* setzet er hinzu, *suchet im Ernste sein Werk für eine getreue Übersetzung des Marcus Aurelius auszugeben. Allein es ist in diesem ganzen Buche nichts, woraus man schließen könnte, ob der gelehrte Spanier, der es verfertiget hat, jemals das Werk dieses weisen Kaisers gesehen hätte.* Dieser Spanier heißt *Guevara*, der aber den Titel gelehrt, welchen ihm hier Mericus Casaubonus gibt, nicht verdient. Man kann die wahre Abbildung seines Geistes und seiner Werke in *Baylens* Wörterbuche, unter dem Artikel *Guevara* sehen.

Pferd, ging auf den Daumen um die Tafel herum, und begab sich selten in sein Zimmer hinauf, ohne drei oder vier Stufen auf einmal zu überspringen. Was gegenwärtige Materie anlangt, sagte er, in einer ganzen Provinz wäre kaum eine einzige vornehme Frau in üblem Rufe gewesen. Er erzählte mir erstaunliche Vertraulichkeiten, in denen er, auch für seine Person, mit den ehrlichsten Weibern, ohne den geringsten Verdacht, gestanden hätte. Von sich schwur er heilig, dass er als Junggeselle in Ehestand getreten sei: und doch geschahe dieses, nachdem er vorher lange Zeit dem Kriege jenseits des Gebirges beigewohnet hatte, als von welchem er uns ein eigenhändiges Tagebuch hinterlassen hat, in welchem er alles, was sich dabei, teils für die gemeine Sache, teils für ihn, Merkwürdiges zugetragen, aufgezeichnet hat. Er verheiratete sich auch erst bei ziemlichen Jahren im Jahr 1525, welches sein dreiunddreißigstes Jahr war, auf dem Rückwege aus Italien.

Doch wir müssen wieder auf unsere Bouteillen kommen. Die Beschwerlichkeiten des Alters, welche einer Stütze und Erfrischung bedürfen, sollten mir fast mit Rechte ein Verlangen nach dieser Gabe einpflanzen. Denn das Trinken ist fast das letzte Vergnügen, welches uns die Jahre rauben. Die natürliche Wärme, sagen lustige Brüder, kommt zuerst in die Füße: diese Wärme findet sich in unserer Kindheit. Von da steiget sie in die mittlere Gegend, wo sie lange sitzen bleibt, und nach meiner Meinung die einzigen wahren Ergötzlichkeiten des körperlichen Lebens hervor ringet. Die andern Wollüste sind gegen diese nur ein Traum. Endlich kommet sie, wie ein Dunst, der sich, wenn er in die Höhe steigt, verteilt und verfliegt, in die Kehle, wo sie ihren letzten Stillstand machet. Gleichwohl weiß ich nicht, wie man das Vergnügen zu trinken, weiter als der Durst geht, verlängern, und sich in der Einbildung mit Gewalt und wider die Natur einen Appetit machen kann. Mein Magen würde sich nicht so weit treiben lassen; es kommt ihm schwer genug an, wenn er nach Notdurft trinket. Nach meiner Leibesbeschaffenheit mache ich mir aus dem Trinken weiter nichts, als insofern es auf das Essen folgen muss: und deswegen trinke ich auch zum letzten Male allezeit am meisten. Weil uns das Alter den Gaumen mit Schleim überzieht, oder sonst durch andere üble Leibesbeschaffenheit verderbet: so schmeckt uns der Wein immer besser, je mehr wir unsere Duftlöcher geöffnet und abgespielet haben. Zum wenigsten bekomme ich selten, gleich auf das erste Mal den rechten Geschmack davon. Anacharsis wunderte sich,[1] dass die Griechen zu Ende der Mahlzeit aus größern Gläsern tranken, als zu Anfange. Sie taten es, wie ich denke, aus eben dem Grunde, aus welchem es die Deutschen tun, die alsdann erst um die Wette zu trinken anfangen. Plato verbietet den Kindern,[2] vor dem achtzehenden Jahr Wein zu trinken, und vor dem vierzigsten sich voll zu trinken. Aber Leuten, die das vierzigste Jahre zurücke geleget haben, verzeihet er es, wenn sie einen Gefallen daran finden, und dem Dionysius bei ihren Gastmahlen etwas mehr Einfluss verstatten: Diesem guten Gotte, der den Menschen die Munterkeit, und den Alten die Jugend wieder gibt, der die Leidenschaften besänftiget und erweicht, gleichwie das Feuer das Eisen weich machet. In seinen *Gesetzen* hält er dergleichen Trinkgesellschaften, woferne nur in der Gesellschaft ein Haupt dabei ist, das sie im Zaume und in Ordnung halten kann, für nützlich. Denn er sagt, die Trunkenheit sei eine schöne Übung, und ungemein geschickt den alten Leuten das Herz zu machen, sich durch Tanzen und Musik zu ergötzen; welches sehr nützliche Dinge wären, und deren sie sich doch nicht unterfangen dürften, so lange sie bei gutem Verstande wären. Der Wein sei geschickt die Seele mäßig, und den Leib gesund zu machen.

Unterdessen gefällt es ihm doch, folgende Einschränkungen, die zum Teil von den Karthaginensern entlehnet sind, zu machen,[3] dass man sich desselben auf Feldzügen entbreche. Dass

1 *Diog. Laërt.* in *vita Anacharsis L. I. Segm. 104.*

2 *De Legibus L. II. p. 581.*

3 *Qu'on s'en espargne,* das ist: *dass man sich dessen völlig enthalte, und nicht qu'on le prenne sobrement, dass man ihn mäßig gebrauche,* wie man in die letzten Ausgaben des Montagne gesetzet hat, in welchen man den Ausdruck des Verfassers hat verbessern wollen, und darüber seinen Gedanken verloren hat.

sich alle obrigkeitlichen Personen und Richter desselben enthalten,[1] wenn sie im Begriffe sind ihr Amt zu verrichten, und sich von öffentlichen Geschäften zu beratschlagen: dass man nicht den Tag als eine Zeit,[2] die zu andern Verrichtungen bestimmet ist, und nicht eben die Nacht, da man sich Kinder zu zeugen vornimmt,[3] dazu anwenden soll.

Man sagt, der Philosoph Stilpo habe, als ihm ein hohes Alter zur Last wurde, vorsätzlich sein Ende damit beschleuniget,[4] dass er den Wein lauter getrunken. Eben diese Ursache, richtete auch die durchs Alter niedergeschlagenen Kräfte des Philosophen Arcesilaus, aber wider seinen Vorsatz,[5] vollends zu Grunde.

Allein es ist eine alte und lustige Frage: ob die Seele des Weisen von der Kraft des Weines überwunden werden kann,

Si munitae adhibet vim sapientiae.[6]

Zu was für Eitelkeit verleitet uns nicht die gute Meinung, die wir von uns haben? Die allerordentlichste und vollkommenste Seele von der Welt hat nur allzuviel zu tun, wenn sie sich aufrechts erhalten und in Acht nehmen will, dass sie nicht aus eigener Schwachheit niederfällt. Unter tausenden ist nicht eine, die nur einen Augenblick ihres Lebens gerade und feste stehet; und es ist

Denn Plato sagt ausdrücklich, er billige das Gesetz der Carthaginenser, welches befahl, *man sollte sich im Felde des Weines gänzlich enthalten, und nichts als Wasser trinken*, u. s. w. μηδεποτε μηδενα επι στρατσπεδου γευεσθαι τουτου του ποματος, ἀλλ ὑδροποτια συγγιγνεσθαι τουτον τον χρονον ἅπαντα. *De Legibus L. II.* zu Ende.

1 Oder, wie es schöner im Plato stehet, während des Jahres, dass sie im Amte sind, μηδε αρχοντας, τουτον τον ενιαυτον όν αν αρχωσι. Eb. das.

2 Wenn es nicht, sagt Plato, zur Übung oder im Falle einer Krankheit geschiehet, ει μη σωμασκιας η νοσων ένεκα. Eb. das.

3 Diese Ausnahme ging die Weiber sowohl an, als die Männer: μηδ'αυ νυκτωρ, όταν' επινοη τις παιδας ποιειθαι ανηρ η και γυνη. Plato eb. das. Das heißt, sie müssten es miteinander abgeredet haben.

4 *Diogenes Laërt* in *Stilpons Leben. L. II. Segm. 120.*

5 Eb. ders. im *Leben des Arcesilaus L. IV. Segm. 44. (*'})*

6 Ob der Wein eine wohl verwahrte Weisheit überwältigen kann. *Horat. L. III. Od. 28. v. 4. Dies ist hier mehr eine Parodie, als eine Citation.*

ungewiss, ob sie es wegen ihrer natürlichen Beschaffenheit jemals so weit bringen kann. Die Beständigkeit ist ihre größte Vollkommenheit: ich meine, wenn sie von außen keinen Anstoß hat, den sie gleichwohl von tausend Zufällen zu erwarten hat. Lucrez, dieser große Poet, mag noch so schön philosophieren, und sich noch so sehr stemmen: deswegen wird er doch durch einen Liebestrunk unsinnig gemacht. Glaubt man denn, dass ein Schlagfluss den Sokrates nicht so gut, als einen Lastträger betäuben kann? Einige haben durch eine heftige Krankheit sogar ihren Namen vergessen; und andere hat eine geringe Wunde des Verstandes beraubt. Es mag einer so weise sein, als er will, so ist er doch noch ein Mensch. Was kann hinfälliger, elender und nichtiger sein? Die Weisheit hebet unsere natürlichen Umstände nicht auf:

Sudores itaque et pallorem exsistere toto
Corpore, et infringi linguam, vocemque aboriri,
Caligare oculos, sonare aures, succidere artus,
Denique concidere ex animi terrore videmus.[1]

Der Weise blinkt ebenso wohl mit den Augen, wenn ihm ein Streich drohet. Er wird so gut, als ein Kind mit Schauer befallen, wenn er sich an der Spitze einer steilen Höhe befindet. Die Natur hat sich diese kleinen Merkmale, die weder Vernunft noch Stoische Tugend überwinden können, als Zeichen ihrer Macht über uns vorbehalten wollen, uns unsere Sterblichkeit und Torheit zu lehren. Er erblasset für Furcht, errötet aus Scham, und seufzet in der Kolik, wo nicht mit einer verzweifelnden und lauten Stimme, doch wenigstens mit einem gebrochenen und heisern Tone.

1 Wir sehen auch, dass (wenn der Geist von Furcht eingenommen ist) die stammlende Zunge kein Wort vorbringen kann, dass die Augen finster werden, die Ohren klingen, die Glieder schwach werden, und die ganze Maschine verdorben ist. *Lucret. L. III. v. 155. u. f.*

Humani a se nihil alienum putet.[1]

Die Poeten, welche nach eigenem Gefallen dichten dürfen, was sie wollen, unterstehen sich nicht einmal ihre Helden der Tränen zu entledigen:

Sic fatur lacrymans, classique immittit habenas.[2]

Es ist genug für den Weisen, wenn er seine Neigungen im Zaume hält und mäßiget: denn sie völlig zu beherrschen stehet nicht in seinen Kräften. Unser Plutarch selber, dieser so vollkommene und vortreffliche Richter der menschlichen Handlungen, gerät, wenn er den Brutus und Torquatus ihre eigene Kinder umbringen siehet,[3] in Zweifel, ob die Tugend so weit gehen könne; und ob diese Leute nicht vielmehr durch eine andere Leidenschaft angetrieben worden. Alle Handlungen, welche die ordentlichen Grenzen überschreiten, sind einer üblen Auslegung unterworfen: weil sich unser Geschmack so wenig zu dem, was über ihm ist, als zu dem was unter ihm ist, schicket.

Doch wir wollen diese Sekte fahren lassen,[4] die sich besonders eine gewisse Kühnheit angelegen sein lässet. Allein wenn wir selbst unter der andern Sekte, die man für die weichlichste gehalten hat,[5] die großsprecherischen Worte des Metrodorus hören:[6]

1 *Er darf also nicht glauben, dass er vor einem menschlichen Zufalle sicher sei.* Terent. *Heautontim.* Act. I. Sc. 1. v. 25. Dies ist nicht der wahre Verstand der Worte des Terentius. Montagne bedienet sich derselbigen nur um seinen Gedanken auszudrücken, nach einer bei ihm gewöhnlichen Freiheit, wie ich schon angemerket habe, und wie diejenigen sehen werden, welche die Stellen, die er anführet, in ihren Quellen nachschlagen werden: welches man tun muss, wenn man sehen will, wie schön er sie alle Augenblicke anwendet.

2 *Virgil. Aeneid Lib. VI. v. 1.*
So rief er eilend aus und ging drauf unter Segel.

3 Im *Leben des Publikola.*

4 Die Stoische, deren Stifter *Zeno* war.

5 Die Epikurische.

6 Ich bin dir zuvorgekommen, ich habe dich bezwungen, o Glück! Ich habe dir alle Zugänge verschlossen, dass du nicht an mich kommen kannst. *Cic. Tusc. Quaest. L. I. 9.*

Occupavi te, Fortuna, atque cepi: omnesque aditus tuos interclusi, ut ad me adspirare non posses; wenn Anaxarch, als er auf Nikokreons, des Tyrannen in Cypern Befehl, in einem steinernen Mörsel mit eisernen Keulen zu Tode geschmissen wird, und doch beständig saget:[1] *Stoßt immer zu, schlagt immer entzwei: ihr zerstoßt den Anaxarch nicht, sondern seine Schale;* wenn wir unsere Märtyrer den Tyrannen mitten aus dem Feuer zurufen hören:[2] *Es ist genug auf dieser Seite gebraten, haue sie ab, friss sie, sie ist gar, fang an der andern an;* wenn wir im Joseph das Kind,[3] welches Antiochus mit Zangen zerreißen, und mit Pfriemen durchbohren lässt, ihm noch Trotz bieten, und mit einer standhaften und gesetzten Stimme schreien hören: »Tyrann! du bemühst dich umsonst, ich befinde mich noch immer wohl. Wo ist der Schmerz, wo sind die Martern, womit du mir drohest? Kannst du nichts als dies? Meine Beständigkeit machet dir größere Pein, als ich von deiner Grausamkeit empfinde: Feige Memme, du gibest dich, und ich werde stärker. Mache, dass ich mich beklage; mache, dass ich mich beugen lasse, mache, dass ich mich gebe, wenn du kannst. Sprich deinen Trabanten und deinen Henkersknechten Mut zu: Siehe nur, der Mut entfällt ihnen, sie können nicht mehr, treibe sie an, mache sie hitzig.« Hier muss man gewisslich bekennen, dass sich in diesen Seelen eine gewisse Veränderung und eine gewisse Wut zeigt, so heilig sie auch ist. Wenn wir auf die Einfälle der Stoiker kommen: *Ich will lieber rasend als wollüstig sein,* wie Antisthenes sagte:[4] μανειην μαλλον η ησθειην; wenn Sextius spricht, *er wollte lieber vom Schmerze als von der Wollust gefesselt sein:* Wenn Epikur sich unterfänget, sich von dem Zipperlein liebkosen zu lassen, und Ruhe und Gesundheit ausschläget, weil er mit frischem Herzen dem Ungemach Trotz

1 *Diogenes Laërtius* im *Leben des Anaxarchus L. IX. Segm. 58, 59.*

2 Dieses lässt Prudentius dem H. Laurentius sagen, in seinem Buche περι στεφανων, von den Cronen *Hymn. II. v. 401. u. f.*

3 *de Maccab. C. 8*, wo man einen ähnlichen Verstand, aber nicht die nämlichen Worte findet.

4 *Aul. Gellius L. IX. c. 5.* et *Diog. Laërtius* in *vita Antisthenis L. VI. Segm. 3.*

bietet; wenn er geringere Schmerzen verachtet, und sich nicht die Mühe nimmt mit ihnen zu kämpfen und zu streiten, sondern stärkere, empfindlichere, und die seiner würdig sind, auffordert und verlanget:

Spumantemque dari pecora inter inertia votis
Optat aprum, aut fulvum descendere monte leonem:[1]

Wer urteilet hier nicht, dass dieses von einer jähen Hitze einer aus ihrer ordentlichen Lage gebrachten Herzhaftigkeit herrühre? Unsere Seele kann sich von ihrem ordentlichen Sitze nicht so weit erheben, sie muss denselben verlassen, sich in die Höhe schwingen, den Zügel in das Maul nehmen, und also ihren Mann so weit wegführen und fortreißen, dass er sich hernach selbst über seine Tat wundert. Ebenso treibt im Kriege die Hitze des Treffens mutige Soldaten öfters an, so gefährliche Gänge zu wagen, dass sie, wenn sie wieder zu sich selbst kommen, die ersten sind, die vor Erstaunen darüber erzittern. Ebenso geraten die Poeten oft über ihre eigenen Werke in Verwunderung, und haben die Spur vergessen, auf welcher sie eine so schöne Bahn zurücke geleget haben: welches man auch bei ihnen Hitze und Begeisterung nennet. Und ebenso wie Plato sagt,[2] dass ein gesetzter Mann vergeblich vor der Türe der Poesie anklopfe: so spricht auch Aristoteles, keine ausnehmende Seele sei von aller Vermischung mit Narrheit frei. Er hat auch recht, wenn er eine jede übertriebene Handlung, die unsere eigene Vernunft und Verstand übersteiget, so lobenswürdig sie auch sein mag, eine Narrheit nennet, weil die Weisheit eine ordentliche Führung unserer Seele ist, und

1 *Virgil Äneid. Lib. IV v. 158 sq.*
... bei diesen trägen Tieren
Wünscht er ein schäumendes und wildes Schwein zu spüren
Und eines Löwen Furt am Berge nachzugehn.

2 Sive Platoni credimus, frustra Poeticas fores compos sui pepulit: sive Aristoteli, nullum magnum ingenium sine mixtura dementiae fuit. *Senec. de tranquillitate animi, sub finem.*

dieselbe nach einem gewissen Maße und Verhältnisse regieret, und sich selbst davon Rechenschaft gibt. Plato schließet daher,[1] weil die Gabe zu weissagen über unser Vermögen ist, wir müßten außer uns sein, wenn wir sie haben: unsere Klugheit müsste entweder durch den Schlaf, oder durch eine Krankheit verdunkelt sein, oder sie müsste durch eine himmlische Entzückung außer sich gesetzet werden.

1 Platons Worte lauten so: Ικανον δε σημειν ως μαντικην αφροσυνη Θεος ανθρωπινη δεδωκεν, ουδεις γαρ εννους εφαπτεται μαντικης ενθεου και αληθους, αλλ'η καθ υπνον την της φρονησεος πεδηθεις δυναμιν, η δια νοσον, η τινα ενθουσιασμον παραλλαξας. *In Timaeo. p. 543. G.*

Von den Büchern

Ich zweifle keineswegs, dass ich nicht oft von Dingen reden sollte, die von den Meistern in der Kunst, weit besser und richtiger abgehandelt worden sind. Ich liefere hier bloß einen Versuch meiner natürlichen Fähigkeiten, nicht aber der erworbenen. Also verschlägt es mir nichts, wenn mich gleich jemand auf der Unwissenheit ertappet. Denn ich werde schwerlich einem andern für meine Gedanken gut sein, da ich mir selbst nicht dafür gut sein mag, und nicht damit zufrieden bin. Wer Gelehrsamkeit suchet, muss sie da fischen, wo sie sich aufhält. Ich rühme mich keiner Sache weniger, als dieser. Ich trage hier meine Einfälle vor, durch welche ich nicht die Sachen, sondern mich selbst zu erkennen zu geben suche. Vielleicht werden sie mir einmal bekannt werden, oder sind mir schon bekannt gewesen, nachdem mich etwa das Glück auf die Stellen geführet hat, wo sie ins Licht gesetzet sind. Allein, ich erinnere mich nicht mehr daran. Wenn ich gleich einige Belesenheit habe, so behalte ich doch nichts. Also mache ich mich zu weiter nichts anheischig, als zu zeigen, wie weit sich jetzt meine Erkenntnis erstrecket. Man muss nicht auf die Materien, sondern auf die Art des Vortrages sehen. Man beurteile bei dem, was ich entlehnet, ob ich im Stande gewesen bin, etwas zu erwählen, welches die Erfindung, die allezeit von mir kommet, zu bestärken und zu unterstützen geschickt ist. Ich lasse andere dasjenige, was ich entweder, weil ich der Sprache nicht mächtig genug bin, oder wegen der Schwachheit meines Verstandes nicht so geschickt als sie ausdrücken kann, nicht nach meinem Kopfe, sondern nach meiner Ordnung sagen. Ich zähle die entlehnten Gedanken nicht, sondern ich wiege sie ab. Wenn ich dabei auf die Menge gesehen hätte, so würde ich mich mit noch zwei Mal so vielen beladen haben. Sie kommen meistenteils von so berühmten und alten Namen her, dass sie sich, wie mich dünket, auch ohne mich schon selbst genugsam,[1] nennen werden.

Wenn ich ihre Gründe, Vergleichungen und Beweise in meinen Grund und Boden versetze, und mit den meinigen vermische; so verschweige ich den Urheber derselben wissentlich, um die Verwegenheit der voreiligen Urteile im Zaume zu halten, die sich über alle Gattungen von Schriften hermachen, besonders über neue Schriften, und die von noch lebenden Personen herrühren; die in der Muttersprache geschrieben sind, von welchen jedermann reden kann, und anzudeuten scheinen, dass in den Gedanken selbst und an dem ganzen Entwurfe nichts besonderes sei. Ich möchte gerne, dass sie auf meiner Nase dem Plutarch einen Nasenstüber geben, dass sie sich verbrenneten und in meiner Person den Seneca schimpften. Ich muss meine Schwachheit hinter dem Ansehen dieser großen Männer verstecken. Ich wollte einen loben, der mir die fremden Federn ausrupfte:[2] ich meine durch seine Urteilskraft und Unterscheidung der Stärke und Schönheit der Gedanken. Mein kurzes Gedächtnis verursacht, dass ich nicht fortkommen kann, wenn ich sie nach ihrer Heimat unterscheiden will. Aber, wenn ich meine eignen Kräfte messe, erkenne ich leicht, dass auf meinem Grund und Boden keine so herrlichen Blumen wachsen können, als ich hin und wieder darauf finde; und dass alle Früchte von meinem Wuchse zusammen nicht so viel wert sind. Ich darf weiter nichts verantworten, als wenn ich mir selbst im Lichte stehe, dass ich das eitle und fehler-

1 Man hat erst nach dem Tode des Montagne angefangen, die Schriftsteller zu nennen, deren Worte er angeführet hat. Allein ich kann wohl sagen, dass man es von der gegenwärtigen Auflage mehr versuchet als bewerkstelliget habe. Man wird hier nicht nur diejenigen Stellen finden, aus welchen Montagne seine Worte genommen hat; sondern noch eine große Anzahl anderer, die er nur sehr unbestimmt angeführet, ungeacht er sie dem Verstande nach seinem Werke eingerückt hat.

2 Wenn ich solches zuweilen getan habe, so ist es mehr von ungefähr, oder durch Hilfe des Gedächtnisses geschehen, als durch diese Art der Unterscheidungskraft, die Montagne von denenjenigen fordert, die sich unterfangen wollen, ihm die fremden Federn auszurupfen.

hafte in meinen Gedanken nicht merke, oder nicht zu merken im Stande bin, wenn ich mir es vorstelle. Wir übersehen öfters Fehler: allein die Schwäche der Urteilskraft bestehet darinnen, dass wir dieselben nicht wahrnehmen können, wenn sie uns ein anderer entdecket. Wir können Wissenschaft und Wahrheit ohne Beurteilungskraft, und wieder Beurteilungskraft ohne jene besitzen: ja die Erkenntnis unserer Unwissenheit ist meines Erachtens eines der schönsten und sichersten Kennzeichen unserer Beurteilungskraft. Ich überlasse es dem Glücke, meine Stücke in Ordnung zu stellen. Ich nehme meine Einfälle, wie sie mir vorkommen. Bald drängen sie sich mit Haufen herzu, bald aber kommen sie ganz langsam einer nach dem andern. Ich will, meinen natürlichen und ordentlichen Gang, so ungeschickt er auch ist, sehen lassen. Ich gehe, wie es mir einkommt. Ich trage auch hier keine Sachen vor, die man notwendig wissen müsste, oder von denen man nicht zufälliger Weise und ohne vieles Bedenken reden dürfte. Ich wollte wünschen, dass ich eine vollkommnere Erkenntnis von den Dingen besäße: aber ich mag sie nicht so teuer kaufen, als sie zu stehen kommt. Mein Vorhaben ist, den noch übrigen Teil meines Lebens angenehm, aber nicht mühsam zuzubringen. Ich mag mir um keines Dinges willen den Kopf zerbrechen: auch nicht um der Wissenschaft willen, ob sie schon von noch so großem Werte ist.

Ich suche nichts in den Büchern, als mich durch einen erlaubten Zeitvertreib damit zu vergnügen. Wenn ich ja nachdenke, so suche ich nichts als die Wissenschaft, welche von der Selbsterkenntnis handelt, und mich recht sterben und recht leben lehret.

Has meus ad metas sudet oportet equus.[1]

Über den Schwierigkeiten, welche ich bei dem Lesen antreffe, beiße ich mir nicht die Nägel ab: sondern übergehe sie, nach-

1 Nach diesem Ziele muss mein Pferd mit vollem Zügel laufen. *Propert. L. IV. Eleg. 1. v. 70.*

dem ich mich ein oder zwei Mal drüber gemacht habe. Wenn ich mich dabei aufhielte, so würde ich mich und meine Zeit darüber verderben. Mein Verstand tut in der ersten Hitze das meiste. Was ich nicht gleich das erste Mal einsehe, das sehe ich noch weniger ein, wenn ich hartnäckig nachdenke. Ich richte nichts aus, wenn ich nicht munter bin. Allein das anhaltende und allzu emsige Nachdenken blendet meine Beurteilungskraft, und machet sie düster und müde. Das Gesicht vergehet mir darüber. Ich muss es davon abwenden, und zu verschiedenen Malen wieder darauf wenden: ebenso wie man uns über den Scharlach mit den Augen hinfahren, und denselben mehr als einmal, geschwind hintereinander mit dem Gesichte durchlaufen heißt, wenn wir von seinem Glanze urteilen wollen. Wenn mir ein Buch nicht gefällt, so nehme ich ein anderes, und ich wende mich nicht eher dazu, bis mir das Müßiggehen verdrießlich zu werden anfängt.

Ich mache mich nicht sehr an die Neuern, weil mir die Alten viel vollständiger und stärker vorkommen. Mit den Griechen mache ich mir auch nicht viel zu schaffen, weil sich mein Verstand nicht zu einer kindischen und schulmäßigen Erkenntnis bequemen kann.[1] Unter den bloß lustigen Büchern halte ich unter den neuern des Boccaz Dekameron,[2] den Rabelais, und die

1 In der Ausgabe in 4. vom Jahre 1588 drückt sich Montagne hier so aus: Weil mein Verstand nicht mit einer mittelmäßigen Erkenntnis zufrieden ist. Dies kann bei gegenwärtiger Stelle statt einer Auslegung dienen. Er will uns hiedurch sagen, dass er nur eine mittelmäßige Erkenntnis in der griechischen Sprache gehabt hat.

2 Rabelais, sagte Boileau *will immer lustig sein, und er ist es auch beständig.* Wegen seiner Schreibart sagte der Herr Rousseau, da wir einmal in London beisammen waren, und darauf zu reden kamen: *Niemand hat den Reichtum und den Nachdruck der französischen Sprache besser gekannt, und sich denselben sowohl zu Nutze zu machen gewusst, als Rabelais.* Diese Anmerkung, welche von einem der besten Poeten dieses Jahrhunderts herrühret, der sehr richtig denket, und mit der Erkenntnis sehr nützlicher Dinge gezieret ist, verdienet aufbehalten zu werden. Sie ist ohne Zweifel dem berühmten la Fontaine bekannt gewesen, der sich dieselbe gut zu Nutze gemachet hat. Unsere jungen Schriftsteller dürfen nur, jeder nach seiner Neigung, und nach der Schreibart,

Küsse des Johannes Secundus,[1] (wenn sie unter diesen Titel gehören) würdig gelesen zu werden. Aber der Amadis und andere dergleichen Schriften haben nicht einmal in meiner Kindheit so viel bei mir gegolten, dass ich mich damit aufgehalten hätte.

Ich will noch dieses entweder kühn oder verwegen sagen, dass diese alte und schwere Seele nicht nur nicht mehr von dem Ariost, ja nicht einmal von dem guten *Ovid* gekützelt wird. Denn seine fließende Schreibart und seine Erfindungen, die mich ehedem entzücket haben, sind mir jetzt kaum noch erträglich. Ich sage meine Meinung von allen Dingen frei: selbst von denenjenigen, die vielleicht meine Fähigkeit übersteigen, und von denen ich selbst weiß, dass sie keinesweges unter meiner Gerichtsbarkeit stehen. Das, was ich davon urteile, soll auch nur das Maß meiner Einsicht, nicht aber das Maß der Sachen anzeigen. Wenn ich an dem *Axiochus* des Plato keinen Geschmack finde,[2] als an einem Werke, das für einen solchen Verfasser sehr matt ist, so

auf welche sich jeder legen will, diesem Beispiele folgen: so werden sie sehen, dass unsere Sprache nur durch derer jenigen Nachlässigkeit, welche sich keine Mühe geben derselben wahren Reichtum zu entdecken, arm ist. Ein zu dieser Absicht dienliches Mittel ist das sorgfältige Lesen unserer alten Schriftsteller, in welchen man unsere neue Sprache zu bereichern Gelegenheit finden wird, ebenso, wie Virgil durch das Lesen des Ennius die Seinige zu bereichern im Stande war ex *stercore Ennii aurum colligens*. Hieran haben gewisse Witzlinge niemals gedacht, die etwas Wundergroßes zu tun glauben, wenn sie unsere alten Bücher in schönes neues Französisch übersetzen, (das neueste ist allezeit das schönste) und dadurch vernichten. Man könnte sie mittelmäßigen Malern vergleichen, welche, wenn sie die Arbeiten eines Raphaels, eines Paul Veronese und eines Titian, abcopiret, diese herrlichen Originale ins Feuer würfen.)

1 Ein lateinisches Gedicht, das den Titel hat: Joannis Secundi Basia. Der Verfasser ist ein Holländer. Es ist eine Sammlung von Sinngedichten über den auf dem Titel des Werkes angezeigten Gegenstand. Ungeachtet man solches oft, und unter andern einmal zu Lyon, bei Sebastian Gryphius im Jahr 1539 aufgeleget hat, so ist es, wie man saget, gleichwohl sehr selten geworden. Doch will ich deswegen gar nicht raten, dass man es wieder drucken soll: denn ich kann mir aus keinen lateinischen von Neuern verfertigten Gedichten etwas machen; selbst des Buchanan, Grotius, Heinsius und anderer Gedichte nicht ausgenommen. Ich meine, was die Verse betrifft.

2 Dieses Gespräch gehört nach dem Urteile der besten Kunstrichter nicht dem Plato, sondern dem Äschines, einem Schüler des Sokrates, zu.

trauet sich mein Verstand selbst nicht. Er ist nicht so hochmütig, dass er sich dem Ansehen so vieler berühmter Urteile der Alten widersetzet, welche er für seine Lehrer und Meister hält, und mit welchen er viel lieber irren würde. Er misset sich selbst die Schuld bei, und macht sich den Vorwurf, dass er entweder nur bei der Schale geblieben sei, und nicht auf das Innerste habe kommen können, oder dass er die Sache nach einem falschen Scheine betrachtet habe. Er ist zufrieden, wenn er sich vor Verwirrung und Unordnung in Acht nimmt: seine Schwäche aber erkennet er, und bekennet sie auch gerne. Er glaubet die Wahrscheinlichkeiten, die er vor sich siehet, recht auszulegen: aber eben diese Wahrscheinlichkeiten sind schwach und unvollkommen. Die meisten Fabeln des Äsopus haben vielerlei Sinn und Verstand. Diejenigen, welche sie auslegen, betrachten sie von einer gewissen Seite, die sich für die Fabel schickt: allein meistens wählen sie nur die erste, die sich ihnen darstellet, und betrachten nur das Äußerliche. Indessen kann man sie doch noch von andern Seiten betrachten, und mehr in das Wesentliche und Innere dringen, in welches jene nicht haben dringen können. So mache ich es auch.

Alleine, dass ich fortfahre, ich habe allezeit geglaubt, dass Virgil, Lucrez, Catull und Horaz in der Poesie allen andern weit vorgehen: besonders Virgil in seinem Gedichte *vom Ackerbau*, welches ich für das vollkommenste Stück der Dichtkunst achte. Aus der Vergleichung mit diesem Gedichte kann man leicht erkennen, dass in der Äneis Stellen sind, die der Verfasser noch besser ausgeputzet haben würde, wenn er Zeit darzu gehabt hätte. In der Äneis aber scheinet mir das fünfte Buch das vollkommenste zu sein.[1] Ich liebe und lese auch gerne den Lucan, nicht sowohl

1 Montagne ziehet hier das fünfte Buch der Äneis den übrigen Büchern dieses Gedichtes nur in Ansehung der Zusammensetzung und der Schreibart vor. Er will bloß sagen, dass ihm dieses Buch am besten geschrieben, am vollkommensten, und am meisten ausgebessert zu sein scheinet. Und wo ich nicht irre, hat die berühmte Frau Dacier, ebenso davon geurteilet, wenn sie in einer Anmerkung über das XXIIIste Buch der Ilias, Paris. Ausgabe p.589. (Amsterdam. Ausgabe p. 319. Anmerk. 81.) zwischen der Beschreibung der Stelle, die man

wegen seiner Schreibart, als wegen seines eigenen Wertes, und wegen der Richtigkeit seiner Meinungen und Urteile. Der ehrliche Terenz, bei dem man alle Artigkeiten und Annehmlichkeiten der lateinischen Sprache findet, scheinet mir die Bewegungen, und die Beschaffenheit unserer Sitten wunderschön nach dem Leben abzumalen. Alle Stunden führen mich unsere Handlungen auf ihn zurücke. Ich mag ihn noch so oft lesen, so finde ich doch allezeit eine neue Schönheit und Annehmlichkeit bei ihm.

Diejenigen, welche bald nach Virgils Zeiten lebten, beklagten sich, dass einige den Lucrez mit ihm vergleichen wollten. Ich bin der Meinung, dass in der Tat zwischen beiden keine Vergleichung stattfindet. Allein ich habe zu tun, dass ich mich bei diesem Glauben erhalte, wenn ich manchmal über eine schöne Stelle des Lucrez gerate. Da sie über dieser Vergleichung so eiferten, was würden sie erst von der Dummheit und barbarischen Unwissenheit dererjenigen sagen, die heutzutage den Ariost mit ihm vergleichen? Ja, was würde Ariost selbst dazu sagen?

O seculum insipiens & inficetum![1]

Ich halte dafür, die Alten haben sich noch mehr über diejenigen zu beklagen gehabt, die den Plautus mit dem Terenz vergleichen (dieser stellt ein wenig besser einen Edelmann vor) als über die Vergleichung zwischen dem Lucrez und Virgil. Zu der Hochachtung und dem Vorzuge des Terenz träget auch dieses viel bei, dass ihn der Vater der römischen Beredsamkeit, der einzige von seinem Range, so oft im Munde führet: desgleichen das Urteil, welches der Oberrichter der römischen Poeten über den Plautus fället.[2]

beim Homer findet, und der Beschreibung, die Virgilius davon im V. Buche seiner Äneis gibt, eine kurze Vergleichung anstellet. Sie spricht: *Virgil käme mit der ganzen Pracht der Poesie, er habe nichts vergessen, was den Sieg zweifelhaft machen kann, und nichts wäre besser ausgearbeitet, als seine Verse.*

1 O abgeschmackte und unsinnige Zeit! *Catull. Epigram. 41. v. 270.*

2 Horat. der in seiner Schrift *de Arte poetica v. 270 u. f.* saget:
At nostri proavi Plautinos & numeros, &
Laudavere sales, nimium patienter utrumque

Es ist mir oft in den Sinn gekommen, dass diejenigen, welche zu unserer Zeit Komödien schreiben (nach Art der Italiener, die hierinnen ziemlich glücklich sind), aus drei bis vier Komödien des Terenz oder Plautus eine einzige machen. Sie häufen in einer einzigen Komödie fünf bis sechs Erzählungen des Boccaz aufeinander. Sie überladen sich so mit Materie, weil sie sich nicht durch ihre eigentümlichen Annehmlichkeiten aufrecht zu erhalten getrauen. Sie müssen also einen Körper ausfindig machen, auf den sie sich stützen können; und wollen uns, da sie uns mit dem ihrigen nicht genugsam aufhalten können, durch die Erzählung die Zeit vertreiben. Bei meinem Schriftsteller zeigt sich gerade das Gegenteil.[1] Die Vollkommenheiten und Schönheiten seiner Schreibart, machen, dass das Verlangen nach seinem Gegenstande vergehet. Seine Munterkeit und Artigkeit ziehen uns überall an sich. Er ist durchgängig so lustig,

Liquidus, puroque simillimus amni[2]

und erfüllt unsere Seele so sehr mit seinen Annehmlichkeiten, dass wir darüber die Annehmlichkeit seiner Fabel vergessen. Eben diese Betrachtung führet mich noch weiter. Ich sehe, dass die guten und alten Poeten das gezwungene und gekünstelte Wesen vermieden haben: und nicht nur den spanischen und Petrarchischen phantastischen Schwulst; sondern sogar die, weit erträglichern und gemäßigtern Spitzfindigkeiten, welche die Zierde aller poetischen Werke in den folgenden Jahrhunderten ausmachen. Ein guter Kenner tadelt die Alten deswegen gewiss

Ne dicam stulte, mirati. Das ist:
Hat unsrer Väter Mund des Plautus Scherz und Kunst
Im Lustspiel sehr gelobt; so wars aus blinder Gunst,
Man hat ihn wahrlich nur aus Einfalt hochgeschätzet.

1 Dem Terenz, der seinerseits von den Griechen in eben dem Stücke ebenso weit übertroffen wird, als er es den neuen Poeten, von welchen Montagne redet, zuvortut. Terenz macht ebenfalls manchmal aus zwei griechischen Stücken ein lateinisches. Man sehe die Vorrede seines *Eunuchus*.

2 Hell, und dem reinsten Flusse gleich. *Horat. L. II. Epist. 2. v. 120.*

nicht, und bewundert die gleiche Politur, die beständige Annehmlichkeit und immer blühende Schönheit, welche in des Catulls Sinngedichten herrschet, weit mehr, als alle spitzigen Einfälle, womit Martial das Ende der seinigen ausrüstet. Dieses geschiehet gerade aus dem bereits von mir angeführten Grunde, welchen auch Martial für sich brauchet,[1] *minus illi ingenio laborandum fuit, in cuius locum materia successerat.* Jene machen Eindruck genug, ohne dass sie sich sonderlich bewegen und stark angreifen: sind allezeit lustig, und brauchen sich nicht erst zu kützeln. Diese hingegen sind fremder Hilfe benötiget. Je weniger sie geistreich sind, desto mehr Körper brauchen sie. Sie reiten, weil sie nicht recht gut auf den Beinen sind. Es gehet hier ebenso wie bei unsern Bällen, bei welchen sich diejenigen Leute von schlechtem Stande, welche im Tanzen Unterricht geben, weil sie die Gebärden und die geschickten Stellungen unsers Adels nicht nachahmen können, durch gefährliche Sprünge, und andere seltsame und possierliche Bewegungen beliebt zu machen suchen. Ebenso machen die Damen in denenjenigen Tänzen, worinnen verschiedene Wendungen und Leibesbewegungen vorkommen, eine bessere Figur, als in gewissen andern Prunktänzen, wo sie nur bloß einen ordentlichen Schritt gehen, und ihre natürlichen Stellungen und angebornen Annehmlichkeiten zeigen dürfen. Ich habe auch vortreffliche Possenreißer gesehen, die in ihren alltäglichen Kleidern, und in ihrer ordentlichen Stellung den Zuschauern alles Vergnügen machten, das man von ihrer Kunst erwarten kann: da hingegen die Lehrlinge, die nicht so weit gekommen waren, sich das Gesicht mit Mehl bestreuen, sich verkleiden, und allerhand närrische Gesichter schneiden mussten, wenn sie uns lachen machen wollten.

Nichts erläutert diese Gedanken besser, als die Vergleichung zwischen der Äneis und dem Rasenden.[2] Jene fliegt schnell mit

1 Er durfte seinen Witz nicht so anstrengen, weil er mehr Stoff hatte. In *Praefatione L. VIII.*

2 Ariosts Orlando furioso.

hohem und kühnem Fluge beständig fort. Dieser aber flattert und hüpft beständig von Erzählung auf Erzählung, wie von einem Aste auf den andern, und verlässt sich auf seine Flügel nicht weiter, als wenn er einen sehr kleinen Weg vor sich hat; und setzt sich alle Augenblicke nieder, damit ihm nicht der Atem und die Kräfte entgehen.

Excursusque breves tentat.[1]

Dies sind die Schriftsteller, welche mir unter dieser Art von Büchern am besten gefallen.

Wenn ich außer dem Bücherlesen etwas mehr Nutzen mit dem Vergnügen verknüpfen, und dadurch meine Meinungen und meine Handlungen ordentlich einrichten lernen will: so bediene ich mich zu dieser Absicht des Plutarchs, seit dem er französisch ist, und des Seneca. Bei beiden finde ich nach meiner Gemütsart diesen besondern Vorteil, dass die Wissenschaft, die ich darinnen suche, bei ihnen stückweise abgehandelt ist, und also keine anhaltende Arbeit erfordert, zu welcher ich unfähig bin. So sind Plutarchs kleine Abhandlungen und des Seneca Briefe beschaffen, welche den schönsten und nützlichsten Teil ihrer Schriften ausmachen. Ich brauche nicht viel Umstände, wenn ich mich darüber setzen will, und breche wieder ab, wo es mir gefället. Denn sie gehen nicht in einem fort, und hängen nicht zusammen.

Diese zweene Schriftsteller stimmen in den meisten nützlichen und wahren Meinungen miteinander überein: so wie sie auch ihr Glück fast in einem Jahrhunderte hat geboren werden lassen. Beide sind Lehrmeister zweener römischer Kaiser gewesen. Beide sind sie aus einem fremden Lande gekommen. Beide sind reich und mächtig gewesen. Sie tragen den Kern der Weltweisheit, auf eine natürliche und geschickte Art vor. Plutarch ist gleichförmiger und beständiger: Seneca ist wankender und mannichfaltiger. Dieser greift sich aus allen Kräften an, streubt und

1 Er unternimmt kleine Ausschweifungen *Georgic. Lib. IV. v. 194.*

stämmt sich um die Tugend wider die Schwachheit, wider die Furcht, und wider die lasterhaften Neigungen zu bewaffnen. Jener scheinet ihre Gewalt nicht so groß zu schätzen, dass er deswegen hurtiger gehen oder sich in Acht nehmen sollte. Plutarch hat Platonische Meinungen, welche glimpflich sind und sich mit der bürgerlichen Gesellschaft vergleichen lassen. Seneca hegte Stoische und Epikurische Meinungen, die zwar mehr vom gemeinen Gebrauche abgehen, aber meines Erachtens bequemer für jeden insbesondere, und standhafter sind. Man merket an dem Seneca, dass er sich in etwas nach der Tyranney der damaligen Kaiser richtet. Denn, ich halte es für gewiss, dass er die Sache der großmütigen Mörder des Cäsars gezwungen verdammet. Plutarch hingegen ist überall frei. Seneca ist voll spitzfindiger und witziger Einfälle. Plutarch voll Sachen. Jener erhitzt und beweget uns mehr. Dieser vergnügt uns, und bezahlet uns die Mühe besser. Dieser führet uns, jener treibt uns.

Unter Cicerons Werken können mir bloß diejenigen zu meinem Vorhaben dienen, welche von der Weltweisheit, besonders aber von der Sittenlehre, handeln. Soll ich aber die Wahrheit frei gestehen (denn wer einmal die Schranken der Unverschämtheit überschritten hat, lässt sich nicht mehr im Zügel halten), so kommt mir sein Vortrag verdrießlich vor. Seine Vorreden, Erklärungen, Einteilungen und Wortableitungen, nehmen den meisten Teil seines Werkes ein. Das Kräftigste und Nahrhafteste, was darinnen ist, geht durch diese langweiligen Vorbereitungen verloren. Wenn ich eine ganze Stunde gelesen habe, welches viel für mich ist, und überlege, was ich für Saft und Kraft daraus gezogen habe: so finde ich meistenteils nichts weiter, als Wind. Denn er ist noch nicht auf die zu seinem Vorhaben dienlichen Beweise, auf die zur Sache, welche ich suche, gehörigen Gründe, gekommen. Mir, der ich nur klüger, nicht aber gelehrter und beredter zu werden verlange, stehen diese Logikalischen und Aristotelischen Anstalten gar nicht an. Ich verlange, man soll bei dem Hauptwerke anfangen. Ich verstehe hinlänglich, was *Tod* und was *Wollust* ist, ohne dass man eine langweilige Zergliederung nötig hat.

Ich suche gleich anfangs gute und tüchtige Gründe, die mich ihre Anfälle aushalten lehren. Weder die grammatikalischen Spitzfindigkeiten, noch die sinnreiche Zusammensetzung der Worte und Beweise tragen hierzu etwas bei. Ich suche solche Schlüsse, die den Zweifel gleich auf das erste Mal auf der stärksten Seite angreifen, seine hingegen schleichen nur um den Topf herum. Sie sind gut in der Schule, in der Richterstube, und in eine Predigt, wo wir Zeit zu schlafen haben, und eine Viertelstunde darnach den Zusammenhang darinnen noch ganz bequem werden finden können. So muss man vor Richtern, die man mit Rechte oder Unrechte gewinnen will, vor Kindern, und vor dem Pöbel reden, dem man alles vorsagen und erwarten muss, was es hilft. Ich verlange nicht dass man sich Mühe geben soll mich aufmerksam zu machen, und dass man mir nach Art unserer Herolde fünfzigmal zuschreie: *Nun höret.* Die Römer sagten bei ihrem Gottesdienste: *Hoc age,* und wir sagen bei dem unsrigen: *Sursum corda.* Dies sind für mich lauter vergebliche Worte. Ich komme von Hause schon völlig vorbereitet: und habe keine Anlockung oder Brühe nötig. Ich esse das Fleisch wohl roh. Man benimmt und verderbt mir den Appetit durch diese Vorbereitungen und Vorspiele, anstatt dass man ihn reizen sollte.

Wird wohl der Mutwille unserer Zeit die kühne Enteiligung zu entschuldigen, dienen, wenn ich selbst Platons Gespräche für matt achte, und glaube, dass er seine Materie damit erstickt? Und wenn ich die Zeit bedaure, die ein Mann, der so viele weit bessere Dinge hätte sagen können, mit vergeblichen und vorläufigen Unterredungen zubringet? Meine Unwissenheit wird mich am besten entschuldigen, dass ich die Schönheit seiner Sprache nicht einsehe. Ich verlange überhaupt Bücher, welche die Wissenschaft gebrauchen, nicht aber solche, die sie erst in Ordnung bringen. Die zwei ersten,[1] und Plinius, nebst andern ihres gleichen haben dieses *Hoc age* nicht; denn sie wollen mit Leuten zu tun haben, die sich selbst aufmuntern. Oder haben sie

1 Plutarch und Seneca.

es ja: so ist es ein wesentliches *Hoc age*, und welches einen Körper ausmachet.

Ich lese auch die Briefe an den Atticus gerne, nicht allein weil sie eine sehr weitläuftige Nachricht von der Geschichte und den Umständen der damaligen Zeit enthalten: sondern vielmehr deswegen, weil er darinnen seine besondere Gesinnung blicken lässt. Denn ich bin, wie ich anderwärts gesaget habe, besonders begierig die Seele und die ungeheuchelten Urteile meiner Schriftsteller kennenzulernen. Man kann wohl ihre Geschicklichkeit, nicht aber ihre Sitten, und sie selbst, nach diesen Probstücken ihrer Schriften beurteilen, die sie auf dem Schauplatze der Welt auslegen. Ich habe tausendmal bedauret, dass wir das Buch verloren haben, welches Brutus von der Tugend geschrieben hatte. Denn es ist schön, wenn man bei denjenigen die Theorie lernen kann, die in der Ausübung geschickt sind. Aber da die Predigt ein anderes Ding ist als der Prediger; so ist es mir ebenso lieb, wenn ich den Brutus im Plutarch sehe, als wenn ich ihn in seinem Eigentume sehen könnte. Ich möchte noch eher den wahren Inhalt der Gespräche wissen, die er mit einem seiner vertrautesten Freunde den Tag vor einem Treffen in seinem Gezelte gehalten, als die Anrede die er den Tag darauf an sein Kriegsheer getan hat: und lieber dasjenige, was er in seinem Kabinette und Zimmer getan, als das, was er auf freiem Markte und vor dem Rate getan hat.

In Ansehung des Cicero, halte ich es mit der gemeinen Meinung, dass seine Seele außer der Gelehrsamkeit nicht viel Vortreffliches gehabt. Er war ein guter Bürger, und von Natur gutherzig, wie dicke und spaßhafte Leute gemeiniglich sind: aber, die Wahrheit zu sagen, sehr weichlich und prahlerisch. Ich weiß auch wahrhaftig nicht, wie ich ihn entschuldigen soll, dass er seine Poesie an das Tagelicht zu bringen gewürdiget hat.[1] Es ist

1 Alle Leute urteilen nicht so nachteilig von Cicerons Poesie. Es gibt jetzt noch sehr geschickte Männer, welche viel darauf halten, und Plutarch sagt ausdrücklich, Cicero sei nicht nur für den besten Redner, sondern auch für den besten Dichter unter den Römern zu seiner Zeit gehalten worden. Die Ehre der Beredsamkeit, setzet er hinzu, und der Ruhm der Wohlredenheit ist ihm noch bis

keine große Unvollkommenheit, dass er schlechte Verse gemacht hat. Aber das ist eine Unvollkommenheit, dass er nicht gemerket hat, wie unwürdig sie seinem erlangten großen Namen waren. Seine Beredsamkeit hat ihresgleichen nicht; und ich glaube nicht, dass es ihm jemals ein Mensch gleichtun wird. Als der junge Cicero, der seinem Vater nur dem Namen nach ähnlich war, in Asien kommandierte, und einmal mit verschiedenen Fremden bei der Tafel war, unter andern aber Cestius ganz unten saß, so wie man sich oft an die offenen Tafeln der Großen zu dringen pfleget, fragte Cicero einen von seinen Leuten, wer er wäre, worauf ihm dieser desselben Namen sagte. Allein, weil er die Gedanken woanders hatte, die Antwort vergaß, und den Bedienten hernach noch zwei bis drei Mal fragte, antwortete dieser, um sich die Mühe zu ersparen einerlei so oft zu wiederholen, und um ihm diesen Mann durch einen gewissen Umstand kenntlich zu machen:[1] *Es ist eben der Cestius, von dem man dir gesaget hat, dass er die Beredsamkeit deines Vaters gegen die seinige geringe achtet.* Cicero, welcher dadurch auf einmal aufgebracht wurde, befahl, diesen armen Cestius zu ergreifen, und ließ ihn in seiner Gegenwart weidlich auspeitschen. Gewiss ein unhöflicher Wirt.

Selbst unter denenjenigen, welche Cicerons Beredsamkeit nach reiflicher Überlegung für unvergleichlich geachtet, haben dennoch einige Fehler darinnen bemerket. So nannte sie der große Brutus, sein guter Freund, eine matte und lahme Beredsamkeit,[2] *fractam et elumbem.* Die Redner, welche bald nach seinem Jahrhunderte gelebt, haben ebenfalls an ihm getadelt, dass er

jetzt geblieben, ungeacht sich seitdem große Veränderungen mit der lateinischen Sprache ereignet haben. Allein seine Gedichte haben allen Ruf und alles Ansehen verloren, weil es seit der Zeit andere weit vortrefflichere Dichter gegeben hat. Plutarch in *Cicerons Leben.*

1 Novissime servus, ut aliqua nota memoriam eius faceret certiorem, interroganti Domino, quis ille esset qui in imo recumberet, ait: *Hic est Cestius, qui patrem tuum negabat literas scisse.* Afferri protinus flagra iussit & c. M. *Senec.* in fine Suasoriarum.

2 Man sehe das Gespräch *De Oratoribus, sive de causis corruptae eloquentiae* C. 18.

sich so sehr bemühet seine Absätze mit langen Worten zu schließen, und missbilligten besonders das *esse videatur*,[1] dessen er sich so oft dazu bedienet. Ich meines Teils liebe vielmehr kurz abschnappende Sätze, die sich mit Jamben endigen. Gleichwohl beobachtet er zuweilen, jedoch sehr selten, den Wohlklang schlecht. Folgende Stelle will meinen Ohren nicht klingen:[2] *Ego vero me minus diu senem esse mallem, quam esse senem, antequam essem.*[3]

Die Geschichtschreiber sind mir am angenehmsten: Denn sie belustigen und sind leicht. Überdies erscheint hier der Mensch überhaupt, den ich eben kennenzulernen suche, die Mannichfaltigkeit und wahre Beschaffenheit seiner innerlichen Umstände, überhaupt und insbesondere, und die verschiedene Zufälle, die ihm drohen. Nun halten sich die Lebensbeschreiber mehr bei den Anschlägen, als bei den Begebenheiten, mehr bei demjenigen, was von innen kommet, als bei dem, was sich von außen ereignet, auf, und sind mir daher am anständigsten. Dies ist die Ursache, warum Plutarch auf alle Art mein Mann ist. Ich bedauere sehr, dass wir nicht ein Dutzend Laerze haben, oder dass dieser nicht weitläuftiger ist, oder mehr Kenntnis gehabt hat. Denn ich bin ebenso neugierig, die Schicksale und das Leben dieser großen Lehrer der Welt zu wissen, als ihre verschiedenen Lehrsätze und Einfälle zu erfahren. Wer sich in der Geschichte umsehen will, muss ohne Unterschied alle Gattungen von Schriftstellern, so-

1 Ibid. c. 23.

2 Diese Kritik des Montagne ist meines Bedünkens etwas allzu scharf. Denn ohne zu erwähnen, dass im Lateinischen die Gleichlaute angenehm klingen, so darf man diese hier deswegen nicht tadeln, weil sie nichts gezwungenes an sich haben, und mit derjenigen Art zu reden, deren man sich im gemeinen Leben bedienet, und die Cicero in diesem ganzen Werke brauchet, ganz wohl überein kommen. Außerdem hätte Montagne wenn er diese drei Gleichlaute die so nahe auf einander folgen, nicht hat leiden können, nur das ante von dem quam absondern dürfen, wie es in Gronovs Ausgabe geschehen ist, wo es heißt, quam esse senem ante, quam essem.

3 Ich meines Ortes, wollte lieber nicht so lange alt sein, als alt sein, ehe ich es wirklich bin. *Cic. de senecture C. 10.*

wohl alte, als neue, sowohl fremde, als französische durchblättern, um darinnen die Sachen zu lernen, von denen sie verschiedentlich handeln.

Aber besonders verdienet Cäsar, wie mich dünkt, fleißig gelesen zu werden, nicht allein wegen der Geschichtskunde, sondern auch seiner selbst wegen: so viel Vollkommenheit und Vortrefflichkeit besitzet er vor allen andern, ungeacht Sallust mit in diese Zahl gehöret. Gewiss, ich lese diesen Schriftsteller mit etwas mehr Ehrerbietung und Ehrfurcht, als man sonst menschliche Schriften lieset. Bald betrachte ich ihn selbst nach seinen Handlungen, und nach seiner wunderbaren Größe. Bald betrachte ich die unnachahmliche Feinheit seiner Schreibart, worinnen er nicht allein alle Geschichtschreiber, wie Cicero sagt, sondern den Cicero vielleicht selber übertroffen hat. Seine Urteile sind, wenn er von seinen Feinden redet, so aufrichtig, dass ich, die falschen Farben bei Seite gesetzt, wodurch er seine böse Sache und die Abscheulichkeit seines verderblichen Ehrgeizes verbergen will, dafür halte, es sei daran weiter nichts auszusetzen, als dass er allzu sparsam von sich selbst geredet hat. Denn er könnte unmöglich so viele große Dinge ausgeführet haben, wenn er nicht mehr dabei getan hätte, als er meldet.

Ich lobe mir Geschichtschreiber, die entweder einfältig oder vortrefflich sind. Die einfältigen Geschichtschreiber, die nichts von dem Ihrigen in die Geschichte einmischen können, und nichts weiter dabei tun, als dass sie alle Mühe und Fleiß anwenden, alles, was sie erfahren können, zu sammlen, und alles ohne Wahl und ohne Unterschied getreulich aufzuschreiben, lassen uns ein freies Urteil zur Erkenntnis der Wahrheit.

Von dieser Art ist zum Exempel unter andern der ehrliche Froissard, der bei seiner Unternehmung so aufrichtig verfahren ist, dass er, wenn er wo einen Fehler gemacht hat, denselben, sobald er daran erinnert worden ist, gleich auf der Stelle ohne Bedenken erkennet und verbessert: und der uns auch sogar die unterschiedenen Gerüchte, welche herumgegangen, und die verschiedenen Erzählungen, die man ihm vorgebracht, meldet. Dies ist der Stoff einer nacketen und ungestaltenen Geschichte. Jeder kann sich dieselbe zu Nutze machen, nachdem er Verstand hat.

Die ganz vortrefflichen Geschichtschreiber besitzen die Geschicklichkeit, das Wissenswürdigste zu wählen, und aus zwo Erzählungen die wahrscheinlichste auszusuchen. Sie schließen aus den Umständen und Neigungen der Fürsten auf ihre Anschläge, und legen ihnen solche Worte in den Mund, die sich dazu schicken. Sie können sich mit Rechte unterfangen, unsern Glauben nach dem ihrigen einzurichten: aber gewiss, dieses kommt wenig Leuten zu.

Die Mittelgattung von Geschichtschreibern (welche die gemeinste Art sind) verderben alles. Sie wollen uns die Bissen vorkauen. Sie nehmen sich vor, die Geschichte nach ihrer Einbildung zu beurteilen und folglich zu ziehen. Denn wenn sich einmal unser Urteil auf eine Seite neiget, so können wir uns nicht mehr enthalten, die Erzählung nach diesem Fuße zu drehen und zu foltern. Sie unterfangen sich die merkwürdigen Sachen auszusuchen, und verbergen uns oft ein gewisses Wort, eine gewisse besondere Handlung, die uns am besten belehren würde. Sie lassen Sachen, die sie nicht verstehen, als ob sie unglaublich wären, weg; und vielleicht noch manche Sache deswegen, weil sie dieselbe nicht gut Lateinisch oder Französisch geben können. Sie möchten immer ihre Beredsamkeit und ihren Verstand kühnlich auskramen; sie möchten auf ihrer Seite urteilen: allein sie sollten uns nur auch etwas nach ihnen zu beurteilen übrig lassen, und durch ihre Abkürzung und Wahl nichts in dem Wesentlichen der Sache ändern oder bestimmen, sondern uns dieselbige rein und unverstümmelt nach ihrem ganzen Umfange wieder zukommen lassen. Meistens, und besonders in unserm Jahrhunderte, wählet man zu diesem Amte Leute aus dem Pöbel, bloß darum, weil sie zierlich schreiben können: gerade, als wenn wir die Sprachkunst darinnen lernen wollten. Sie tun auch recht, weil sie doch bloß deswegen in Sold genommen worden sind, und nichts als Geschwätze feil geboten haben, wenn sie sich nur hauptsächlich um dieses Stück bekümmern. Also machen sie mit einer Menge schöner Worte ein schönes Gewebe von Erzählungen, die sie auf den Straßen der Städte gesammelt haben.

Die einzigen guten Geschichten sind die, welche von denenjenigen beschrieben worden sind, welche die Geschäfte selber geführet, oder Teil an ihrer Ausführung gehabt, oder wenigstens das Glücke genossen haben, andere von eben der Art auszuführen. So sind fast alle griechischen und römischen Geschichten beschaffen. Denn, wenn mehrere Augenzeugen einerlei Sache beschrieben haben (wie dann damals die Hoheit und Wissenschaft gemeiniglich beisammen waren) und sich alsdann noch irgendwo ein Fehler findet, so muss derselbe gewiss sehr geringe, und bei einem sehr zweifelhaften Falle vorgegangen sein. Was kann man sich von einem Arzte versprechen, wenn er vom Kriege handelt; oder von einem Schulmanne, wenn er von den Anschlägen eines Fürsten schreibet?

Wenn wir sehen wollen, wie gewissenhaft die Römer hierinnen gewesen: so dürfen wir nur dieses betrachten. Asinius Pollio fand selbst in Cäsars Geschichten hie und da ein Versehen,[1] worein er gefallen war, weil er seine Augen nicht an alle Orte seines Heeres hatte hinwerfen können, und andern glaubte, welche ihm nicht genugsam ausgemachte Sachen erzählten; oder auch, weil ihm seine Stadtverweser nicht sorgfältig genug von denjenigen Dingen Nachricht gaben, die sie in seiner Abwesenheit verrichtet hatten. Man kann hieraus sehen, wie kützlich diese Erforschung der Wahrheit ist, da man sich bei einem Treffen nicht auf die Wissenschaft des Generals verlassen, und auch den Soldaten nicht in demjenigen, was sich um sie herum zugetragen hat, trauen darf, wofern man nicht die Zeugen nach Art einer gerichtlichen Untersuchung gegeneinander verhöret und nicht bei jedem Zufalle auch von den geringsten Umständen Beweise vor

1 Beim *Sueton* in dem *Leben des Julius Cäsar §. 56.* Cum Caesar pleraque & quae per alios erant gesta, temere crediderit; & quae per se, vel consulto vel etiam memoria lapsus perperam ediderit. Ich führe diese Beurteilung des Pollio deswegen an, weil sie bei dem Sueton schärfer als in dem Montagne ist, der sie doch aus dem Sueton genommen haben muss.

sich siehet. Wahrhaftig, die Nachrichten, die wir von unsern eigenen Sachen haben, sind weit ungewisser. Doch dieses hat Bodin hinlänglich, und nach meinem Sinne ausgeführt. Um der Untreue meines Gedächtnisses und seinem Mangel in etwas abzuhelfen, als welcher so groß ist, dass ich schon mehr als einmal gewisse Bücher als neu und mir noch unbekannt wieder in die Hände genommen habe, die ich etliche Jahre zuvor sorgfältig durchgelesen, und mit meinen Anmerkungen beschmieret hatte; habe ich mir seit einiger Zeit angewöhnet, bei jedem Buche (ich meine solche, die ich nur ein einzigmal brauchen will) hinten die Zeit, wann ich es durchgelesen habe, und was ich überhaupt davon geurteilt habe anzumerken, damit mir dieses wenigstens meine Gedanken und den allgemeinen Begriff wieder vorstellet, den ich mir bei dem Lesen von dem Verfasser gemachet habe. Ich will hier einige von diesen Anmerkungen beifügen.

Folgendes habe ich von ungefähr vor zehen Jahren in meinen Guicciardini geschrieben (denn ich rede mit meinen Büchern in meiner Sprache, sie mögen für eine reden, was sie für eine wollen). »Er ist ein fleißiger Geschichtsschreiber, aus welchem man meines Bedünkens die wahre Geschichte seiner Zeit so richtig, als aus keinem andern lernen kann: er hat auch an dem meisten selbst Teil gehabt, und eine ansehnliche Person dabei vorgestellet. Es ist nicht wahrscheinlich, dass er aus Hass, Gunst oder Eitelkeit den Sachen eine andere Gestalt gegeben haben sollte. Zum Beweise dienen die freien Urteile, die er von den Großen, und besonders auch von denjenigen fället, denen er sein Glück zu danken hat, und von denen er befördert worden ist, als vom Papste Clemens dem siebenten. Dem Ansehen nach will er sich besonders durch seine Ausschweifungen und Betrachtungen sehen lassen. Einige darunter sind gut, und voll schöner Gedanken; allein er hat gar zuviel Gefallen daran gefunden. Denn da er nichts übergehen will, und dennoch eine so reiche und so weitläufige, ja beinahe unendliche Materie vor sich hat, so wird er darüber matt, und fällt ein wenig in das Schulgeschwätze. Ich habe auch dieses angemerkt, dass er, ungeacht er von so vielen

Seelen und ihren Wirkungen, von so vielen Bewegungen und Anschlägen urteilt, dennoch niemals einen von der Tugend, der Religion oder dem Gewissen herleitet, nicht anders als wenn diese Dinge gänzlich aus der Welt verschwunden wären. Er schreibet alle Handlungen, so schön sie auch an sich selbst zu sein scheinen, einer lasterhaften Gelegenheit der Eigennützigkeit zu. Man kann sich unmöglich einbilden, dass unter dieser unendlichen Anzahl Handlungen, welche er beurteilt, nicht eine einzige von der Vernunft sollte hergerühret haben. Die Menschen können nimmermehr alle so verderbet sein, dass nicht einer darunter der Seuche entgangen sein sollte. Dies macht, dass ich besorge, er dürfte wohl ein wenig Geschmack an dem Laster gehabt, und andere Leute nach sich beurteilt haben.«

In meinem *Philipp von Comines* stehet folgendes: »Man findet hier eine schöne und angenehme Schreibart und eine natürliche Einfalt. Die Erzählung ist rein, und die Aufrichtigkeit des Verfassers leuchtet deutlich daraus hervor. Sie ist ohne Prahlerei, wenn er von sich redet; und ohne Liebe und Neid, wenn er von andern spricht: Seine Betrachtungen und Ermahnungen sind mehr mit einem redlichen Eifer und mit der Wahrheit, als mit einer besonders großen Geschicklichkeit, überall aber mit Nachdruck und Ernsthaftigkeit begleitet. Er zeiget hiedurch dass er aus einem guten Hause, und zu wichtigen Geschäften angeführet worden ist.«

Über die *Memoiren des Herrn du Bellay* habe ich folgendes angemerkt:[1] »Es ist allezeit ein Vergnügen, wenn man Sachen von solchen Leuten beschrieben siehet, die selbst dergleichen auszu-

1 Diese Nachrichten, welche Messire Martin du Bellay herausgegeben hatte, enthalten zehen Bücher, worunter die vier ersten und drei letzten von Martin du Bellay, und die übrigen von seinem Bruder Wilhelm de Langey herrühren, und aus dessen fünfter Ogdoade vom Jahr 1536 bis 1540 genommen sind. Sie sind betitelt: *Memoires de Messire Martin du Bellay, contenant le Discours de plusieurs choses advenues au Royaume de France depuis l'an 1513 jusqu' autrepas de Francois 1. arrivé en 1547.* Hieraus ist klar, warum Montagne von zween Herren du Bellay redet, nachdem er zuvor der Memoiren des Herrn du Bellay gedacht hat.

führen versuchet haben. Allein, es ist nicht zu leugnen, dass sich bei diesen beiden Herren eine große Abnahme der Aufrichtigkeit und Freiheit im Schreiben zeiget,[1] welche bei den alten Schriftstellern dieser Art hervorleuchtet, als bei dem *Sire de Joinville*, einem Diener des H. Ludewigs, bei dem *Eginhard*, Karls des Großen Kanzler, und noch ganz neuerlich bei dem *Philipp von Comines.* Dieses Werk hingegen ist mehr eine Verteidigungsschrift für den König Franciscus, wider den Kaiser Karl den fünften, als eine Geschichte. Ich glaube eben nicht, dass sie in dem Hauptwerke der Geschichte etwas sollten geändert haben: allein sie sind doch beständig gewohnt die Beurteilung der Begebenheiten oft ohne Ursache zu unserem Vorteile zu drehen, und alles zu übergehen, was in dem Leben ihres Herrn kützlich ist. Einen Beweis hiervon gibt das Zaudern des Herrn von Montmorency und von Brion, welches hier vergessen ist; ja man findet nicht einmal, den Namen der Frau d'Estampes darinnen. Man kann zwar die geheimen Handlungen verdecken; allein wer das, was alle Welt weiß, und solche Dinge verschweigt, die sattsam bekannt, und so wichtige Folgen gehabt haben, begeht einen Fehler, der nicht entschuldiget werden kann. Kurz, wer mir trauen will, muss sich anderswo umsehen, wenn er von dem Könige Franciscus, und den zu seiner Zeit vorgefallenen Dingen eine völlige Kenntnis erlangen will. Was man sich darinnen zu Nutze machen kann ist die umständliche Beschreibung der Schlachten und Kriegestaten, denen diese Edelleute beigewohnet haben; wie auch einige Reden und besondere Handlungen einiger zu ihrer Zeit lebender Prinzen, nebst denen geheimen Verrichtungen und Unterhandlungen, welche der Herr von Langeay auf sich gehabt hat, wo alles mit merkwürdigen Sachen, und mit nicht gemeinen Betrachtungen, angefüllt ist.«

1 Guillaume und Martin du Bellay.

Von der Grausamkeit

Mich dünkt, die Tugend ist etwas ganz anders und edlers, als die uns angebornen Neigungen zur Gütigkeit. Von Natur wohl gesittete und wohlgeartete Seelen gehen zwar eben den Weg, und bezeigen sich in ihren Handlungen ebenso, wie die tugendhaften. Allein die Tugend bedeutet, ich weiß nicht was Größeres und Wirksameres, als sich durch eine glückliche Gemütsverfassung ganz still und gelassen der Vernunft nach führen lassen. Derjenige, welcher aus natürlicher Sanftmut und Gutherzigkeit die erlittenen Beleidigungen nicht achtet, tut zwar etwas sehr Schönes und Lobenswürdiges: aber derjenige, welcher sich, ungeacht ihn eine Beleidigung ärgert und bis in die Seele schmerzet, dennoch mit den Waffen der Vernunft wider diese rasende Rachgierde bewaffnet, und nach einem großen Kampfe Herr darüber wird, der tut ohne Zweifel noch mehr. Jener handelt gut, der andere tugendhaft: die eine Handlung kann Güte, die andere aber Tugend genannt werden. Der Name der Tugend scheinet schon Schwierigkeit und Streit vorauszusetzen und dem Ansehen nach kann sie nicht ausgeübet werden, wenn sie nicht Widerstand findet. Vielleicht nennen wir eben deswegen Gott zwar gütig, stark, freigebig, und gerecht, aber nicht tugendhaft: denn er handelt in allen Stücken seiner Natur gemäß, und ohne sich Gewalt anzutun. Nicht allein unter den Stoischen, sondern sogar auch unter den Epikurischen Weltweisen. (Ich folge hier der gemeinen Meinung,[1] welche falsch ist, ungeacht Arcesilaus demjenigen, der

1 Montagne hält sich hier etwas auf, um sich zu entschuldigen, dass er die Epikurer den Stoikern durch dieses Unterscheidungs-Zeichen beigesellet hat, *nicht allein unter den Stoischen, sondern auch Epikurischen Weltweisen:* der gemeinen Meinung nach, welche voraussetzt, die Epikurer wären in der Sittenlehre nicht so strenge gewesen, als die Stoiker; welches in der Tat nicht wahr ist, wie er gleich zeiget. Montagne lässt sich hiedurch in eine lange Parenthese ein, auf welche sich der Leser gefasst halten muss, wenn er nicht den Zusammenhang gänzlich verlieren soll. In den letzten Auflagen hat man dieser Unbequemlichkeit abhelfen wollen: aber, ohne zu gedenken, dass es durch unnütze

ihm vorwarf, dass viele von seinen Anhängern in die Schule der Epikurer, niemals aber aus dieser in die seinige übergingen, die spitzfindige Antwort gab: *Ich glaube es wohl. Aus Hähnen können leichte Kapaunen,*[1] *aber aus Kapaunen niemals Hähne gemacht werden:* Denn gewiss, die Epikurische Sekte gibt der Stoischen in Ansehung der herzhaften und strengen Meinungen und Lehrsätze nicht das geringste nach. Die Zänker pflegen den Epikur, damit sie ihn bestreiten, und sich gewonnen Spiel machen können, Dinge sagen zu lassen, woran er niemals gedacht hat. Sie verdrehen seine Worte, und folgern nach grammatikalischen Regeln aus seinen Redensarten einen andern Verstand und eine andere Meinung, als er, wie sie wohl wissen, in seiner Seele geheget, und durch seine Sitten an den Tag geleget hat. Allein, ein Stoiker, welcher aufrichtiger war, spricht, er habe sich unter andern auch deswegen nicht zu den Epikurern bekennen wollen, weil sie einen allzu hohen und unersteiglichen Weg gingen:[2] *& ii qui* φιληδονει *vocantur, sunt* φιλοκαλοι & φιλοδικαιοι, *omnesque virtutes colunt & retinent.*) Unter den Stoischen und Epikurischen Weltweisen, sage ich, haben viele geurteilt, es sei nicht genug, dass die Seele in guter Verfassung stehet, sittsam und zur Tugend geneigt ist, es sei nicht genug, dass unsere Entschließungen und Gedanken über alle Anfälle des Glückes erhaben sind, sondern man müsse sich überdies nach Gelegenheiten umsehen einen Versuch damit zu machen, wo man damit zur Probe schreiten könnte. Sie verlangen, man soll den Schmerz, die Dürftigkeit

Wiederholung geschehen ist; welche des Montagne Vortrag matt und dunkel machen: so ist dieses eine unerlaubte Freiheit, weil derjenige, welcher eines andern Werk herausgibt, dasselbe so liefern muss, wie es der Verfasser aufgesetzet hat. Der englische Übersetzer hat noch mehr getan. Denn er hat diese ungeheuere Parenthese, weil er sich nicht daraus zu finden gewusst, gar außen gelassen. Wenn er sie nicht verstanden hat, so hätte er es doch, wie mich dünkt, billig seinen Lesern melden sollen.

1 *Laerz* in dem *Leben des Arcesilaus B. IV Absch. 43.*

2 Denn die so genannten Wollustfreunde sind Tugend- und Gerechtigkeitsfreunde, welche alle Tugenden ausüben und beibehalten. *Cic. Epist. 19. Lib. XV.*

und die Verachtung aufsuchen, um mit ihnen zu kämpfen, und die Seele immer in Bewegung zu erhalten:

Multum sibi adiicit virtus lacessita.[1]

Dieses ist eine von den Ursachen, welcher wegen Epaminondas, der noch einer dritten Sekte zugetan war,[2] den Reichtum, den ihm das Glück durch einen sehr rechtmäßigen Weg in die Hände spielte, ausschlug: denn er sagte, er wollte sich wider die Armut rüsten; und blieb auch allezeit in der äußersten Armut. Sokrates griff sich, meines Bedünkens noch härter an, und behielt seine böse Frau zu seiner Übung, wozu eine eisenfeste Seele erfordert wird. Metell unterfing sich, durch die Stärke seiner Tugend unter allen römischen Ratsherren ganz allein sich der Gewalttätigkeit des römischen Zunftmeisters Saturnin zu widersetzen, welcher mit aller Gewalt ein ungerechtes Gesetz dem Volke zum Besten einführen wollte. Als er sich nun hierdurch der Lebensstrafe schuldig machte, welche Saturnin den Widerspenstigen gedrohet hatte, sagte er in dieser äußersten Not zu denen, welche ihn auf den Markt begleiteten.[3] *Böses zu tun wäre leicht und niederträchtig. Gutes zu tun, wenn keine Gefahr dabei ist, wäre etwas Gemeines. Aber Gutes zu tun, wenn Gefahr dabei ist, dieses wäre eigentlich eines tugendhaften Mannes Sache.* Diese Worte des Metell zeigen genugsam, was ich bestätigen wollte, dass die Tugend nicht die Leichtigkeit zur Gefährtin hat, und dass dieser leichte, angenehme und abhängige Weg, auf welchem die ordentlichen Schritte einer guten natürlichen Neigung gehen, nicht der Weg der wahren Tugend ist. Sie will einen rauhen und dornichten Weg haben. Sie will entweder auswärtige Schwierigkeiten zu bestreiten haben (wie Metells Tugend), wodurch das

1 Die angefochtene Tugend wird stärker. *Senec. Epist. XIII.*

2 Von der Pythagorischen Sekte – Thebanum Epaminondam, sagt Cicero, Lysis Pythagoreus erudivit. *De Offic. L. I. C. 44.*

3 *Plutarch* im *Leben des Marius.*

Glücke gern ihren schnellen Lauf unterbrechen will; oder innerliche Hindernisse, welche ihr die unordentlichen Begierden und unsere Unvollkommenheiten in den Weg legen.

Bis hieher bin ich nach Wunsche gekommen. Aber zu Ende dieser Betrachtung fället mir ein, dass die Seele des Sokrates, die vollkommenste, die ich jemals kennengelernt habe, nach meiner Beschreibung eine ziemlich geringschätzige Seele sein müsste. Denn ich kann mir bei diesem Manne keine gewaltsamen lasterhaften Begierden vorstellen. Ich kann mir auf der Bahn seiner Tugend keine Schwierigkeit und keinen Zwang einbilden. Ich weiß, dass seine Vernunft eine solche Gewalt und Herrschaft an ihm gehabt hat, dass sie nicht einmal eine lasterhafte Begierde würde haben ausbrechen lassen. Einer so erhabenen Tugend, als diese, kann ich nichts entgegensetzen. Mich dünket, ich sehe sie mit einem sieghaften und triumphierenden Schritte ohne Hindernis und ohne Aufenthalt prächtig und gemächlich einhergehen. Wenn die Tugend nicht anders, als durch den Streit mit widerwärtigen Begierden hervorschimmern kann: wollen wir dann sagen, sie könne des Beistandes des Lasters nicht entbehren, und habe demselben ihre Ehre und Ansehen zu danken? Was wird dann auch aus der wackern und großmütigen Epikurischen Wollust werden, welche sich die Tugend in ihrem Schoße zärtlich zu pflegen, sie daselbst gaukeln und mit der Schande, den Fiebern, der Armut, dem Tode, und den Foltern spielen zu lassen rühmet? Vorausgesetzt, dass die vollkommene Tugend kämpfen, den Schmerzen geduldig ertragen, und die Gewalt des Zipperleins gelassen ausstehen muss, gesetzt, dass sie notwendig nichts als rauhe und beschwerliche Gegenstände haben muss? Wenn ich das zum notwendigen Gegenstande der Tugend mache, was wird aus der Tugend werden, die so hoch gestiegen ist, dass sie den Schmerz nicht allein verachtet, sondern sich damit belustiget, und von den heftigsten Schmerzen einer starken Kolik gekützelt wird? Aus einer solchen Tugend, dergleichen die Epikurer forderten, und von welcher uns viele unter ihnen sehr gewisse Beweise durch ihre Handlungen hinterlassen haben, dergleichen auch viele andere ausgeübt haben; und dadurch meines Erachtens in der Tat noch über die Regeln ihres Lehrgebäudes gegangen sind, wovon der jüngere Cato ein Beispiel abgibt? Wahrhaftig, wenn ich ihn sterben, und seine Eingeweide zerreißen sehe: so kann ich mich unmöglich begnügen, bloß zu glauben, dass seine Seele damals von aller Unruhe und allem Schrecken gänzlich frei gewesen. Ich kann nicht glauben, dass er sich bloß in derjenigen Verfassung befunden, die ihm die Lehrsätze der Stoischen Sekte vorschrieben, und nur gelassen, ruhig und unempfindlich gewesen sei. Meines Bedenkens war die Tugend dieses Mannes allzu munter und frisch, als dass er bloß hierbei sollte verblieben sein. Ich glaube ganz gewiss, dass er bei einer so edlen Handlung Vergnügen und Wollust empfunden, und sich daran mehr, als an einer andern in seinem Leben ergötzet hat: *Sic abiit e vita, ut causam moriendi nactum se esse gauderet.*[1] Ich bin hiervon so überzeugt, dass ich zweifele, ob er der Gelegenheit zu einer so schönen Tat überhoben zu sein gewünscht haben sollte. Wenn mich nicht sein redliches Gemüt, welches ihm das gemeine Beste seinem eigenen vor zu ziehen veranlasste, zurückhielte, so würde ich leichtlich auf die Meinung verfallen, er habe es dem Glücke gedanket, dass es seine Tugend auf eine so schöne Probe gesetzet, und dem Räuber vergönnet,[2] die alte Freiheit seines Vaterlandes unter die Füße zu treten. Mich denkt, ich lese aus dieser Handlung, ich weiß nicht, was für eine Freude in seiner Seele, und eine Regung eines außerordentlichen Vergnügens, und einer männlichen Wollust über der Betrachtung dieser edlen und hohen Unternehmung.

1 Er ging freudig aus diesem Leben (sagt Cicero *Tusc. Quaest. L. I. C. 30.*) weil er eine Ursache zu sterben gefunden hatte.

2 Dem Cäsar, welchen Montagne, ungeacht er in dem vorhergehenden Hauptstücke dessen große Eigenschaften schön ins Licht gesetzt hat, hier den rechten Namen gibt, weil er *das abscheulichste unter allen Verbrechen begangen hat.*

Deliberata morte ferocior.[1]

Diese Freude wurde nicht, wie einige pöbelhafte und weibische Leute geurteilt haben, durch die Hoffnung des Ruhms erwecket; (denn diese Betrachtung ist viel zu niederträchtig, als dass sie ein so großmütiges, hohes und standhaftes Herze hätte rühren können): sondern durch die eigentümliche Schönheit der Sache. Er sehe die Sache, deren Triebfedern er in seiner Gewalt hatte, weit besser und vollkommener ein, als wir tun können. Die Weltweisheit hat mich vergnüget, da sie geurteilet, dass sich eine so schöne Handlung für kein anderes,[2] als Catons Leben geschickt haben würde; und dass allein das Seinige ein solches Ende hätte nehmen dürfen. Dennoch befahl er, und zwar mit Rechte, sowohl seinem Sohne, als den anwesenden Ratsherren, sich auf andere Art zu helfen.[3] *Catoni, quum incredibilem natura tribuisset gravitatem, eamque ipse perpetua constantia roboravisset, semperque in proposito consilio permansisset: moriendum potius quam tyranni vultus aspiciendus erat.* Der Tod muss allezeit ebenso, wie das Leben sein. Das Sterben macht uns zu keinen andern Leuten. Ich lege allezeit den Tod nach dem Leben aus. Wenn man mir einen dem Ansehen nach beherzten Tod erzählet, der aber auf ein feiges Leben folget: so behaupte ich, dass derselbe von einer Feigheit und einer mit dem Leben übereinstimmenden Ursache herrühret. Wollen wir dann also sagen, der Schimmer seiner Tugend werde durch diesen gemächlichen Tod, und durch diese Leich-

1 Der Entschluss zu sterben machte sie noch trotziger. *Horat, L. I. Od. 37. v. 29.* Was Horaz von der Kleopatra gesaget hat, wendet Montagne auf Catons Seele an.

2 Dies hat Cicero gesaget *Offic. L. I. C. 31.* Nonnunquam mortem sibi ipse consciscere alius debet, alius in eadem causa non debet. Num enim alia in causa M. Cato fuit, alia ceteri qui se in Africa Caesari tradiderunt? Atqui cereris forsitan vitio datum esset, si se interemissent. &c.

3 Die Natur hatte den Cato mit einer unglaublichen Ernsthaftigkeit begabt, die er durch eine anhaltende Standhaftigkeit noch mehr gestärket hatte, indem er niemals von seinem Vorsatze abgewichen war. Er musste also lieber sterben, als das Angesicht des Tyrannen ansehen. *Cic. de Offic. L. I. C 31.*

tigkeit, welche von der Stärke seiner Seele herrührte, um etwas vermindert? Kann sich wohl einer, der nur einige Kenntnis von der wahren Weltweisheit hat, begnügen zu glauben, dass Sokrates in dem Gefängnisse, in den Banden, und bei seiner Verurteilung bloß ohne Furcht und ohne Leidenschaft gewesen sei? Wer bemerket nicht bei ihm nicht allein Herzhaftigkeit und Standhaftigkeit, (in dieser Verfassung befand er sich stets), sondern sogar, ich weiß nicht was für ein neues Vergnügen, und eine besondere Munterkeit in seinen letzten Reden und Bezeigen? Verrät er nicht den Kützel, welchen er empfand, als er sich, nachdem ihm die Ketten abgenommen worden waren, an dem Schenkel kratzete, dass eine ähnliche Lust und Freude in seiner Seele geherrscht, da er sich der vergangenen Ungemächlichkeiten entlediget sahe, und in kurzer Zeit zur Erkenntnis der zukünftigen Dinge zu gelangen hoffen konnte? Cato wird mir zu verzeihen belieben, sein Tod ist tragischer, dieser aber ist, ich weiß nicht wie, viel schöner. Aristipp sagte zu denen, welche denselben bedauerten:[1] *Die Götter verleihen mir doch einen solchen Tod!* Man siehet an den Seelen dieser beiden Männer und ihrer Nachahmer[2] (denn ich zweifle sehr, dass es jemals ihresgleichen gegeben hat) eine solche Fertigkeit in der Tugend, dass sie ihnen natürlich geworden ist. Die Tugend kostet ihnen keine Mühe mehr, und gründet sich nicht mehr auf Vorschriften der Vernunft, bei deren Beobachtung sie sich Gewalt antun müssten. Sie ist selbst das Wesen ihrer Seele. Die lange Ausübung der Verordnungen der Weltweisheit, welche bei ihnen eine schöne und fähige Natur gefunden haben, hat ihnen diesen Vorteil verschaffet. Die lasterhaften Leidenschaften, die bei uns entstehen, finden bei ihnen keinen Eingang. Die Stärke und Gewalt ihrer Seele ersticket und dämpfet die Begierden, sobald sie sich nur zu regen anfangen.

1 *Laerz* in *Aristipps Leben B. II. Abschn. 76.* ερωτωμενος πωι απεϑανε Σωκρατης, εφη, ως αν εγω ευ ξαιμην.
2 Des Sokrates und Cato.

Allein, meines Erachtens, ist es ohne allen Zweifel weit schöner, wenn man die Versuchungen in ihrer Geburt durch einen hohen und göttlichen Mut ersticket, und sich dergestalt zur Tugend gewöhnet hat, dass selbst die Samen der Laster dadurch ausgereutet werden; als wenn man erst ihrem Fortgange mit Gewalt Einhalt tut, und sich, nachdem man sich durch die ersten Regungen der Leidenschaften hat übereilen lassen, wider dieselben bewaffnet und anstrenget, um ihren Lauf zu hindern, und sie zu überwinden. Ebenso gewiss ist es auch wohl, dass dieses zweite Unternehmen weit sauerer ist, als wenn man sich bloß mit einer sittsamen und sanftmütigen Natur begabet findet, die schon für sich selbst vor aller Unordnung und allen Lastern Abscheu traget. Diese dritte und letzte Art macht zwar, dem Ansehen nach, einen Menschen unschuldig; aber nicht lasterhaft; frei von bösen Taten, aber auch nicht geschickt genug Gutes zu tun. Überdies kommt diese Gemütsverfassung der Unvollkommenheit und Schwachheit so nahe, dass ich nicht recht weiß, wie man beider Grenzen bestimmen und sie voneinander unterscheiden soll. Die Namen Gütigkeit und Unschuld sind daher schon einigermaßen verächtlich. Ich sehe, dass uns viele Tugenden, als die Keuschheit, die Nüchternheit und Mäßigkeit, durch einen natürlichen Fehler zuteil werden können. Die Standhaftigkeit bei Gefährlichkeiten, (wenn man sie anders Standhaftigkeit nennen kann), die Verachtung des Todes, die Geduld bei Unglücksfällen können daher rühren, dass man dergleichen Zufälle nicht richtig beurteilet und nicht recht kennet: und öfters rühren sie auch bei den Menschen nur daher. Die Blödsinnigkeit und Dummheit ahmen also zuweilen tugendhafte Handlungen nach. So habe ich oft gesehen, dass man Leute wegen etwas gelobet hat, weswegen sie Tadel verdieneten.

Ein italienischer Herr sagte einst in meiner Gegenwart zum Nachteile seiner Landsleute: die Italiener wären so spitzfindig, und hätten so lebhafte Vorstellungen, dass sie die bevorstehenden Gefährlichkeiten und Zufälle, so weit voraus sähen, dass man es sich nicht müsste befremden lassen, wenn man sehe, dass sie oft im Kriege selbst, ehe sie noch die Gefahr erkannt hätten, auf ihre Sicherheit bedacht wären. Wir und die Spanier wären nicht so verschlagen, und gingen daher weiter. Wir müssten die Gefahr mit unsern Augen sehen und mit den Händen greifen, ehe wir uns davor entsetzten: alsdenn hielten wir ebenso wenig Stand. Hingegen die Deutschen und Schweizer, welche noch plumper und dümmer wären, besönnen sich kaum, wenn sie schon zu Boden geschlagen wären. Vielleicht war dieses nur sein Scherz. Indessen ist doch so viel gewiss, dass in dem Kriegshandwerke die Lehrlinge sich oft sehr weit wagen, aus einer andern Unbedachtsamkeit, als sie es tun, wenn sie sich einmal verbrannt haben.

Haud ignarus, quantum nova gloria in armis
Et praedulce decus primo certamine possit.[1]

Aus dieser Ursache muss man, wenn man von einer besondern Handlung urteilt, vielerlei Umstände, und den ganzen Menschen, der sie getan hat, betrachten, ehe man ihr einen Namen gibt. Ich habe oft gesehen (damit ich ein paar Worte von mir selbst sage), dass meine Freunde etwas, das nur ein Glück gewesen ist, eine Klugheit genannt, gegenteils aber eine vorzügliche Urteilskraft und Einbildung für eine vorzügliche Herzhaftigkeit und Geduld gehalten, und mir also einen Titel statt des andern, bald zu meinem Vorteile, bald zu meinem Nachteile gegeben haben. Übrigens fehlt es so weit, dass ich zu jener ersten und vollkommensten Staffel der Vortrefflichkeit gelanget wäre, wo die Tugend zu einer Gewohnheit wird, dass ich selbst in der andern wenig Proben abgeleget habe. Ich habe mir keine große Gewalt angetan, die Begierden im Zaume zu halten, von welchen ich getrieben worden bin. Meine Tugend ist eine zufällige und ungefähre Tugend, oder vielmehr Unschuld. Ich besorge, es würde er-

1 *Virgil. Aeneid. Lib. XI. v. 154. sq.*
Ich wusste wohl, wie viel die Ehr und Lust zum Siege bei jungen Helden kann.

bärmlich mit mir stehen, wenn ich mit einer unordentlichen Gemütsverfassung geboren worden wäre. Denn ich habe in meiner Seele wenig Mut verspüret, den Leidenschaften zu widerstehen, wenn sie nur ein wenig heftig gewesen wären. Ich kann keinen Zank noch Streit in mir hegen. Also darf ich mir nicht viel darauf einbilden, dass ich von sehr vielem befreiet bin.

Si vitiis mediocribus, et mea paucis
Mendosa est natura, alioqui recta, velut si
Egregio inspersos reprehendas corpore naevos.[1]

Ich habe es mehr meinem Glücke als meiner Vernunft zu danken. Mein gutes Glück hat mich aus einem bekanntermaßen wackern Geschlechte, und von einem sehr rechtschaffenen Vater erzeuget werden lassen. Ich weiß nicht, ob er mir einen Teil seiner Neigungen eingeflößet hat, oder ob die häuslichen Beispiele, und die gute Erziehung, die ich von meiner Kindheit an genossen habe, unvermerkt etwas darzu beigetragen haben, oder ob ich sonst so geboren worden bin,

Seu Libra, seu me Scorpius aspicit
Formidolosus, pars violentior
Natalis horae seu tyrannus
Hesperiae Capricornus undae.[2]

So viel ist indessen gewiss, dass ich vor den meisten Lastern von mir selbst eine Abscheu habe. Antisthenes antwortete demjenigen, der ihn fragte, was das beste wäre, das man lernen könnte,

1 Wenn mein Gemüt, welches sonst ganz gut ist, nur mittelmäßige Fehler und in geringer Anzahl hat, die wie kleine Flecken auf einem schönen Leibe sind. *Horat. L. I. Sat. VI. v. 65. sqq.*

2 Ich mag nun in der Waage, oder im Skorpion, einem bösen Gestirne und dem fürchterlichsten unter allen, oder im Steinbocke, dem Tyrannen des Abendländischen Meeres geboren sein. *Horat. L. II. Od. 17. V. 7. seqq.*

das Böse zu verlernen.[1] Und diese Antwort scheinet sich sehr gut auf die gegenwärtige Abbildung zu schicken. Ich habe, sage ich, einen Abscheu vor denselben nach einer so natürlichen und mir eigenen Meinung, dass ich eben diesen Trieb und Eindruck, den ich von der Säugamme mitgenommen, erhalten habe, und der durch keine Gelegenheit, sogar durch meine eigenen Betrachtungen nicht einmal einige Veränderung erlitten hat. Denn da diese in gewissen Stücken von dem gemeinen Wege abgehen: so würden sie mich leichtlich zu Handlungen verleiten können, die mir diese natürliche Neigung verhasst machet.

Ich werde was Ungeheures sagen: ich will es aber dennoch sagen. Ich finde daher bei mir in vielen Stücken weit mehr Beständigkeit, und Ebenmaß in meinen Sitten, als in meinen Meinungen: und meine Begierde ist nicht so unordentlich, als meine Vernunft. Aristipp behauptete der Wollust und des Reichtums wegen so kühne Meinungen, dass er die ganze Weltweisheit wider sich aufbrachte. Unterdessen hatte dieses doch keinen Einfluss in seine Sitten. Denn, als ihm der Tyrann Dionys drei schöne Mädchen anbot, dass er sich eines davon nehmen sollte, antwortete er, er nähme sie alle drei, und es wäre dem Paris übel bekommen, dass er eine den übrigen vorgezogen hätte:[2] schickte sie aber, da er sie nach Hause geführet hatte, wieder fort, ohne sie zu berühren. Als seinem Knechte unterwegs das Geld, welches er ihm nachtrug, zu schwer wurde, befahl er ihm,[3] er sollte davon so viel, als ihm überlästig wäre, ausschütten und hinwerfen. Selbst Epikur, dessen Lehrsätze unheilig und weichlich sind, führte ein sehr andächtiges und arbeitsames Leben. Er schreibt an einen guten Freund,[4] er behälfe sich mit einem trockenen Brote und Wasser, und bittet denselben ihm ein wenig Käse zu schicken, damit er etwa einmal herrlich leben könnte. Sollte es wohl wahr sein, dass wer vollkommen gut sein soll, aus einer verborgenen, natür-

1 το κακα απομαθειν. *Diogen. Laert.* in *Vita Antisthenis L. Vl. Segm. 7.*
2 *Diog. Laërt.* in *Vita Aristippi L. II. Segm. 67.*
3 Id. *Ibid. Segm. 77.* & *Horat. L. II. Sat. 3. v. 100. seqq.*
4 *Diog. Laërt. L. X. Segm, II.*

lichen, und allgemeinen Eigenschaft, ohne Gesetze, ohne Gründe, ohne Beispiele, gut sein muss? Die Ausschweifungen, in welche ich gefallen bin, sind gottlob nicht die schlimmsten. Ich habe sie bei mir selbst verdammt, nachdem sie es verdienen; denn mein Verstand ist dadurch nicht angestecket worden. Umgekehrt, ich tadele sie an mir selbst schärfer, als an einem andern. Dies ist aber auch alles. Denn übrigens tue ich denselben allzuwenig Widerstand, und neige mich allzuleicht auf die andere Seite der Waagschale: ausgenommen, dass ich sie in einige Ordnung bringe, und die Vermischung mit andern Lastern verhindere, weil meistens eines die andern nach sich zieht, wenn man sich nicht in Acht nimmt. Die meinigen habe ich, so viel mir möglich gewesen ist, von den übrigen abgesondert und gezwungen allein und einfach zu bleiben:

– – – Nec ultra
Errorem foveo.[1]

Zwar sind die Stoiker der Meinung, der Weise arbeite, wenn er arbeitet, durch alle Tugenden zugleich, obgleich nur eine unter denselben nach Beschaffenheit der Handlung, vor andern in die Augen fället: und hierbei könnten sie sich einigermaßen auf die Vergleichung mit dem menschlichen Leibe berufen. Denn die Cholera kann nichts tun, wenn nicht alle übrigen Feuchtigkeiten dabei helfen, obschon die Cholera vor andern herrscht. Wenn sie aber hieraus eine ähnliche Folge ziehen wollen, dass derjenige, welcher einen Fehler begehet, zugleich alle Laster begehet: so glaube ich ihnen nicht so schlechterdings; oder ich verstehe sie nicht. Die Erfahrung lehret mich das Gegenteil. Dieses sind eitle Spitzfindigkeiten, bei denen sich manchmal die Weltweisheit aufhält. Ich bin einigen Lastern ergeben: aber ich fliehe andere so sehr, als sie immer ein Heiliger fliehen kann. Die Peripatetiker leugnen ebenfalls diesen Zusammenhang, und diese unzertrenn-

1 Ohne die Ausschweifung weiter zu treiben. *Juvenal. Sat. VIII. v. 194.*

liche Verbindung. Und Aristoteles behauptet, ein Mensch könne klug und gerecht, aber dabei unmäßig und unkeusch sein. Sokrates bekannte denenjenigen, die aus seiner Gesichtsbildung einige Neigung zu den Lastern wahrnahmen,[1] er hätte wirklich von Natur dergleichen Neigung, hätte sie aber durch Kunst verbessert. Des Weltweisen Stilpo vertraute Freunde sagten,[2] er wäre von Natur dem Weine und dem Weibsvolke sehr ergeben gewesen; allein, er hätte durch seine Bemühungen es dahin gebracht, dass er sich beider vollkommen enthielte.

Was ich im Gegenteil Gutes an mir habe, das habe ich meiner Geburt, keinem Gesetze, Gebote und sonst keiner andern Anweisung zu danken. Meine Unschuld ist eine einfältige Unschuld, die sehr wenig Lebhaftigkeit und gar nichts Gekünsteltes hat. Ich hasse unter andern Lastern die Grausamkeit ganz grausam von Natur und aus Überlegung, als das größte unter allen Lastern. Aber ich bin so weichherzig, dass ich kein junges Huhn ohne Missvergnügen würgen sehe, und mit Verdruss einen Hasen unter den Zähnen meiner Hunde quäken höre, ungeacht die Jagd eine gewaltsame Lust ist. Diejenigen, welche die Wollust bestreiten, und zeigen wollen, sie sei durchaus lasterhaft und unvernünftig, beweisen es gemeiniglich daher, weil sie uns, wenn sie in ihrer größten Stärke ist, dergestalt einnimmt, dass die Vernunft gar keinen Eingang bei uns finden kann. Sie berufen sich auf das, was wir davon in dem Umgange mit Weibespersonen erfahren,

– quum iam praesagit gaudia corpus,
Atque in eo est Venus, ut muliebria conserat vara.[3]

1 *Cic. Tusc. Quaest. L. IV. c. 37.* Cum illa (vitia) sibi ingenita, sed ratione a se deiecta diceret.

2 Stilponem – – scribunt ipsius familiares et ebriosum et mulierosum fuisse: neque hoc scribunt vituperantes, sed potius ad laudem. Vitiosam enim naturam ab eo sic edomitam et compressam esse doctrina, ut nemo unquam vinolentum illum, nemo in eo libidinis vestigium viderit. *Cic. Lib. de Fato c. 5.*

3 Wenn dem Körper schon die Wollust ahndet, und man das Reizende der Liebe schon wirklich kostet. *Lucret. L. IV. v. 1099. seqq.*

wo uns ihrer Meinung nach das Vergnügen so gewaltig außer uns setzt, dass die durch die Wollust ganz betäubte und entzückte Vernunft alsdenn ihr Amt nicht mehr tun kann.

Allein ich weiß, dass es damit ganz anders gehen kann, und dass man die Seele manchmal, wenn man will, eben den Augenblick auf andere Gedanken bringen kann. Man muss sie nur anspannen, und mit Fleiß anstrengen. Ich weiß und verstehe es sehr wohl, wie man die Stärke dieser Lust hemmen kann, und habe nicht gefunden, dass die Venus eine so mächtige Göttin ist, als die meisten, die reformierter als ich sind, vorgeben. Ich halte es für kein Wunderwerk, wie die Königin von Navarra in einer Erzählung ihres *Heptamerons* (welches ein ganz artiges Buch in seiner Art ist) und für keine Sache von der größten Schwierigkeit, wenn einer ganze Nächte in aller Bequemlichkeit und Freiheit mit einer längst gewünschten Liebsten zubringt, und sich dem getanen Versprechen zu Folge mit Küssen und bloßem Anrühren begnügt. Ich glaube, dass sich das Beispiel des Vergnügens an der Jagd besser darzu schicket. Gleichwie bei derselben weniger Vergnügen ist, so ist es desto entzückender und kömmet desto unverhoffter, sodass unsere betäubte Vernunft sich nicht fassen kann, wenn das lange aufgesuchte Wild, mit einem Sprunge, und vielleicht an einem Orte, wo wir es am wenigsten vermutet, auf uns zukommt. Die Erschütterung und das gewaltige Jagdgeschrei rühren uns dergestalt, dass die Liebhaber von dieser Art der niedern Jagd schwerlich den Augenblick auf etwas anders würden denken können. Daher sagen die Poeten, Diane habe die Fackel und die Pfeile des Cupido besieget.

Quis non malarum quas amor curas habet
Haec inter obliviscitur?[1]

1 Wer sollte alsdann nicht die verdrießliche Unruhe der Liebe vergessen? *Horat. Epod. Od. II. v. 37.*

Doch ich will wieder auf mein Vorhaben kommen. Ich werde zärtlich gerührt, wenn ich einen andern leiden sehe, und würde zu Gefallen leichtlich mitweinen, wenn ich nur bei irgendeiner Gelegenheit weinen könnte. Nichts reizet mich zu Tränen als Tränen, nicht nur wahre, sondern sogar, wie es kommt, erdichtete oder gemalte. Die Toten bedaure ich nicht sonderlich, und wollte sie lieber beneiden: aber die Sterbenden bedaure ich gewaltig. Die Wilden, welche die Körper der Verstorbenen braten und fressen, missfallen mir nicht so sehr, als diejenigen, welche die Lebenden martern und verfolgen. Ja, ich kann nicht einmal die öffentlichen Todesstrafen, so billig sie auch sein mögen, mit einem standhaften Blicke ansehen. Ein Geschichtschreiber, welcher die Gnade des Julius Cäsars ausdrücken will, sagt: Er war in seiner Rache sehr gelind, und verdammte die Seeräuber, welche ihn einmal gefangen und ein Lösegeld abgedrungen hatten, als er sie gezwungen sich ihm zu ergeben, wie er ihnen schon gedrohet hatte, zum Kreuze; doch ließ er sie vorher erwürgen. Seinen Geschichtschreiber, Philemon, der ihn mit Gifte hatte vergeben wollen, bestrafte er nicht schärfer, als schlechthin mit dem Tode. Man wird leicht erraten, wenn ich auch diesen lateinischen Schriftsteller nicht nenne,[1] der sich unterstehet, es als einen Beweis der Gnade anzuführen, wenn man diejenigen, von denen man beleidiget worden ist, bloß umbringet, dass er von den hässlichen und schrecklichen Beispielen der Grausamkeit, welche die römischen Tyrannen ausübten, gerühret worden ist.

Meines Teils kommt mir sogar bei der Justiz, alles, was über den einfachen Tod ist, als lauter Grausamkeit vor: besonders bei uns, da wir uns angelegen sein lassen sollten, die Seelen in einer guten Verfassung aus der Welt zu schicken, welches nicht

1 Dieser Schriftsteller ist Sueton, dessen eigene Worte folgende sind: In ulciscendo, saget er, wenn er vom Julius Cäsar redet, natura lenissimus. Piratas a quibus captus est, cum in deditionem redegisset, quoniam suffixurum se cruci ante iuraverat, iugulari prius iussit, deinde suffigi. – – Philemonem a manu servum, qui necem suam per venenum inimicis promiserat, non gravius quam simplici morte punit – –

geschehen kann, wenn wir sie durch unerträgliche Martern gequälet zur Verzweifelung gebracht haben. Als vor einiger Zeit ein Soldat, der im Gefängnisse lag, von dem Turme herunter, auf welchem er sich befand, wahrgenommen hatte, dass sich das Volk auf dem Platze versammelte, und dass die Zimmerleute ihre Arbeit daselbst aufrichteten, bildete er sich ein, dieses geschähe seinetwegen. Er fasste daher den Entschluss sich umzubringen, fand aber nichts dazu Dienliches, als einen alten verrosteten Nagel von einem Karren, den ihm das Glück darbot, womit er sich auch zuerst zwei Stiche um die Kehle herum gab. Da er sahe, dass dieses vergebens gewesen war, gab er sich bald darauf den dritten Stich in den Bauch, worinnen er den Nagel stecken ließ. Der erste von seinen Wächtern, fand ihn, als er in sein Behältnis hineinkam, in diesem Zustande zwar noch lebend, aber doch liegend und von seinen Stichen ganz abgemattet. Man suchte sich die Zeit, ehe er hinstürbe, zu Nutze zu machen, und kündigte ihm geschwinde sein Urteil an. Nachdem dieses geschehen, und er gehöret hatte, dass er zu weiter nichts, als enthauptet zu werden verurteilt würde, schien er wiederum neuen Mut zu schöpfen; nahm den Wein an, den er vorher nicht hatte trinken wollen; dankte seinen Richtern für das unverhoffte gnädige Urteil und sagte, er wäre entschlossen gewesen, sich selbst das Leben zu nehmen, weil er sich vor einem härtern und unerträglichern Tode gefürchtet und aus den Zubereitungen, die er auf dem Platze hätte machen sehen, die Meinung geschöpfet hätte, man wollte ihn etwa mit einer erschröcklichen Todesstrafe martern. Er bezeigte sich also ebenso, als wenn er dem Tode entginge, da doch nur die Art seines Todes geändert wurde. Ich wollte raten, dass man die scharfen Strafen, wodurch man das Volk im Zaume zu halten suchet, nur an den toten Körpern der Missetäter ausübte. Denn der Pöbel würde meist ebenso sehr gerührt werden, wenn er sähe, dass sie des Begräbnisses beraubet, verbrannt und gevierteilt würden, als durch die Strafen die man ihnen bei dem Leben antut, ungeacht dieses in der Tat wenig oder gar nichts ist, wie Gott saget,[1] *Qui corpus occidunt, et postea non habent, quod faciant.* Die Poeten machen auch viel Wesens aus der Abscheulichkeit eines solchen Anblickes, und stellen denselben noch ärger vor, als den Tod.

Heu reliquias semiassi Regis, denudatis ossibus,
Per terram sanie delibutas foede divexarier.[2]

Ich kam einstens zu Rom eben dazu, als man den Catena, einen berüchtigten Straßenräuber, hinrichtete. Man erwürgte ihn, ohne dass die Umstehenden darüber in Bewegung gerieten. Allein, da man ihn zu vierteilen anfing, begleitete das Volk jeden Streich des Scharfrichters mit einer kläglichen Stimme und einem Ausrufe, nicht anders, als ob jeder denselben empfunden hätte. Man muss dergleichen Grausamkeiten nur an der Schale, nicht aber an dem Lebendigen ausüben. So milderte Artaxerxes in einem gewissermaßen ähnlichen Falle die Strengigkeit der alten persischen Gesetze,[3] durch die Verordnung, dass diejenigen Herren, welche in ihrer Bedienung etwas versehen hatten, nicht wie vormals gepeitschet, sondern ausgezogen werden sollten, und dass man ihre Kleider an ihrer statt peitschen sollte: und dass man ihnen nicht, wie ehedem die Haare, ausraufen, sondern nur ihren hohen Hut abnehmen sollte.[4] Die sonst so andächtigen Ägypter glaubten der göttlichen Gerechtigkeit genug zu tun, wenn sie Bilder von Schweinen opferten.[5] Eine kühne Erfindung, dass sie Gott, eine so wirkliche Substanz, mit Gemälden und Schatten befriedigen wollten.

1 Die den Leib töten, und darnach nichts mehr tun können. *Lucä L. XII. v. 4.*

2 Was für ein scheußlicher Anblick, dass die blutigen Überbleibsel des halbverbrannten Königes, und die entblößten Knochen, auf der Erde herum liegen. *Cic. Tusc. Quaest. L. I. c. 44.*

3 *Plutarch. Apophtegm. Regum &c.*

4 Welcher *Tiara* hieß.

5 Herdodot saget, nur die Armen hätten sich diese Freiheit heraus genommen. Οι δε πενητες ἀυτων ὑπ ασθενειης βιου σταιτινας πλασαντες ὑς και οπτησαντες ταυτας θυουσι. *L. II. p. 122.*

Ich lebe in einer Zeit, da wir einen Überfluss an unglaublichen Beispielen dieses Lasters haben, weil bei unsern innerlichen Kriegen aller Mutwille herrschet; und man wird in den alten Geschichten keine ärgere finden, als wir alle Tage sehen. Allein, dadurch bin ich sie noch keinesweges gewohnt worden. Kaum konnte ich mich überreden lassen, ehe ich es gesehen hatte, dass man so wilde Seelen fände, die bloß, weil sie Vergnügen an dem Morden finden, Mord begehen; die andern die Glieder abhacken und abschneiden; die ungewöhnliche Martern und neue Todesarten aussinnen, nicht aus Feindschaft, oder eines Nutzens wegen, sondern bloß zu dem Ende, damit sie den lieblichen Anblick der Gebärden und erbärmlichen Bewegungen, des Ächzens und der kläglichen Stimme eines ängstlich sterbenden Menschen genießen. Gewiss, höher kann die Grausamkeit nicht getrieben werden, als *Ut homo hominem, non iratus, non timens, tantum spectaturus occidat.*[1]

Ich, meines Teils habe nicht einmal ohne Missvergnügen ein unschuldiges Tier, das sich nicht wehren kann, und das uns nicht beleidiget hat, verfolgen und umbringen sehen können. Für mich ist es allezeit ein sehr widriger Anblick, wenn der Hirsch, wie gemeiniglich geschiehet, nachdem er aus dem Atem und matt ist, und sich nicht anders zu retten weiß, zurückkehrt, seinen Verfolgern selbst in die Hände läuft, und mit Tränen um Gnade bittet:

Quaestuque cruentus
Atque imploranti similis.[2]

Selten fange ich ein Tier lebendig, das ich nicht wieder laufen lasse. Pythagor kaufte sie von den Fischern und Vogelstellern, und machte es ebenso.

1 Dass ein Mensch einen Menschen nicht im Zorne oder aus Furcht, sondern bloß um ihn sterben zu sehen umbringt. *Senec. Epist. 90.*

2 *Virgil. Aneid. L. VII. v. 501 f.*
Er seufzt im ganzen Haus, als sucht er Hilf allda.

Primoque a caede ferarum
Incaluisse puto maculatum sanguine ferrum.[1]

Blutgierige Gemüter zeigen in Ansehung der Tiere eine natürliche Neigung zur Grausamkeit. Nachdem man zu Rom in den Schauspielen Tiere ermorden zu sehen gewohnt war, versuchte man es mit den Menschen, und mit den Fechtern. Die Natur selbst hat dem Menschen, wie ich besorge, einen gewissen Trieb zur Unmenschlichkeit eingepflanzet. Keiner hat eine Freude daran, wenn er die Tiere miteinander spielen und einander liebkosen sieht: aber jeder belustiget sich daran, wenn er sie einander zerreißen und zerstücken siehet. Man darf über dieses Mitleiden, welches ich mit ihnen trage, nicht spotten. Selbst die Gottesgelehrtheit befiehlt uns ihnen einigermaßen günstig zu sein. Und sie hat Ursache uns einige Achtung und Liebe für dieselben anzubefehlen. Denn sie betrachtet, dass uns ein Herr zu seinem Dienst in diesen Pallast gesetzt hat, und dass sie ebenso wohl als wir unter seine Hausgenossen gehören.

Pythagor entlehnete die Seelenwanderung von den Ägyptern: nach der Zeit aber ist sie von vielen Völkern, und besonders von unsern Druiden, angenommen worden.

Morte carent animae, semperque priore relicta
Sede, novis domibus vivunt, habitantque receptae.[2]

Die Religion unserer alten Gallier lehrete, dass die Seelen, weil sie ewig wären, ohne Aufhören ihre Wohnung veränderten, und aus einem Körper in den andern übergingen, und gründete diesen Einfall einigermaßen auf die Betrachtung der göttlichen Ge-

1 Ich glaube der Stahl ist zuerst von dem Blute der Tiere befleckt und warm gemacht worden. *Ovid. Metamorph. L. XV. Fab. 2. v. 47. 48.*

2 Die Seelen sterben nicht; sondern wenn sie die erste Behausung verlassen haben, so wohnen und leben sie in einer andern. *Ovid. Metamorph. L. XV. Fab. 2. v. 6. 7.*

rechtigkeit. Sie sagten, Gott wiese der Seele, nachdem sie sich bei dem Alexander bezeiget, und nach ihren Umständen, einen andern, mehr oder weniger beschwerlichen Leib zur Wohnung an:

Muta ferarum
Cogit vincula pati, truculentos ingerit ursis.
Praedonesque lupis fallaces vulpibus addit:
– – –
Atque ubi per varios annos per mille siguras
Egit, lethaeo purgatos flumine tandem
Rursus ad humanae revocat primordia
formae.[1]

Eine tapfere versetzte er in den Leib eines Löwen; eine wollüstige in den Leib eines Schweines; eine feige in den Leib eines Hirsches oder Hasens; eine boshafte in den Leib eines Fuchses: und so weiter, bis sie durch diese Züchtigung gereiniget worden wären, und wieder in den Leib eines andern Menschen führen.

Ipse ego, nam memini, Troiani tempore belli
Panthoides Euphorbus eram.[2]

Ich mache aus der Verwandtschaft zwischen uns und den Tieren ebenso wenig, als daraus, dass viele Völker, besonders unter den

1 Er zwinget sie, unvernünftige Tiere zu beseelen, die grausamen jagt er in Bären, die räuberischen in Wölfe, die betrügerischen in Füchse. Endlich ruft er sie, wenn sie viele Jahre hintereinander tausend verschiedene Gestalten durchwandelt und sich endlich in dem Wasser des Flusses Lethus gereiniget haben, wieder zurück in menschliche Leiber. *Claudian, in Ruffin. L. II. v. 482. 483. 484–491. 492. 493.*

2 Ich selbst war zur Zeit des Trojanischen Krieges, denn ich erinnere es mich noch, Euphorb, des Panthus Sohn. So redet Pythagoras von sich selbst beim *Ovid Metamorph. L. XV. Fab. 3. v. 8. 9.* Will man wissen, durch was für ein Mittel Pythagor sich habe erinnern können, wer er zur Zeit des Trojanischen Krieges gewesen? so kann man den Diogenes Laerz in *Pythagoras Leben* lesen. *L. VIII. Segm. 4. 5.*

ältesten und edelsten, die Tiere nicht allein in ihre Gesellschaft aufgenommen, sondern sie sogar weit über sich gesetzt, und teils für Freunde und Lieblinge ihrer Götter gehalten, und ihnen mehr als menschliche Ehrerbietung und Ehrfurcht erwiesen, teils aber außer denselben keinen andern Gott und keine andere Gottheit erkannt haben.[1] *Belluae a barbaris propter beneficium consecratae:*

Crocodilon adorat
Pars haec, illa pavet saturam serpentibus Ibin.
Effigies sacri hic nitet aurea Cercophiteci:
– – hic piscem fluminis, illic
Oppida tota canem venerantur.[2]

Die sehr geschickte Erklärung, welche Plutarch von diesem Irrtume machet,[3] bringet ihnen allerdings viel Ehre. Denn er saget, die Ägypter hätten zum Exempel nicht die Katze oder den Ochsen, sondern in diesen Tieren ein gewisses Bild der göttlichen Eigenschaften verehret. In diesem verehrten sie die Geduld und die Nutzbarkeit;[4] und in jener,[5] die Munterkeit oder, wie unsere Nachbarn die Burgunder nebst ganz Deutschland beschaffen sind, die Ungeduld sich eingesperrt zu sehen,[6] wodurch sie die Freiheit vorstelleten, die sie mehr als alle anderen göttlichen Eigenschaften liebten und ehreten: und so weiter. Allein, wenn

1 Die Tiere sind von den Barbarn wegen ihres Nutzens vergöttert worden. *Cic. de Natura Deorum L. I. C. 36.*

2 Einige loben das Krokodil, andere den Storch, der sich von Schlangen nähret. Hier schimmert das goldne Bild eines göttlich verehrten Affens. – – Hier wird ein Fisch aus dem Nil, und dort ein Hund von ganzen Städten verehret. *Juvenal. Sat. XV. v. 2. 14–7. 8.*

3 In libello *de Iside et Osiride.*

4 In dem Ochsen.

5 In der Katze.

6 Dieses ist den Katzen gleichsam natürlich; wenn man haben will, dass eine Katze frei in ein Zimmer gehen soll, so muss sie auch wieder frei herausgehen können.

ich unter den gemäßigsten Meinungen die Gründe überlege, wodurch sie sich zu zeigen bemühen, dass zwischen uns und den Tieren eine sehr große Ähnlichkeit ist, wie viel Anteil sie an unsern größten Vorzügen haben, und mit wie vieler Wahrscheinlichkeit man sie mit uns gleich schätzen kann: gewiss, so lasse ich vieles von unserer Einbildung fahren, und begebe mich gern der eingebildeten Herrschaft, die man uns über andere Geschöpfe zuschreibet.

Wenn alles dieses seine Richtigkeit hat, so verbindet uns eine gewisse Betrachtung und eine allgemeine Pflicht der Menschlichkeit, nicht nur den Tieren, welche Leben und Empfindung haben, sondern sogar den Bäumen und Pflanzen. Wir sind Gerechtigkeit den Menschen, Gnade und Gütigkeit aber den andern Geschöpfen schuldig, die deren fähig sind. Es ist eine gewisse Gemeinschaft zwischen ihnen und uns, und eine gewisse gegenseitige Verbindlichkeit. Ich scheue mich nicht meine so kindische Zärtlichkeit zu bekennen, dass ich es meinem Hunde nicht verweigern kann, wenn er zur Unzeit mit mir spielen will.

Die Türken haben Allmosen und Spitäle für die Tiere gestiftet. Die Römer ließen die Gänse, durch deren Wachsamkeit ihr Capitol erhalten worden war, auf gemeine Kosten füttern. Die Athenienser verordneten,[1] dass diejenigen Maulesel und Mauleselinnen, welche bei der Erbauung des Tempels Hecatompedon gebrauchet worden waren, frei sein, und überall ungehindert sollten weiden dürfen. Die Agrigentiner hatten im Gebrauche,[2] die Tiere, welche ihnen lieb gewesen waren, als Pferde von besonderem Verdienste, nützliche Hunde und Vögel, ja sogar diejenigen, die ihren Kindern zum Zeitvertreibe gedienet hatten, ernsthaft zu begraben. Die ihnen gewöhnliche Pracht, welche sie in allen andern Dingen beobachteten,[3] zeigte sich besonders in der Kostbarkeit und Menge der zu diesem Ende aufgeführten

1 *Plutarch* in *Catons des Sittenrichters Leben.*
2 *Diodorus Siculus L. XIII. c. 17.*
3 Id. *Ibid.*

Denkmäler, welche noch viele Jahrhunderte darnach Figur machten. Die Ägypter beerdigten die Wölfe,[1] die Bären, die Krokodile, die Hunde, und die Katzen, an heiligen Örtern, balsamierten ihre Körper, und legten bei ihrem Tode Trauerkleider an.[2] Cimon ließ die Pferde, mit welchen er dreimal den Rennpreis in den Olympischen Spielen gewonnen hatte, ehrlich begraben.

Der alte Xanthipp ließ seinen Hund auf einem Vorgebirge an der Küste des Meeres begraben,[3] welches hernach den Namen davon behalten hat. Und Plutarch machte sich, wie er selbst sagt, ein Gewissen daraus, einen Ochsen, welcher ihm lange Zeit gedienet hatte, um eines geringen Gewinnes willen zu verkaufen, und in das Schlachthaus zu schicken.[4]

1 *Herodot. L. II. p. 129.*
2 Des Miltiades Vater Herodot. *L. VI. p. 419.*
3 *Plutarch* in *Catons des Sittenrichters Leben.*
4 *Plutarch* in *Catons des Sittenrichters Leben.*

Von der Ähnlichkeit der Kinder mit ihren Vätern

Ich setze die verschiedenen Stücke die ich zu Papier bringe, nicht anders als bei rechter Muße auf, und wenn ich zu Hause bin. Sie sind daher zu verschiedenen Zeiten unterbrochen und zu Stande gekommen, weil mich die Geschäfte öftermals ganze Monate anders wohin berufen. Ich verbessere auch meine ersten Aufsätze nicht leicht, indem ich sie noch einmal übersehen sollte; doch nehme ich zuweilen mit einem und dem andern Worte eine Änderung vor, ohne es dabei aus dem Texte wegzuwerfen. Ich will zeigen, wie sich meine Gemütsart nach und nach verwandelt, und wie ein jeglicher Aufsatz bei seiner ersten Geburt ausgesehen hat. Es ist mir ein Vergnügen, oft angefangen und den öftern Wechsel meiner Gedanken eingesehen zu haben. Einer von meinen Bedienten, der sie mir abschrieb, glaubte dadurch große Beute zu machen, dass er mir viele Stücke, die ihm gefielen, entwandte. Allein, ich tröste mich damit, dass er dadurch ebenso wenig gewinnen wird, als ich daran verloren habe.

Es sind nunmehr sieben oder acht Jahre, dass ich angefangen habe meine Gedanken aufzusetzen. Ich habe seit der Zeit verschiedenes Neues erfahren müssen. Ich bin bei meinem Alter von der Kolik angegriffen worden, weil man zu einer solchen Zeit nicht wohl davon frei zu sein pflegt. Ich wollte, dass mir mein Alter ein ander Geschenk dargeboten hätte, welches mir angenehmer gewesen wäre. Denn ich habe mich von meiner Jugend an vor nichts so sehr als vor diesem gefürchtet, und dieses scheint mir unter allen Zufällen, die das Alter mit sich führet, das schrecklichste zu sein. Ich habe manchmal bei mir selbst gedacht, dass ich zu weit ginge, und dass ich einen so langen Weg zurückzulegen, nicht auf etwas Verdrießliches verfallen müsste. Oftermals dachte ich, wie glücklich es wäre, von der Welt zu kommen, und nach Art der Wundärzte, wenn sie ein Glied abnehmen, das Leben und die Gesundheit als zwei besondere Stücke zu betrachten. Ich bedachte ferner, dass, wer es nicht bei Zeiten aufgibt, es der Natur ziemlich hart verzinsen müsse. Inzwischen war es noch weit gefehlt, dass ich hierzu in Bereitschaft stand, dass ich nicht vielmehr innerhalb achtzehn Monaten, oder wie viel es ihrer ungefähr sein mögen, dass ich in diesem verdrießlichen Zustande bin, mich darein finden lernte. Nunmehr bin ich mit meiner Kolik schon gut bekannt. Ich treffe darinnen schon einen Trost und einige Hofnung an; so sehr wird den Leuten ihr elender Zustand gewohnt, dass kaum ein so schlimmer zu finden ist, in welchem sie sich nicht sollten zu erhalten wissen. Höret den Mecänas:

Debilem facito manu
Debilem pede, coxa,
Lubricos quate dentes
Vita, dum superest, bene est.[1]

Und Thamerlan beschönigte durch eine törichte Leutseligkeit sein grausames Verfahren, als er die Aussätzigen, die ihm vorkamen, umbringen ließ, *um,* wie er sagte, *sie vom Leben zu befreien,* welches sie so elend zubrächten. Denn, es war keiner unter ihnen, der nicht lieber hätte dreimal aussätzig sein, als gar nicht auf der Welt sein wollen. Als Antisthenes, der Stoiker bei seiner großen Krankheit schrie,[2] *wer wird mich von diesem Übel befreien?*[3] Und ihm Diogenes, der ihn zu besuchen gekommen war, ein Messer mit diesen Worten reichte: *dieses, wenn du willst, augenblicklich,* gab er ihm zur Antwort: *ich sage nicht von dem Leben, sondern von dem Übel befreien.* Ich empfinde die

1 *Seneca Epist. 101.* Man lähme mich immer an Händen, Füßen, an allen Schenkeln, man breche mir die Zähne aus, es ist gut, wenn ich nur dabei am Leben bleibe.

2 Oder vielmehr der Cyniker, und das Haupt der cynischen Sekte. In der Tat ist unter der Lehre der Cyniker und unter der Stoiker ihrer im Grunde kein großer Unterschied.

3 *Diogenes Laertius* in *vit. Antisthenis. L. VI. Segment. 18. 19.* Και ποτε παϱ αυτον ξιφιδιον εχων (Διογενης) εισηλθε του δ’ ειποντος, τις αν απολυση με των πονων; δειξας το ξιΦιδιον, εΦη, τουτο; Καιος, των πονων, ειπον ου του ζην.

Schmerzen, die uns bloß vermittelst der Seele rühren, weit weniger, als die meisten andern Leute; teils weil ich sie vernünftig beurteile, da hergegen die meisten sich vor vielen schrecklichen und zu vermeidenden Dingen wie vor dem Tode fürchten, die mir beinahe gleichgültig sind; teils weil ich bei den Unglücksfällen, die mich nicht ganz genau betreffen, etwas hart und unempfindlich bin, welches Stück ich für das schönste meines Naturells halte. Allein, die wesentlichen und körperlichen Schmerzen fühle ich weit lebhafter. Gleichwohl habe ich mir damals, als ich sie ehedessen mit schwachem Gesichte betrachtete, und als ich durch den Genuss einer langen und dauerhaften Gesundheit, die mir Gott in den besten Teilen meines Lebens verliehen hatte, zärtlich und weich gemacht worden, so unerträglich vorgestellt, dass meine Furcht vor denselben größer, als das darin vorhandene Übel war. Ich glaube daher beständig, dass die meisten Kräfte unsrer Seelen, so wie wir sie gebrauchen, der Ruhe des Lebens mehr hinderlich, als beförderlich sind.

Ich bin der ärgsten, der plötzlichsten, der schmerzhaftesten, der tödlichsten und der unheilbarsten unter allen Krankheiten unterworfen. Ich habe davon schon fünf oder sechs ziemlich harte und lange Anfälle ausgehalten. Inzwischen ist in diesem Zustande noch etwas vorhanden, oder ich schmeichle es mir wenigstens, woran sich jemand halten kann, der sich nicht vor dem Tode, und vor den Drohungen, Schlüssen und Folgerungen fürchtet, die uns die Medizin in den Kopf setzt. Die Wirkung des Schmerzens ist nicht so heftig, dass ein gesetzter Mensch darüber in Raserei und Verzweiflung geraten sollte; ich wenigstens habe diesen Vorteil von der Kolik, dass, da ich noch nicht von mir selbst mich an alles gewöhnen und mit dem Tode umgehen lernen konnte, sie dieses zu Stande brachte. Denn je heftiger sie mich anfällt und mich quält, je weniger wird mir der Tod furchtbar. Ich habe schon dieses gelernet, dass ich nur noch bloß durch das Leben am Leben hänge. Sie wird diesen Verstand noch mehr aufklären, und Gott gebe, dass wenn ihre Heftigkeit meine Kräfte übersteiget, sie mich nicht zu dem andern ebenfalls tadelhaften Äußersten bringe, nämlich den Tod lieb zu gewinnen und zu wünschen.

Summum nec metuas diem nec optes.[1]

Vor diesen zwei Leidenschaften müssen wir uns fürchten, doch ist für die eine weit eher ein Mittel bereit als für die andre.

Nachgehends ist dieses eine, wie ich glaube, gekünstelte Vorschrift, dass man den Schmerz mit einer so genauen Standhaftigkeit, Verachtung, und einem so gesetzten Wesen ertragen müsse. Warum schweigt die Philosophie, die auf das Wesentliche und auf die Wirkungen siehet, bei diesen grausamen Anblicken still? Sie überlässt diese Sorgfalt den Schwätzern und Meistern der Redekunst, die sich so viel mit den Gebärden zu schaffen machen. Sie erlaubt es ohne Anstand, dass man ängstlich tue, und sie vermischet ihre Klagen mit denjenigen Seufzern, mit demjenigen Herzklopfen, mit denjenigen Erbleichungen, die die Natur unserer Gewalt nicht unterworfen hat. Sie ist zufrieden, wenn die Herzhaftigkeit nur ohne Schrecken und die Worte ohne Verzweiflung sind. Was tuts, dass wir die Hände ringen, wenn wir nur nicht unsre Gedanken verdrehen? Sie erziehet uns für uns, nicht aber für andre, und damit wir wirklich sein, nicht aber zu sein scheinen. Sie mag immer fortfahren unsern Verstand zu regieren, den sie zu unterrichten angefangen hat. Sie verleihet bei den heftigen Anfällen der Kolik meiner Seele nur ferner Kraft sich zu erkennen, und ihren gewohnten Weg fortzugehen, damit sie den Schmerz überwinde und aushalte, sich aber nicht auf eine schändliche Weise ihm zu Füßen werfe, damit sie in dem Kampfe zwar aufgebracht und erhitzt, nicht aber niedergeschlagen und überwunden werde, sondern bis zur gesetzten Zeit ihre Handlungen und andre Geschäfte verrichten könne. Bei so gewaltigen Anfällen würde es grausam sein eine so ruhige Aufführung zu

1 Man muss den Tag seines Todes weder fürchten noch wünschen. *Mart. L. X. Epigram. 47. v. ult.*

verlangen. Wenn unser Spiel gut stehet, so nehmen wir selten eine verdrießliche Miene an. Wenn sich der Körper durch Klagen eine Linderung schafft, so mag er es tun. Wenn ihm die Bewegung gefällt, so mag er sich nach Belieben drehen, wälzen, und sich zu schaffen machen. Wenn es ihm scheint, dass das Übel nicht wegdunste, wie einige Arzneigelehrten, um die Geburten der schwangern Weiber zu befördern, zu sagen pflegen, so mag er die Stimme immer mit großer Heftigkeit herausstoßen, oder er mag aus allen Kräften schreien, wenn er dadurch nur seine Martern etwas lindern kann. Wir wollen der Stimme nicht gebieten, dass sie herausfahren soll. Aber wir wollen sie auch nicht daran hindern. Epikurus verstattete seinem Weisen bei den Schmerzen nicht nur zu schreien,[1] sondern er riet ihm sogar dazu. *Pugiles etiam quum feriunt adversarium, in jactandis caestibus ingemiscunt — quia profundenda voce omne corpus intenditur, venitque plaga vehementior.*[2] Wir haben genug mit dem Übel zu tun, ohne uns an diese überflüssigen Regeln zu kehren.

Alles was ich hier sage, dienet diejenigen zu entschuldigen, welche bei den Anfällen dieser Krankheit gewöhnlicher Weise zu schreien pflegen. Denn was mich anlangt, so habe ich sie bis diese Stunde mit etwas mehr Standhaftigkeit ertragen, und mich bloß zu seufzen befriedigt, ohne ein Geschrei zu machen. Ich gebe mir dabei nicht viele Mühe diese äußerliche Beständigkeit zu beob-

1 Dieses ist sonder Zweifel aus dem *Diogenes Laerz* genommen *L. X. §. 118.* Allein es ist merkwürdig, dass Montagne, entweder aus Versehen, oder aus einer kritischen Mutmaßung, auf die er selbst gekommen ist, oder sie von einem andern Schriftsteller seiner Zeit entlehnt hat, hier etwas vorbringet, dass demjenigen ganz entgegen ist, was die lateinische Übersetzung angibt, und auch von dem Innhalte des griechischen Textes, in allen Ausgaben, abgehet. Es sollte nämlich heissen, wie *Gassendi* nachher gelesen hat: Οτε μεν τοι ϛϱεβλουται, ενθα και μυξειν, και οιμαστειν, *der Weise wird sich bei der Marter den Seufzern und dem Geschrei überlassen.* Herr *Barbeyrac,* von dem ich diese Anmerkung habe, setzt hinzu: im Grunde ist dieses eben dasjenige gesagt, was die Kritiker bei dieser verdorbenen Stelle irgend gutes vorgebracht haben.

2 Selbst die Klopffechter seufzen, wenn sie auf den Gegner mit ihren Bällen zuschlagen, weil der ganze Körper, wenn sie die Stimme von sich stoßen, angestrenget und der Schlag dadurch heftiger wird.

achten, weil ich auf dergleichen Vorteile wenig Rechnung mache. Ich verstatte dem Übel, so viel als es verlangt. Meine Schmerzen müssen daher entweder nicht zu heftig sein, oder ich wende dabei mehr Standhaftigkeit als andre an. Ich beklage mich, ich werde verdrießlich wenn mich die heftigen Stiche überfallen, aber ich gerate nicht in Verzweiflung, wie dieser:

Ejulatu, questu, gemitu, fremitibus
Resonando multum flebiles voces refert.[1]

Ich habe mich, wenn das Übel am heftigsten gewesen, betrachtet, und jederzeit gefunden, dass ich zu reden, zu denken, und ebenso verständlich als zu einer andern Zeit, zu antworten, im Stande bin, ob es gleich, weil mich der Schmerz verwirrt und zerstreuet, nicht so in einer Reihe geschiehet. Wenn der Anfall am heftigsten wird, und mich die Umstehenden schonen, so versuche ich oft selbst meine Kräfte, und fange mit ihnen von Sachen an zu reden, die von meinem Zustande am weitesten entfernt sind. Ich kann durch eine plötzliche Ermunterung alles tun, aber ich halte nicht lange aus. Ich wünschte, dass es mir so ginge wie jenem Träumer beim Cicero,[2] der als er im Schlafe ein Mädchen zu umarmen glaubte, befand, dass der Stein von ihm gegangen war. Mein Bette lässt mich gar nicht auf solche Träume kommen. Wenn ich bei diesem heftigen Schmerze einige Zwischenräume habe, da ich in den Harngängen etwas Linderung verspüre, so nehme ich augenblicklich meine mir gewöhnliche Stellung an, weil meine Seele sich durch nichts anders; als durch das Sinnliche und durch das Körperliche beunruhigen lässt. Ich habe dieses ohnstreitig der Bemühung zu danken, die ich angewandt habe, mich auf eine vernünftige Weise gegen dergleichen Anfälle in Verfassung zu setzen.

1 Der seine Klagen in ein Geheul, Gewinsel, in Seufzer, in ein Knirschen ausbrechen lässt und fort stößt. *Cicer. Tuscul. Quaest. L. II. c. 14.*

2 Dicitur quidam, cum in somnis complexu venereo jungeretur, calculos ejecisse. *Cic. de Diuinat. L. II. c. 69.*

--- Laborum
Nulla mihi nova nunc facies inopinaque surgit,
Omnia praecepi, atque animo mecum ante peregi.[1]

Inzwischen bin ich bisweilen für einen Anfänger gar zu plötzlich und kräftig auf die Probe gestellet worden, indem ich aus einem angenehmen und glückseligen Zustande auf einmal in den allerschmerzhaftesten und unglückseligsten, den man sich einbilden kann, geraten bin. Denn außer dem, dass dieses Übel an sich sehr zu fürchten ist, so greift es mich noch weit heftiger und länger an, als es gewohnt war. Die Anfälle davon stellen sich so häufig ein, dass ich fast keinen Augenblick vollkommen gesund bin. Unterdessen erhalte ich doch meinen Geist dabei in solcher Verfassung, dass, wenn ich es nur lange auszuhalten vermag, ich mich in einem weit bessern Zustande zu befinden gedenke, als tausend andere, die weder ein Fieber noch sonst ein Übel haben, ohne dasjenige, welches sie sich aus Mangel der Vernunft selbst verursachen.

Es gibt eine gewisse subtile Erniedrigung, die aus dem Vorurteile entspringt. Dergleichen ist diese, dass wir unsre Unwissenheit bei vielen Dingen gestehen, und gleich zugeben, dass sich in der Natur einige Eigenschaften befinden, die wir nicht einsehen, auch nicht einmal die Mittel und Ursachen derselben begreifen können. Durch dieses ehrbare und gewissenhafte Geständnis, hoffen wir dasjenige zu gewinnen, dass man uns bei denjenigen Sachen glauben werde, welche wir uns zu verstehen rühmen wollen. Wir suchen immer Wunderwerke und seltene Schwierigkeiten. Es scheinet mir, dass unter denen Dingen, die uns täglich vorkommen, sich so unbegreifliche Eigenschaften finden, dass sie noch weit schwerer als Wunderwerke sind. Was für eine

1 *Virg. Aeneid. L. VI. v. 103.*
--- Mein Mund
Macht mir kein seltsames noch neues Unglück kund,
Ich wusste mir schon längst dies alles vorzustellen.

sonderbare Sache ist es, dass dieser Samentropfen, woraus wir gezeugt sind, nicht nur den Eindruck der Gestalt unsers Körpers, sondern auch die Gemütsart und Neigung unsrer Väter in sich enthält. Wo ist doch in diesem Tropfen Wasser für so viele Gestalten Raum? Und wie werden diese Ähnlichkeiten durch so wunderbare und unordentliche Reihe so weit fortgepflanzet, dass der Enkel dem Ältervater, der Schwestersohn dem Oheim gleichen muss? In dem Geschlechte der Lepider zu Rom gab es ihrer drei,[1] die, zwar nicht gleich, doch nach einiger Zeit aufeinander, ein und eben dasselbe mit einem Häutchen überwachsenes Auge auf die Welt brachten. Zu Theben war eine Familie die gleich vom Mutterleibe an das Zeichen einer eisernen Lanze am Leibe hatte.[2] Wer es nicht an sich hatte, wurde für unecht gehalten. Aristoteles sagt, dass man bei einer gewissen Nation, wo man die Weiber unter sich gemein hatte, die Kinder den Vätern der Ähnlichkeit nach zueignete.

Es ist glaublich, dass ich diese Steinkrankheit meinem Vater zu danken habe, denn er starb an einem großen Blasensteine. Er merkte sein Übel nicht eher als im siebenundsechzigsten Jahre seines Alters. Vor dieser Zeit hat er davon weder an den Nieren noch in den Seiten, noch sonst wo einen Anstoß, und hatte bis dahin in vollkommener Gesundheit, und ohne sonderlich krank gewesen zu sein, gelebet. Er brachte in diesem Übel sieben Jahre zu, und starb unter großen Schmerzen. Ich war etwas über fünfundzwanzig Jahre alt, ehe er seine Krankheit bekam, und ich war der dritte von den Kindern, die er in seinen besten Jahren gezeuget hatte. Wie verbarg sich die Neigung zu dieser Krankheit so

1 In Lepidorum gente tres, intermisso ordine, obducto membrana oculo, genitos accepimus. *Plin. Hist. Nat. L. VII. c. 12*

2 *Plutarch.* de sera Numinis vindict. Allein, Plutarch sagt daselbst nicht, dass man diejenigen für unecht gehalten hätte, denen in dieser Familie das Zeichen einer Lanze am Leibe gefehlet hätte, λογνης τυπον εν τω σωματι, weil er ausdrücklich anmerkt, dass man das Zeichen der Lanze erst wieder lange Zeit hernach an dem letzten unter den Kindern eines gewissen Python gesehen hätte, der, wie es hieß, von den ersten Grundlegern Thebens abstammen sollte, λεγομενου τοις Σπαρτοις προσηκειν.

lange Zeit? Wie hatte diese wenige Substanz, woraus er mich zeugte, für ihren Teil, auf mich einen so großen Eindruck, da das Übel noch so weit von ihm war? Wie blieb dieser Eindruck so verborgen, dass ich ihn erst nach fünfundvierzig Jahren zu empfinden angefangen habe, und zwar ich bis diese Stunde allein unter meinen Brüdern und Schwestern, die alle von einer Mutter sind? Wer mir diese Fortpflanzung auseinandersetzen wird, dem will ich in allen andern Wunderwerken glauben, die er mir vorsagt, wenn er mir nur nicht, wie es gemeinhin geschiehet, eine weit schwerere und törichtere Auflösung davon macht, als die Sache selbst ist.

Die Arzneigelehrten mögen mir meine Freiheit ein wenig zu gut halten; denn eben dieser unglücklichen Fortpflanzung und Eindrücke, habe ich den Hass und die Verachtung gegen ihre Wissenschaft zu danken. Diese Antipathie, die ich gegen ihre Kunst besitze, ist mir angeerbt. Mein Vater wurde vierundsechzig Jahr und mein Ältervater beinahe achzig Jahre alt, ohne jemals einige Medizin gebraucht zu haben. Alles, was man nicht täglich braucht, hieß ihnen Arzenei. Die Arzeneikunst hat ihren Ursprung aus Beispielen und Erfahrungen: so auch meine Meinung. War dieses nicht eine sehr deutliche und nützliche Erfahrung? Ich glaube nicht, dass sie mir aus allen ihren Verzeichnissen werden drei Menschen aufzeigen können, die bei einer Küche und unter einem Dache geboren, erzogen und gestorben, und durch ihre Vorschriften so alt geworden sind? Hier müssen sie mir zugeben, dass ich wenigstens das Glück, wo nicht auch die Vernunft, auf meiner Seite habe. Richtet doch bei den Ärzten das Glück mehr als die Vernunft aus. Nur mögen sie mich nicht zu ihrer Verteidigung anführen, und mir damit bange machen, dass ich so schwächlich bin: dies wäre nicht redlich gehandelt. Ich habe ihnen gewiss durch die Beispiele aus meinem Hause genug abgewonnen, dass ich nicht selber ein Beispiel sein darf. So gar beständig sind die menschlichen Dinge nicht. Seit hundertzweiundachzig Jahren haben wir diese Erfahrung: denn, der erste von uns wurde im Jahre 1402 geboren. Sie mag also jetzt immer nicht mehr eintreffen; meinetwegen werfe man mir vor, dass ich jetzt beständig kränkle: ist es nicht genug, dass ich siebenundvierzig Jahre gesund gewesen bin? Wenn jetzt mein Lauf ein Ende hat, so hat er lange genug gewähret.

Meine Voreltern hatten einen gewissen natürlichen und geheimen Abscheu vor der Arzneiwissenschaft: denn, meinem Vater machte schon der Anblick einer Arznei Ekel. Meines Vaters Bruder, der Herr von Gaviac, ein Geistlicher, war von Kindesbeinen an kränklich, und brachte dieses schwächliche Leben dennoch auf siebenundsechzig Jahre. Als er einstens in ein starkes alltägliches Fieber verfiel, und die Ärzte verordneten, man sollte ihm sagen, dass er gewiss des Todes wäre, wenn er sich nicht helfen ließe (sie nennen das Helfen, was gemeiniglich hindern heißen möchte): so erschrak der gute Mann über dieses schreckliche Urteil, antwortete aber doch: so bin ich denn schon des Todes. Allein, Gott machte diese Prophezeiung gar bald zu Schanden. Der jüngste unter diesen vier Brüdern, der aber am ersten aus der Welt musste, Herr von Büssaguet, unterwarf sich allein dieser Kunst; ich glaube deswegen, weil er in andern Künsten erfahren und Parlementsrat war. Allein, es bekam ihm so übel, dass er, den Hrn. von Saint Michel ausgenommen, viel eher, als die andern Brüder sterben musste, ungeachtet er, dem Ansehen nach, eine dauerhaftere Natur hatte.

Es kann sein, dass ich meinen natürlichen Abscheu vor der Arzneikunst von diesem geerbet habe: allein, wenn nichts als dieses bei mir wäre, so würde ich gesucht haben, mich zu zwingen. Denn, alle Neigungen, die ohne Überlegung entstehen, sind fehlerhaft, und müssen, als eine Art von Krankheit, ausgerottet werden. Vielleicht hatte ich eine solche Neigung: allein, ich habe sie durch Gründe, welche mich in meiner Meinung gestärket haben, noch mehr unterstützet, und befestiget. Denn, ich kann auch nicht leiden, dass man die Arzneien deswegen verwirft, weil sie bitter schmecken. Es ist dieses gar meine Art nicht, weil ich glaube, man müsse die Gesundheit kaufen, wenn es auch durch das schmerzhafteste Brennen und Schneiden geschehen sollte.

Ich glaube mit dem Epikur, dass man diejenige Lust,[1] die einen größern Schmerz nach sich ziehet, verabscheuen, und denjenigen Schmerz, auf welchen eine größere Lust folget, suchen müsse. Die Gesundheit ist etwas Kostbares, und allein wert, dass man um ihretwillen Zeit, Schweiß, Arbeit, Vermögen, und selber das Leben wage, weil doch das Leben ohne sie nur eine Last ist. Wollust, Weisheit, Wissenschaft und Tugend sind ohne sie Rauch und Schatten. Wenn uns die Weltweisheit von dem Gegenteile durch noch so starke und häufige Gründe überzeugen will, so dürfen wir ihr nur den Plato, der mit Schlagflüssen behaftet war, zum Beispiele entgegen stellen. Mit diesem Beispiele kann man ihren gesamten und besten Seelenkräften Trotz bieten. Ich kann gar nicht sagen, dass ich einen einzigen Weg, zur Gesundheit zu gelangen, für schwer oder kostbar hielte. Nur um gewisser anderer wahrscheinlicher Gründe willen, kann ich diesem ganzen Krame nicht recht trauen. Ich sage gar nicht, dass keine Arzneikunst möglich sei; oder, dass unter so vielen natürlichen Mitteln nichts zur Erhaltung unserer Gesundheit dienen sollte: dies alles hat seine Richtigkeit. Ich begreife wohl, dass es gewisse befeuchtende, und gewisse trocknende einfache Mittel gibt. Ich weiß aus der Erfahrung, dass die Rettiche Wind, und die Sennesblätter Öffnung machen. Dergleichen Erfahrungen weiß ich viele, als, dass mich das Schöpsenfleisch nähret, der Wein erhitzt, und dass das Essen überhaupt, wie Solon sagt,[2] so gut als andere Arzneien, ein Mittel wider die Hungerkrankheit ist. Ich leugne weder den Nutzen, welchen uns die Natur gibt, noch ihre Kraft und Fruchtbarkeit, noch dies dass sie sich uns zu gute gebrauchen lässt. Ich sehe ja, dass sie den Hechten und Schwalben hilft. Ich traue nur den Erfindungen unseres Verstandes, unserer Wissenschaft und Kunst nicht, denen wir mit Hintansetzung der Natur

1 Itaque hac usurum compensatione sapientem, ut voluptatem fugiat, si ea maiorem dolorem effectura sit: et dolorem suscipiat, maiorem efficientem voluptatem. *Cic. Tusc. Quaest. L. V. c. 35.* Man sehe auch *Diogen. Laërt. L. X. §. 129.*

2 *Plutarch* lässt den Solon also reden. In *Conviv. septem sapient. c. 19.*

ihrer Gesetze, gefolget sind, und weder Ziel noch Schranken zu setzen wissen. Gleich wie wir eine jede Sammlung der ersten besten uns in die Hände fallenden Gesetze ein *Recht* nennen, wenn sie auch noch so ungeschickt und noch so ungerecht gebrauchet werden; und wie diejenigen, die darüber spotten oder eifern, gar nicht Willens sind, dieses edle Werk zu beschimpfen, sondern nur den Missbrauch und die Entweihung dieses heiligen Namens verwerfen wollen: ebenso gehet mir es auch mit der Arzneikunst. Ich ehre ihren ehrwürdigen Namen, ihre Wahrheiten, und ihr dem menschlichen Geschlechte nützliches Versprechen: allein, dasjenige ehre ich nicht, was sie unter uns bedeutet.

Hauptsächlich machet mir die Erfahrung eine Furcht davor. Denn, so lange ich denke, kann ich mir Niemanden vorstellen, der eher krank, und später gesund worden wäre, als diejenigen, die unter der Botmäßigkeit der Arzneikunst stehen. Sogar ihre Gesundheit wird durch den vorgeschriebenen Zwang geschwächet und verdorben. Die Arzneigelehrten wollen nicht allein die Kranken regieren; sie machen auch die Gesunden krank, damit sie ja niemals auf irgend eine Weise um ihr Ansehen kommen. Schließen sie nicht von einem dauerhaften und vollkommenen gesunden Leibeszustande, auf eine bevorstehende große Krankheit? Ich bin ziemlich oft krank gewesen: es sind mir aber meine Krankheiten, ungeacht ich fast alle Arten derselben ausgestanden habe, ohne ihre Hülfe ebenso leicht, und ebenso kurz, als einem andern, geworden. Das machts, dass ich mir dieselben durch ihre Verordnungen nicht noch schwerer gemacht habe. Wenn ich gesund bin, so lebe ich frei, unbesorgt, uneingeschränkt, und nach keiner Vorschrift, als die mir meine Gewohnheit und mein Vergnügen geben. Krank kann ich an jedem Orte sein; weil ich alsdann keine andern Bequemlichkeiten brauche, als wenn ich gesund bin. Es ist mir nicht angst, dass ich ohne Arzt, ohne Apotheker, und ohne Arzneimittel bin: denn diese sind oft eine größere Plage, als die Krankheit selbst. Wie? Leben denn diese Leute selber glücklicher oder länger, dass wir daraus eine deutliche Wirkung ihrer Kunst sehen könnten?

Alle Völker haben anfänglich etliche Jahrhunderte durch keine Arzneien gebraucht, und zwar ihre ersten, das ist ihre besten und glückseligsten Jahrhunderte; und der zehnte Teil der Welt braucht noch bis diese Stunde keine. Unzählliche Völker, die gesünder und länger leben, als wir, wissen gar nichts davon, und das gemeine Volk unter uns entbehret sie zu seinem Glücke. Rom stand sechshundert Jahre,[1] ehe es Ärzte bekam, und jagte sie aus der Stadt, nachdem es ihre Kunst versuchet hatte. Der Censor, Cato, der 84 Jahr alt war,[2] brachte dieses zuwege, und zeigte ihnen durch sein eigen Beispiel, wie leicht man sie entbehren könnte. Seine Gemahlin hatte er ebenfalls bis in das späteste Alter, zwar nicht ohne Arznei- doch aber ohne Ärzte erhalten: denn, Arznei kann man alles nennen, was dem menschlichen Leibe heilsam ist. Ich denke, er erhielt seine Familie, wie Plutarch saget,[3] durch Hasenfleisch gesund. Die Arkader heilten nach des Plinius Zeugnisse,[4] alle Krankheiten mit Kuhmilch. Die Libyer, sagt Herodotus,[5] wären ordentlich ungemein gesund gewesen, weil sie die Gewohnheit gehabt hätten, ihren Kindern mit dem vierten Jahre die Adern am Kopfe und an den Schläfen zu sengen,[6] und dadurch den Flüssen und Schnuppen den Gang zu ver-

1 Montagne hat auf des *Plinius* Wort *L. XXIX. c. 1.* ganz gut sagen können, dass die Römer erst 600 Jahr nach Erbauung ihrer Stadt, die Arzneikunst annahmen, und sie nach gemachter Probe wieder verwarfen, und die Ärzte verjagten: allein, wenn er saget, dass dieses auf Catons, des Censors Anstiften geschehen sei, so gehet er stark von dem Plinius ab. Dieser saget ausdrücklich, dass die Ärzte erst lange nach Catons Tode aus Rom vertrieben worden wären. *Ibid.* Inzwischen haben viele Schriftsteller eben diesen Fehler begangen, wie man in *Baylens* Wörterbuche in dem Artikel Porcius, Note H sehen kann.

2 *Plin. Hist. Nat. L. XXIX. c. 1.*

3 *Plutarch* im *Leben Cato des Censors C. 12.*

4 *Hist. Nat. L. XXV. c. 8.*

5 *L. IV. p. 323*

6 Montagne hätte sagen sollen: wodurch sie allen Flüssen und Schnupfen auf Lebenslang den Gang verwehren wollten. Denn, Herodotus sagt zwar, dass sie es in dieser Absicht täten: allein, er getrauet sich nicht zu behaupten, dass sie dieserwegen so gesund wären. *In der Tat,* sagt er, *ich kenne kein Volk, welches so gesund, als die Libyer wäre, ich kann aber nicht versichern, was eigentlich die Ursache davon ist.* Εισι γαϱ ως αληϑεως οι Διβυες ανϑϱωπων υγιηϱοτατοι, των ημεις ιδμεν: ει μεν δια τουτο, ουϰ εχω ατϱεϰεως ειπαι.

wehren. Unseren Landleuten mag, was da will, ankommen, so vermischen sie nur den allerstärksten Wein mit Safran und Gewürzen, und befinden sich, wenn sie diesen gebrauchen, ebenso wohl.

Die Wahrheit zu sagen, was haben alle so unterschiedene und verwirrte Verordnungen sonsten für Endzweck und Wirkung, als dass sie den Leib ausreinigen? Dieses könnten tausend Hausmittel auch tun. Ich weiß aber nicht, ob dieses so nützlich ist, als man vorgibt, und ob nicht unsere Natur ein gewisses Maß ihrer Unreinigkeiten, so wie der Wein seine Hefen, zu ihrer Erhaltung bei sich zu behalten nötig hat? Man siehet oft gesunde Leute ein außerordentliches Brechen, oder einen Durchfall bekommen, da sie eine große Menge Unflat von sich geben, ohne dass sie zuvor krank gewesen sind, oder nachher gesünder, wohl aber schlechter und schlimmer werden. Aus dem großen Plato habe ich erst unlängst gelernet, dass unter dreierlei uns eigenen Bewegungen, das Purgieren die letzte und schlechteste ist;[1] und, dass kein vernünftiger Mensch sich desselben, außer im größten Notfalle, bedienen soll. Man macht das Übel mit Gewalt rege, wenn man ihm etwas widerwärtiges entgegen setzet. Unsere Lebensart muss es schwächen und nach und nach abführen. Das heftige Wirken der Arznei und der Krankheit untereinander, ist allemal unser Verderben, weil die Unordnung davon in uns vorgehet, und die Arzneien ein misslich Hilfsmittel sind, welches unserer Gesundheit von Natur zuwider ist, und sich für unsern ordentlichen Zustand gar nicht schicket. Man lasse es ein wenig gehen. Die Ordnung der Natur, welche den Flöhen und Maulwürfen hilft, hilft auch den Menschen, wenn sie sich ebenso geduldig, als Flöhe und Maulwürfe, von ihr regieren lassen. Wenn man gleich immer *fort, fort,* schreiet, so schreiet man sich zwar heiser, man kommt aber dennoch nicht fort. Die Ordnung der Natur ist hochmütig und

1 Τριτον δε ειδος κινησεως, σΦοδρα ποτου αναγκαζομενω χρησιμον, αλλως δε ουδαμως τα νουν εχοντι προσδεκεον,το της φαρμακευτικης καθαρσεως γιγυομενον ιατρικον. In *Timaeo p. 551. D.*

unbarmherzig. Unsere Furcht und unsere Verzweiflung machet sie, anstatt dass sie uns helfen sollte, nur verdrießlicher und träger: sie muss sowohl der Krankheit, als der Gesundheit ihren Lauf lassen. Das tut sie nicht, dass sie mit des einen Schaden dem andern zu Gefallen leben sollte; sie müsste sonst in Unordnung geraten. Man folge ihr ja, ums Himmels willen man folge ihr. Sie leitet diejenigen, die ihr folgen: und wer ihr nicht folget, den schleppet sie mitsamt seiner Arznei fort. Man lasse doch seinem Gehirne eine Purganz verschreiben: sie wird hier besser angewendet sein als im Magen.

Man fragte einen Lacedämonier, was ihn doch so lange gesund erhalten hätte? *Dies* antwortete er, *dass ich nichts von Arzneien gewusst habe.* Kaiser Hadrian schrie, wie er sterben wollte,[1] beständig, es brächten ihn die vielen Ärzte um. Ein schlechter Kämpfer wurde ein Arzt: gut, sagte Diogenes,[2] nun wirst du alle diejenigen zu Boden werfen, die sonst dich zu Boden warfen. Ihr Glück ist nach dem Nikokles,[3] dass das Tageslicht ihre glücklichen Kuren bekannt machet, und die Erde ihre Fehler bedeckt. Außerdem wissen sie sich jeden Erfolg geschickt zu Nutze zu machen. Bringt das Glück, oder die Natur, oder sonst eine außerordentliche Ursache, deren es unzählige gibt, etwas Gutes und Heilsames hervor: so haben sie das Recht, dass sie es sich zuschreiben. Alles, was dem Kranken, den sie in der Kur haben, wohl bekommt, hat er ihnen zu danken. Was mich, oder einen

1 Πολλοι ιατϱοι βασιλεα απωλεσαν. *Xiphilinus* in Epitome Dionis, Vita Adriani. Ich habe diese Stelle aus *Baylens* Wörterbuche, im Artikel: Hadrianus. – – – Schon vor dem Hadrian hatte man dies gewaget, wie ich bei dem Plinius aus einer Grabschrift gelernet habe, wo der Verstorbene spricht: Turba se Medicorum perisse. *Hist. Nat. L. XXIX. c. 1.*

2 *Diogen. Laërt.* in *Vita Diogen. Cynici L. VI. Segm. 62.*

3 Nachdem ich diesem aufgeweckten Kopfe lange vergeblich nachgefraget habe, so habe ich endlich vom Hrn. de la Monnoye erfahren, dass die hier angeführte Stelle im CXLVI. Cap von der Sammlung der Mönche Antonius und Maximus, welche man dem Stobäus angedruckt hat, befindlich ist. Νικοκλης τους ιατϱους ευτυχεις ελεγεν, οτι τας μεν επιτυχιας αυτων ο ηλιος οϱα, τας δε αποτυχιας η γη καλυπτει.

andern, der sie nicht brauchet, gesund machet, das tun sie alles bei denen, die sie brauchen. Ist aber der Erfolg schlecht, so leugnen sie dieses entweder, oder sie schieben, aus nichtswürdigen Ursachen, woran es ihnen niemals fehlet, die Schuld auf den Patienten. Er hat den Arm entblößet,[1] eine Kutsche rumpeln hören,

> *--- rhedarum transitus arcto*
> *Vicorum inflexu.*[2]

Das Fenster halb aufgemacht, sich auf die linke Seite gelegt, oder an etwas Verdrießliches gedacht. Kurz, ein Wort, ein Traum, ein Blick, ist ihnen eine hinlängliche Entschuldigung. Oder, wenn es ihnen gefällt, so machen sie sich diese Verschlimmerung auf eine andere Art zu Nutze, die ihnen niemals fehlschlagen kann. Sie machen es also: sie rühmen uns, wenn es schlechter mit uns wird, ihren Fleiß, und versichern, dass es ohne ihre Arzneien noch viel schlechter sein würde. Haben sie jemandem das schaurige Wesen in ein alltägliches Fieber verwandelt, so würde dieses ohne sie ein hitziges Fieber geworden sein. Sie machen unsere Sachen mit Fleiß schlecht, weil unser Schade zu ihrem Nutzen gereichet. Gewiss, sie haben hohe Ursache, von den Kranken ein gutes Zutrauen zu fordern: denn, dieses muss man in der Tat, vorsätzlich und ziemlich stark haben, wenn man ihren wunderbaren Einfällen Glauben beimessen will. Plato saget sehr schön,[3] dass die Ärzte allein die Freiheit zu lügen hätten, weil unsere Wohlfart auf ihrem großtuenden und falschen Versprechen beruhete.

1 Viele könnten sich hier einbilden, als ob Montagne diesen Umstand bloß zum Vergnügen der Leser, und sich selber über die Ärzte lustig zu machen, hergesetzet hätte. Allein, da längstens bekannt ist, dass nichts neues mehr unter der Sonne vorgehet, und alles, was man jetzt saget, bereits gesagt worden ist, so tut man Unrecht, wenn man auf den Montagne einen Verdacht wirft, als wenn er diese Entschuldigung den damaligen Ärzten nur in den Mund legte; denn, die unsrigen gebrauchen sie noch täglich.

2 Das Geräusch, welches in engen Gassen die Wagen machen, hat ihm das Gehirn verwirret. *Juvenal. Sat. 11 1. v. 236.*

3 *De Republ. L. III. p. 433. D.*

Äsop, ein vortrefflicher Schriftsteller, dessen Schönheiten wenig Leute völlig einsehen, stellet uns die tyrannische Macht, derer sie sich bei niedergeschlagenen und furchtsamen Seelen in Krankheiten bedienen, sehr artig vor. Er erzählet,[1] es habe ein Arzt den Kranken gefraget, wie die eingenommene Arznei gewirket hätte, und die Antwort erhalten: ich habe stark geschwitzet. *Dies ist gut,* sprach der Arzt. Ein andermal fragte er ihn wieder, wie er sich nach diesem befunden hätte, und bekam zur Antwort: ich habe gewaltigen Frost und starkes Zittern gehabt. Der Arzt versetzte: *dies ist gut.* Er fragte ihn zum drittenmal, wie er sich befände, und der Kranke antwortete: ich merke, dass ich schwelle und auflaufe, als bekäme ich die Wassersucht. *Das ist vollends gut,* sagte der Arzt. Endlich besuchte ihn einer von seinen Leuten,[2] der sich ebenfalls um seinen Zustand erkundigte; diesem antwortete er: mein Freund, ich sterbe vor lauter Besserung.

In Ägypten war eine bessere Ordnung, und die Ärzte mussten den Patienten die drei ersten Tage auf seine eigene, die folgenden aber auf ihre Gefahr übernehmen. Aus was für Grunde wäre auch sonst ihr Schutzgott Äskulap, weil er den Hypolitus wieder lebendig gemacht hatte, vom Donner erschlagen worden;

Nam Pater omnipotens aliquem indignatus ab umbris
Mortalem infernis, ad lumina surgere vitae,
Ipse repertorem medicinae talis, et artis
Fulmine Phoebigenam stygias detrusit ad undas:[3]

wenn seine Nachfolger, die so viele Seelen zum Tode befördern, frei sein sollten? Ein Arzt rühmte gegen den Nikokles das große

1 *Fab. XIII. Ägrotus et Medicus, Edit. Oxon. ann. 1718.*

2 Ειτα των οικειων τινος αυτον ερωιησαντος, οπως εχει; Εγω ειπεν, ω ουτος υπο των αγαθων απολλυμαι.

3 *Virgil. Aeneid. L. VII. v. 769.*
Weswegen Jupiter, der es sehr übel nahm,
Dass der verstorbne Mensch ein Leben überkam,
Den Äskulapius, der die Arznei erdachte,
Zum Styx hinunter schlug.

Ansehen seiner Kunst; und dieser sagte darauf:[1] es ist gewiss wahr, wie könnte er sonst ungestraft so viele Leute umbringen?

Wenn ich ihnen aber sonsten einen Rat geben sollte, so riete ich ihnen dieses, dass sie ihre Lehre heiliger und geheimer hielten. Sie haben es gut angefangen: allein, sie haben es nicht recht hinausgeführet. Das war ein guter Anfang, dass sie Götter und Geister zu Urhebern ihrer Kunst machten, eine besondere Sprache redeten, und eine besondere Schrift unter sich einführten. Die Weltweisheit mag es immer töricht nennen, wenn man einem Menschen etwas, das ihm nützen soll, auf eine unverständliche Art rät;[2] *ut si quis medicus imperet, ut sumat*

Terrigenam, herbigradam, domiportam sanguine cassam.

Es ist doch diese Regel ihrer Kunst nützlich; und es verhält sich mit allen eingebildeten, nichtigen und unnatürlichen Künsten so, dass derjenige, dem sie nützen sollen, von einer guten Hoffnung und sicherem Zutrauen auf ihre Wirkung und Kräfte eingenommen sein muss. Ja sie ist so richtig, dass auch der ungeschickteste und schlechteste Arzt, auf den man ein Vertrauen setzet, weit mehr helfen kann, als der erfahrenste, den man nicht kennet.

Selber die Wahl ihrer meisten Arzneien soll etwas geheimnis-

1 Diese Antwort des Nikokles ist in dem CXLVI. Cap. der oben angeführten Sammlung des Antonius und Maximus befindlich, wie mir der Hr. de la Monnoye entdecket hat. Hr. Barbeyrac, der mir nachher eben diese Stelle gezeiget hat, sagt, dass dieser Nikokles, welcher hier der Ärzte spottet, allem Ansehen nach, der berühmte König in Salamin sei; welchem Isokrates seine Reden zugeschrieben hat. Übrigens zielt Nikokles Anmerkung eigentlich nur auf einen gewissen Arzt, der ein schlechter Arzt war. Νικοκλης, κακου τινος ιατρου λεγοντος, οτι μεγαλην εχει δυναμιν, εΦη πως γαρ ου μελλεις λεγειν, ος τοσουτους ανηρηκως ανευθυνος γεγονας. Ein schlechter Arzt rühmte sich, dass er eine große Gewalt habe: warum nicht, antwortete Nikokles, da du ungestraft so viele Menschen tötest?

2 Als wenn ein Arzt seinem Patienten verordnete, dass er essen sollte,
Der Erde Kind, das auf dem Rasen kreucht,
Sein Haus stets mit sich trägt, und kein Geblüte hat.
Cic. de Diuinat. L. II. c. 64.

volles und göttliches verraten. Der linke Fuß von einer Schildkröte, der Urin einer Eidechse, der Kot des Elephanten, die Leber eines Maulwurfs, das Blut von dem rechten Flügel einer weißen Taube soll etwas besonderes sein. Für die Kolik soll gepülverter Rattendreck helfen. So spöttlich missbrauchet man unser Elend! Sehen diese Possen nicht eher einer Zauberei als einer gründlichen Wissenschaft ähnlich? Was soll ich erst von der ungeraden Zahl der Pillen, der Beobachtung gewisser Tage und Feste, dem Unterschiede der zum Kräutersuchen glücklichen Stunden, und von ihren gelehrten und rhabarbarmäßigen Mienen, ihrem Gange und ihrer Stellung sagen, worüber Plinius selber spottet.

Allein, sie haben einen Fehler begangen. Sie hätten, so schön als sie angefangen haben, fortfahren, und auch ihre Zusammenkünfte und Beratschlagungen heiliger und geheimer halten sollen. Sie hätten gar keinen Fremden dazu lassen sollen, so wie ehehin niemand zu dem geheimen Gottesdienste des Äskulaps kommen durfte. Weil sie dieses nicht getan haben, so ist jedermann hinter ihre Unschlüssigkeit, hinter ihre seichten Gründe, hinter ihre Ungewissheit, hinter ihre heftigen, feindseligen, neidischen und eigennützigen Zänkereien gekommen.[1] Wer jetzt nicht merken wollte, was man unter ihren Händen zu wagen hat, der müsste blind sein. Wer hat jemals einen Arzt gesehen, der das Rezept seines Kunstverwandten, ohne zuzusetzen, oder wegzulassen, beibehalten hätte? Hiedurch geben sie ihre Kunst genugsam zu erkennen, und zeigen uns, dass sie einzig und allein auf ihre Ehre, und folglich mehr auf ihren, als auf des Patienten Nutzen, bedacht sind. Der war wohl einer ihrer klügsten Lehrer, der ihnen schon vor Alters den Rat gab, dass nur allezeit einer eine Kur übernehmen sollte. Denn, wenn dieser nichts kann, so darf man deswegen der ganzen Arzneikunst keinen sonderlichen Vorwurf machen: trifft er es aber, so ist die Ehre desto größer. Wo

1 Hinc illae circa aegros miserae sententiarum concertationes, nullo idem censente, ne videatur accessio alterius. *Plin. Hist. Nat. L. XXIX. c. 1.*

viele zugleich kurieren, gehet dieses nicht an: sie machen die ganze Kunst auf einmal um so viel verächtlicher, je öfter sie mehr Unheil, als Gutes, stiften. Sie sollten genug daran haben, dass ihrer vornehmsten Erfinder und Lehrmeister durchgängig widrige Meinungen den Gelehrten bekannt sind: sie brauchten nicht erst ihre Streitigkeiten und die unbeständigen Meinungen, die sie noch jetzt untereinander haben, auch dem gemeinen Manne bekannt zu machen.

Will man ein Beispiel dieser alten Streitigkeit haben? Herophilus suchet die Grundursache aller Krankheiten in den Säften;[1] Erasistratus in dem Geblüte; Asklepiades in den kleinen unsichtbaren Teilen, die wir ausschwitzen; Alkmäon in dem Überflusse oder Mangel der körperlichen Kräfte. Diokles findet sie in der Ungleichheit des Grundstoffs der Körper, teils in der Beschaffenheit der Luft. Strato aber in der Menge, Unverdaulichkeit und Schädlichkeit unserer Speisen, und Hippokrates versetzt sie endlich in die Lebensgeister. Einer ihrer guten Freunde der ihnen besser, als mir bekannt sein muss,[2] sagt bei dieser Gelegenheit, dass unsre vornehmste Wissenschaft, die mit unserer Erhaltung und Gesundheit zu tun hat, zu allem Unglücke die verwirrteste, ungewisseste und veränderlichste ist. Es hat wenig zu sagen, wenn sich jemand in der Sonnenhöhe, oder in einem Bruche bei astronomischen Berechnungen irret: Allein, hier kommt es auf unser ganzes Wesen an. Ist es also klug gehandelt, wenn wir uns der Bewegung so vieler widerwärtiger Winde überlassen?

1 Alia curatione opus est, sagt Celsus in seiner Vorrede *zum ersten Buche*, si in humidis omne vitium est, ut Hierophilo visum est; alia si in spiritu, ut Hippocrati; alia, si sanguis in eas venas, quae spiritui accommodatae sunt, transfunditur, et inflammationem excitat, ut Erasistrato placuit; alia, si &c.

2 Mirum et indignum protinus subit, nullam artium medicina inconstantiorem fuisse et etiamnum saepius mutari &c. *Plin. Hist. Nat. L. XXIV. c. 1. ab init.*

Vor dem Peloponesischen Kriege wusste man von dieser Wissenschaft nicht viel:[1] Hippokrates aber brachte sie erst in Ansehen.[2] Alles, was dieser gelehret hatte, warf Chrysipp über den Haufen. Aristoteles Enkel, Erasistratus stieß alles um, was Chrysipp geschrieben hatte. Die Empiriker, die diesen folgten, machten es wieder anders,[3] als die Alten. Als dieser ihr Ansehen sank, erdachte Herophilus eine andere Arzneikunst.[4] Wider diesen stritte und siegte Asklepiades. Mit der Zeit wurden Themisons und des Musa Meinungen angenommen. Diese vertrieb Vexius Valens, der wegen seines Umgangs mit Messalinen bekannt wurde. Thessalus war der vornehmste Arzt zu Nerons Zeiten.[5] Dieser verwarf alles, was man bisher geglaubt hatte. Doch Crinas aus Marseille widerlegte ihn ebenfalls,[6] und richtete alle seine Kuren nach dem Laufe der Sterne, aß, trank und schlief nicht eher, als bis es dem Monde oder Merkur beliebte. Sein Ansehen fiel bald, als in eben dieser Stadt Charinus aufstand, der nicht allein die alte Arzneikunst,[7] sondern auch den allgemeinen und so lange gewöhnlichen Gebrauch der warmen Bäder verwarf. Er ließ die Leute sogar im Winter in kaltem Wasser baden,[8] und tauchte seine Patienten in natürliches Flusswasser ein. Bis auf Plinius Zeiten hatte kein Römer die Arzneikunst treiben mögen:[9] sie blieb bloß bei Ausländern und Griechen, als wie unter uns Fran-

1 Nach dem Trojanischen Kriege, wo die Arzneikunst allein zur Wundenkur gebraucht wurde, wie Plinius anmerket: sequentia eius (mirum dictu,) setzt er hinzu, in nocte densissima latuere usque ad Peloponesiacum bellum. *Plin. L. XXIX. c. 1.*

2 *Id.* ibid.

3 *Id.* ibid.

4 *Id.* ibid.

5 *Id.* ibid.

6 Ad Thessalum transilivit, delentem cuncta maiorum placita, et rabie quadam in omnis aevi medicos perorantem. *Id.* ibid.

7 *Id.* ibid.

8 Damnatis non solum prioribus medicis, verum et balineis: frigidaque etiam hibernis, algoribus lavari persuasit, mersit aegros in lacus. *Plin. L. XXIX. c. 1.*

9 Solam hanc artium graecarum nondum exercet romana gravitas in tanto fructu &c. *Plin. L. XXIX. c. 1.*

zosen bei den Lateinern. Denn wir, sagt ein großer Arzneigelehrter, können die Ärzte, die wir verstehen, nicht leiden, gleichwie wir die Arzneien nicht achten, die wir selber bauen. Was würden wohl die Völker, bei denen wir unser Franzosenholz und Salseparill holen, wenn sie Ärzte hätten, aus unserm Kohl und Petersilien machen, bloß, weil sie bei ihnen fremd, selten und teuer sein müssen? Denn, wer sollte das nicht hoch achten, was so weit herkommt, und wonach man so langwierige und gefährliche Reisen anstellt? Außer diesen alten Veränderungen der Arzneikunst sind bis auf unsere Zeiten noch unzählige darinnen vorgegangen, und zwar gänzliche und allgemeine Veränderungen, dergleichen Paracelsus, Floravanti und Argenterius vorgenommen haben. Diese haben nicht etwa ein oder das andere Rezept, sondern wie man mir gesagt hat, den ganzen Zusammenhang, und die ganze Verfassung des medizinischen Körpers geändert, und alle ihre Vorfahren der Unwissenheit und des Betrugs beschuldiget. Man überlege jetzt, wo hier der arme Patient bleibt.

Wenn wir doch nur versichert wären, dass sie uns, im Falle sie irren, ebenso wenig schadeten, als nützten, so ginge es noch an, dass man sich, ohne einen Verlust zu besorgen, um eines Vorteils willen wagte. Äsop erzählet,[1] dass einer einen Mohren gekauft, und sich eingebildet habe, er wäre nur von ungefähr und wegen der schlechten Pflege bei seinem vorigen Herren so schwarz geworden. Er ließ ihn also mit großem Fleiße allerhand Bäder und Tränke brauchen. Allein er änderte seine schwarze Farbe nicht, sondern büßte hierüber vielmehr seine vorige Gesundheit ein. Wie oft sehen wir die Ärzte einander den Tod ihrer Patienten Schuld geben? Es fällt mir bei, dass vor etlichen Jahren in den mir benachbarten Städten eine tödliche und sehr gefährliche Seuche regierte. Da sie vorüber war, und unzählige Menschen aufgerieben hatte, so gab der dasigen berühmtesten Ärzte einer ein Buch davon heraus, worin er sich wunderte, dass man die Leute zur Ader gelassen hatte, und dieses die vornehmste Ursache des ent-

1 Fab. 76. Äthiops.

standenen Schadens nannte. Hierzu kommt noch, dass ihre Schriftsteller behaupten, eine jede Arznei führe etwas Schädliches bei sich. Wenn uns denn diejenigen, die uns dienlich sind, gewissermaßen schaden: was werden wohl andere tun, die man uns gar nicht geben sollte? Ich meines Orts glaube, dass Leute, welchen vor den Arzneien ekelt, schon damit etwas gefährliches und schädliches unternehmen, dass sie dieselbige zu so ungelegener Zeit und mit soviel Widerwillen hineinfressen, wenn auch sonsten nichts zu besorgen wäre. Es muss dieses, nach meinem Bedenken, den Kranken gewaltig abmatten, anstatt dass er Ruhe haben sollte.

Man betrachte noch die Gelegenheiten, welche die Ärzte als Ursachen der Krankheiten angeben. Es bestehen dieselben gemeiniglich in so kleinen, aber zugleich so nützlichen Dingen, dass ich nicht anders schließen kann, als es müsse der geringste Irrtum in Einrichtung der Arzneien den größten Schaden anrichten. Ist nun der Irrtum des Arztes gefährlich, so muss es uns desto schlimmer gehen, je öfter er in diesen Irrtum fallen kann. Er hat allzuviel einzelne Stücke nötig, allzuviel zu überlegen, und allzuviel Umstände zu bemerken, ehe er seine Kur auf etwas Gewisses richten kann. Er muss des Kranken Stärke, Temperament, Säfte, Neigungen, Handlungen, ja sogar Gedanken und Einbildungen kennen. Er muss die äußerlichen Umstände, die Beschaffenheit des Ortes, der Luft und der Zeit, den Stand der Planeten, nebst ihrem Einflusse wissen. Es müssen ihm die Ursachen, die Kennzeichen, die Eigenschaften und gefährlichen Tage der Krankheit bekannt sein. Er muss bei der Arznei ihr Gewicht, ihre Stärke, ihr Land, ihre Gestalt, ihr Alter, und ihren Gebrauch verstehen. Er muss ihre einzelnen Teile in Verhältnis setzen können, damit sie mit vereinigten Kräften wirken. Begehet er hierinnen den geringsten Fehler, dass sich unter so vielen Triebfedern nur eine einzige unrecht beweget, so ist es schon genug zu unserm Untergange. Gott weiß, wie schwer die meisten hier erzählten Stücke zu kennen sind. Wie will er zum Exempel das eigene Kennzeichen der Krankheit finden, da eine jede unzählige Kennzeichen haben kann? Wie zanken und zweifeln die Ärzte nicht bei der Beurteilung des Urins? Denn, wo kämen sonst ihre Zänkereien über die Erkenntnis der Krankheiten her: und wie wollten wir sonst ihren Fehler entschuldigen, da sie so oft ein kaltes Fieber für ein hitziges halten? Bei meinen eigenen Krankheiten, so wenig sie bedeutet haben, habe ich niemals ihrer drei miteinander einstimmig gesehen. Ich berufe mich mit Fleiß auf meine eigenen Beispiele. Letztens wurde zu Paris ein Edelmann auf Verordnung der Ärzte am Steine geschnitten; man fand aber in seiner Blase so wenig einen Stein, als in seiner Hand. Eben daselbst wurde ein Bischof, mein guter Freund, von den meisten Ärzten, die er brauchte, inständig gebeten, dass er sich den Stein schneiden ließe. Ich half ihm, auf anderer Leute Verantwortung selber zureden. Allein, da er nach seinem Tode geöffnet wurde, fand sichs, dass ihm nur etwas an den Nieren gefehlet hatte. Bei dieser letzten Krankheit sind sie um so viel weniger zu entschuldigen, da sie einigermaßen handgreiflich ist. Deswegen halte ich auch die Wundarznei für viel gewisser, weil sie das, was sie vornimmt, siehet und fühlet. Es gibt bei ihr nicht so viel zu mutmaßen und zu raten, anstatt, dass die Ärzte kein Fernglas haben, womit sie in unser Gehirn, in unsere Lunge und Leber sehen können.

Sogar das Versprechen der Ärzte ist unglaublich. Wir bekommen oft ganz unterschiedene und einander entgegen stehende Zufälle zu gleicher Zeit, sie sind aber gleichwohl notwendig miteinander verbunden, als, dass die Leber erhitzt, und der Magen erkältet ist. Hier wollen sie uns überreden, dass von ihrer Arznei ein Teil den Magen erhitzen, und die Leber erkälten, ein anderer in die Blase gehen soll. Sie sollen ihre Wirkungen nirgend anders verrichten, sondern wegen ihrer uns verborgenen Eigenschaft, ihre Kraft und Stärke, während eines so weiten und in so viele Krümmen gebogenen Weges so lange behalten, bis sie an den bestimmten Ort kommen. Diese soll das Gehirn trocknen, und jene die Lunge anfeuchten. Man müsste träumen, wenn man glauben wollte, dass ein aus so vielen Stücken vermischter Trank sich gerade so und nicht anders teilen, und so unterschiedene Wirkungen tun könnte. Ich wenigstens besorge sehr stark, dass seine Teile entweder ihre Kraft verlieren, oder ihre Eigenschaften ändern, oder an einen andern Ort gehen. Wer sollte sich auch einbilden können, dass bei einer Vermischung flüssiger Dinge nicht eines das andere schwächen, verändern und in seiner Wirkung hindern sollte? Was, es soll die Ausführung dieses Vorhabens wieder einem andern, als dem Arzte überlassen werden, und ich noch einmal auch diesem mein Leben anvertrauen?

Wir haben bei unserer Kleidung besondere Westen- und Hosenmacher, und diese bedienen uns um so viel besser, je weniger sie sich mit andern Arbeiten beschäftigen, je enger sie ihre Kunst einschränken, und je weniger sie, nach Art der Schneider, alles vornehmen. Die großen Herren haben, um mehrerer Gemächlichkeit willen, andere Köche bei den Suppen, und andere bei den Braten, und alles wird besser, als wenn es ein Koch macht, der die ganze Küche überhaupt zu besorgen hat. Ebenso hatten die Ägypter Grund,[1] die Kunst eines allgemeinen Arztes zu verwerfen, und jeder Krankheit, ja jedem Teile des Leibes einen besondern Arzt zu geben. Auf diese Weise muss ein jeder Teil besser und ordentlicher besorget werden, wenn man auf nichts, als auf ihn ins besondere, zu sehen hat. Unsere Ärzte wollen nicht glauben, dass, wer für alles sorgen will, für nichts sorget: sie wollen nicht begreifen, dass ihnen die völlige Verfassung der kleinen Welt zu schwer ist. Dadurch, dass sie den Durchfall nicht verstopfen wollten, um kein Fieber zu verursachen, haben sie mir einen Freund umgebracht, welcher mehr, als sie alle miteinander, wert war. Sie sind mit ihren Vermutungen und Besorgnissen ebenso beschwerlich, als die Krankheit selber. Sie wollen dem Gehirne nicht helfen, weil sie sonst dem Magen schaden möchten: und sie verderben durch ihre zusammen gerafften und sich nicht schickenden Arzneien zugleich den Magen, und schaden auch dem Gehirne.

1 *Herodot L. II. c. 84. Ed. Gronov.*

Stehet irgendeine Kunst auf wankelbaren und schwachen Gründen, so ist es unstreitig diese. Dinge, welche Öffnung machen, sind einem mit der Kolik behafteten Menschen deswegen nützlich, weil sie die natürlichen Gänge eröffnen und erweitern, den zähen Schleim, woraus Gries und Stein entstehet, in Gang bringen und unterwärts führen, damit er sich nicht in den Nieren sammeln und harte werden kann. Umgekehrt, Dinge, welche Öffnung machen, sind einem mit der Kolik behafteten Menschen deswegen schädlich, weil sie die natürlichen Gänge eröffnen und erweitern, und die Materie, woraus der Lendengries wird, gegen die Nieren lenken, dass sie dieselbigen annehmen, und von dem zugeführten leichtlich vieles zurückbehalten. Ja, was noch mehr ist, es kann ungefähr ein etwas größerer Körper in diese Gänge kommen, der nicht durchgehen kann; er ist einmal in Bewegung, und in diese engen Gänge gebracht, er verstopfet sie, und ziehet dem Menschen einen gewissen und sehr schmerzhaften Tod zu. Ebenso standhaft sind sie in ihren Gesundheitsregeln. Das Wasser oft abschlagen ist gesund, weil man aus der Erfahrung siehet, dass seine Unreinigkeit und Hefen, die den Blasenstein hervorbringen, wenn es lang stille stehet, zu Boden fällt. Das Wasser oft abschlagen, ist aber auch nicht gesund, weil die schwereren Unreinigkeiten, welche es bei sich hat, nicht ohne Gewalt können abgeführet werden, und die Erfahrung lehret, dass ein schnell reißender Strom alles weit reiner abwäscht, als ein still und langsam fließender Bach. Auf gleiche Weise ist es gesund, wenn man sich oft mit dem weiblichen Geschlechte vermischet, weil dadurch die Gänge eröffnet, und Gries und Sand fortgeschaffet werden. Es ist aber auch nicht gesund, weil man eben dadurch die Nieren erhitzt, und sie matt und schwach machet. Es ist auch deswegen nichts nütze, weil die äußerliche Hitze den Nieren zur Zubereitung, Verhärtung und Versteinerung der griesichten Materie hilft. Bei Badekuren ist es besser, Abends wenig zu essen, damit das Wasser, welches man den andern Morgen trinken will, in einem leeren und freien Magen besser wirken kann. Allein, es ist doch wohl besser, Mittags wenig zu essen, damit die noch unvollkommene Wirkung des Wassers nicht gehindert, der Magen nicht aufs neue überladen, und die Verdauung der Nacht überlassen wird, wo weder Geist noch Körper in Bewegung ist, und alles leichter als am Tage damit von statten gehet. So spielen und wanken sie auf unsere Gefahr in allen ihren Gründen; und man wird mir schwerlich einen Satz zeigen können, wovon ich nicht das Gegenteil mit gleicher Stärke behaupten will. Nun schreie man nur nicht mehr über diejenigen, die bei einer solchen Verwirrung ihrem Appetit, und dem Rate der Natur folgen, und sich auf gut Glück wagen.

Ich habe auf meinen Reisen fast alle berühmten Bäder in der Christenheit gesehen, und seit einigen Jahren zu brauchen angefangen. Ich halte das Baden überhaupt für heilsam, und glaube, dass wir unserer Gesundheit nicht wenig schaden, seitdem wir diese Gewohnheit haben eingehen lassen, die ehehin überall, und fast bei allen Völkern gebräuchlich war; wie denn noch jetzt viele sich täglich über und über zu waschen pflegen. Ich kann mir nicht anders einbilden, als dass wir viel ungesunder werden müssen, wenn wir über unsere Glieder eine solche Rinde wachsen, und die Schweißlöcher sich mit Schmutz verstopfen lassen. Das Trinken des Gesundwassers ist mir zwar zuwider: doch ist es natürlich und reine, und wenigstens nicht schädlich, wenn es auch keinen Nutzen hat. Ich berufe mich deswegen auf die unzähligen Fremden, die sich zu dem Ende von so vielen Völkern, und so verschiedenen Naturen versammeln. Ob ich gleich noch keine außerordentliche und wunderbare Wirkung derselben wahrgenommen, sondern vielmehr bei genauerer Nachfrage alle diejenigen Gerüchte falsch gefunden habe, die man an dergleichen Orten von den Tugenden des Wassers aussprenget, und weil man sie wünscht, glaubet; so habe ich doch auch wenig Leute gesehen, denen sie geschadet hätten. Mit gutem Gewissen kann man ihnen das nicht absprechen, dass sie Appetit erwecken, zur Verdauung helfen, und wenn man anders nicht allzusehr von Kräften ist, aufs neue munter machen: In diesem Falle aber rate ich sie niemandem. Sie helfen zwar einem allzu kranken Menschen nicht: sie können aber doch wider eine geringere Unpässlichkeit dienen, und einer größern Krankheit vorbeugen. Wer sie nicht mit Lust in der Absicht gebrauchet, dass er sich mit der gegenwärtigen Gesellschaft, den Spaziergängen und Leibesübungen, wozu diese schönen Orte selbst veranlassen, ein Vergnügen machen will: der verliert ohne Zweifel den besten und sichersten Teil ihrer Wirkung. Aus dieser Ursache habe ich mir bisher immer diejenigen zu meinem Gebrauche erwählet, wo ich einen schönen Ort, eine bequeme Wohnung, gute Kost und gute Gesellschaft wusste. So ist aber in Frankreich das Bad zu Bagnieres; auf den deutschen Grenzen in Lothringen, das Bad zu Plombieres; in der Schweiz das Badische; in Toscana das zu Lucca, und besonders das zu della Villa beschaffen. Diese habe ich am meisten und in allerhand Jahrszeiten gebraucht.

Jedes Volk hat von der Art und Weise, sich derselben zu bedienen, seine besondern und von andern ganz verschiedenen Meinungen: Doch wirken sie, nach meiner Erfahrung, bei allen Völkern einerlei. Das Trinken ihres Wassers ist in Deutschland nicht eingeführet. Doch baden sich die Deutschen, was sie auch für Krankheit haben mögen, und begeben sich, wie die Frösche, alle Jahre einmal ins Wasser. Wenn man in Italien mit dem Trinken neun Tage anhält, so währet das Baden zum wenigsten dreißig. Es wird aber das Wasser zuvor mit Arzneien vermischt, damit es desto kräftiger sein soll. Hier zu Lande müssen wir, damit das Wasser wirke, spazieren gehen: dort legt man die Badegäste zu Bette, und wärmt ihnen, bis das Wasser gewirket hat, beständig den Magen und die Füße. Die Deutschen haben dies besonders, dass sie Bademützen aufsetzen, und sich im Bade insgesamt schröpfen und die Haut zerhacken lassen. Also haben die Italiener in ihren Bädern gewisse Röhren (Doccie), wodurch sie das warme Wasser in die Zimmer leiten, und damit einen Monat lang, eine Stunde frühe, und eine Stunde Mittags entweder den Kopf oder den Magen, oder einen andern kranken Teil des Leibes baden. Es sind in jeder Gegend noch unzählig andere unterschiedene Gewohnheiten, oder besser zu sagen, es hat keine nichts mit der andern gemein. Also hat auch dieser Teil der Arzneikunst, den ich allein angenommen habe, so ungekünstelt er auch ist, dennoch seinen guten Zusatz von derjenigen Verwirrung und Ungewissheit, welche man in dieser Kunst überhaupt findet.

Die Poeten sagen alles, was sie wollen, nachdrücklicher und schöner. Dieses zeigen folgende zwo Sinnschriften:

Alcon hesterno signum Iovis attigit. Ille
Quamvis marmoreus, vim patitur medici.
Ecce hodie iussus transferri ex aede vetusta,
Effertur, quamvis sit Deus atque lapis.[1]

Und:

Lotus nobiscum est hilaris, coenavit et idem,
Inventus mane est mortuus Andragoras.
Tam subitae mortis caussam, Faustine, requiris.
In somnis medicum viderat Hermocratem.[2]

Ich muss hier zwei Begebenheiten erzählen. Der Freiherr von Caupene zu Chalosse, und ich haben eine sehr weitläufige, am Fuße unserer Gebirge liegende Pfarrei, mit Namen Lahontan gemeinschaftlich zu vergeben. Mit den Einwohnern dieses Winkels siehet es gerade so aus, als man von den Einwohnern des Tales von Angrougne erzählet. Sie hatten ehehin eine besondere Lebensart, besondere Manieren, besondere Trachten und besondere Sitten. Sie lebten nach gewissen Polizeigesetzen und besondern Gewohnheiten, welche die Söhne von den Vätern erlernet hatten, und welchen sie, ohne allen weitern Befehl, mit völliger

1 Der Arzt Alkon rührte gestern die Bildsäule des Jupiters an. Ungeachtet dieser Jupiter steinern ist, so ist er doch der Gewalt des Arztes gewichen. Er wird heute aus seinem Tempel getragen, und muss die Welt meiden, ungeacht er ein Gott und steinern ist. *Ausonii. Epigr. 74.* Ich wundre mich, warum Montagne so etwas Frostiges und Unnatürliches hat hierher setzen mögen.

2 Gestern badete sich Andragoras, und speisete Abends gesund und fröhlich mit uns: diesen Morgen ist er gestorben. Willst du, Faustin, die Ursache dieses plötzlichen Todes wissen? Er hat den Arzt Hermokrates im Traume gesehen. *Martial. Lib. Vl. Epigr. 53.*

Ehrfurcht Gehorsam leisteten. Dieser kleine Staat hatte sich von Alters her in einem so glücklichen Zustande erhalten, dass sich kein benachbarter Richter mit Untersuchung ihrer Händel bemühen, kein Sachwalter ihnen raten, kein Fremder ihre Streitigkeiten beilegen, und kein Einwohner jemals ein Allmosen suchen durfte. Sie vermieden alle Gemeinschaft und allen Umgang mit andern Leuten, nur damit sie die Reinigkeit ihrer Polizei nicht beflecken wollten. Sie trieben dieses, ihrer Erzählung nach, so lange, bis sich zu ihrer Väter Zeiten einer aus ihren Mitteln den großen Gedanken einfallen ließ, sich Ruhm und Ansehen zu erwerben, und seiner Söhne einen zum Magister Hanns oder Magister Petern zu machen. Er ließ ihn in der benachbarten Stadt unterrichten, und er wurde endlich ein guter Dorfnotarius. Da dieser so groß geworden war, so fing er an, gegen die alten Gewohnheiten eine Verachtung zu hegen, und den Leuten die Pracht der jenseits gelegenen Orte anzurühmen. Sobald seiner Bekannten einem eine Ziege beschädiget wurde, so riet er ihm sogleich, bei den königlichen Richtern jenseits des Berges sein Recht zu suchen. Von diesem geriet er an einen andern, und so herum an alle, bis er sie insgesamt verdorben hatte. Zu diesem Verderben, sagen sie, kam sogleich ein anders, das noch schlimmer war, und von einem Arzte herrührte. Dieser ließ sich die Lust ankommen, ein Mädchen bei ihnen zu heiraten, und bei ihnen zu wohnen. Er fing an, ihnen die Namen der Fieber, des Schnuppens und der Geschwüre zu lehren, er zeigte ihnen die Lage des Herzens, der Leber und der Eingeweide, an welche Wissenschaft sie bisher nicht einmal gedacht, und alle ihre schwersten und gefährlichsten Krankheiten mit Knoblauch geheilet hatten. Er gewöhnte sie, bei Husten und Erkältungen fremde Mixturen einzunehmen, und fing an, nicht nur mit ihrer Gesundheit, sondern auch mit ihrem Tode Handel zu treiben. Sie schwören, sie hätten erst seit diesem wahrgenommen, dass die Abenddünste den Kopf schwer machten, dass das hitzige Getränke schadete, dass die Winde im Herbste schärfer wären, als im Frühlinge. Sie versichern, dass sie seit dieser Einführung der Arzneikunst von ganzen Heeren ungewohnter Krankheiten befallen würden, einen allgemeinen Verfall ihrer alten Munterkeit spürten, und nicht mehr die Hälfte so lange lebten. Dies ist meine erste Erzählung.

Die andere ist folgende. Ich habe, ehe ich noch mit dem Lendengries beschweret war, von vielen Leuten sehr vieles aus dem Bocksblute machen hören, als wenn es eine himmlische Arznei wäre, die man erst in diesen letzten Zeiten zum Trost und zur Erhaltung des menschlichen Lebens entdecket hätte. Ich habe dieses von verständigen Leuten gehöret, die eine wunderbare, und untrüglich kräftige Arznei daraus machten. Da ich mich jederzeit für einen Raub aller menschlichen Zufälle gehalten habe, so wollte ich mir dieses Wunderwerk schon bei gesunden Tagen zu meiner Lust anschaffen, und befahl, dass man mir einen Bock, wie es die Regel mit sich bringt, halten sollte. Denn, man muss denselben im heißesten Sommermonate von der Herde nehmen, mit lauter abführenden Kräutern füttern, und mit weißem Weine tränken. Zu gutem Glücke kam ich eben nach Hause, als man ihn schlachten wollte, und man sagte mir, dass mein Koch in dem Wanste zwei bis drei große Kugeln gefunden hätte, die unter dem noch übrigen Futter dicht aneinanderlägen. Aus Neugierde ließ ich mir das ganze Eingeweide bringen, und diese dicke und lange Haut aufschneiden. Es kamen drei starke Körper heraus, welche leicht, wie Schwamm, und allem Ansehen nach hohl, übrigens aber äußerlich hart und feste waren, und unterschiedene blasse Farben hatten. Der erste war vollkommen rund, und etwa so groß, als eine kleine Kugel: die andern zwei waren etwas kleiner, und nicht völlig rund, als wenn sie erst recht rund werden wollten. Als ich mich dieserwegen bei Leuten, welche öfters dergleichen Tiere aufmachen, erkundigte, so erfuhr ich, dass dieses ein seltener und ungewöhnlicher Zufall wäre. Wahrscheinlich ist es, dass dieses Steine waren, die mit den unsrigen eine Ähnlichkeit haben. Ist dem also, so hoffet man vergebens, den Lendengries mit dem Blute eines Tieres zu vertreiben, welches selber daran sterben kann. Wollte man sagen, dass diese Krankheit nicht bis in das Geblüte kommen, oder dessen ordentliche Wirkung verändern könnte: so ist eher zu glauben, dass nichts in einem Körper entstehen kann, es wirken und arbeiten denn alle Teile daran. Es wirkt die ganze Masse des Körpers, ungeacht, nach der Verschiedenheit der Wirkungen, ein Teil immer mehr als der andere dazu beiträgt. Hieraus folgt sehr wahrscheinlich, dass in allen Teilen dieses Bockes etwas Versteinerndes gewesen sein müsse. Ich hielte ihn nicht sowohl aus Furcht vor dem Zukünftigen, und für mich, als vielmehr aus Begierde nach dieser Erfahrung. Es ging mir, wie es in vielen Häusern den Hausmüttern gehet, die, dem gemeinen Mann zu helfen, einen ganzen Haufen allerhand kleiner Arzneien sammlen, bei fünfzig Krankheiten ein einziges Mittel gebrauchen, und manchmal ein solches, das sie selber nicht einnehmen möchten: die aber dennoch glücklich kurieren.

Ich ehre im übrigen die Ärzte, obgleich nicht nach der Regel, und deswegen, weil man sie nötig hat. Denn, dieser Stelle kann man eine andere aus dem Propheten entgegensetzen, wo der König Asa deswegen bestrafet wird, dass er die Ärzte suchte. Ich ehre sie um ihrer selbst willen, weil ich viele rechtschaffene und liebenswürdige Männer unter ihnen gefunden habe. Nicht von ihnen, sondern von ihrer Kunst rede ich. Sie tadele ich gar nicht, dass sie sich unsere Torheit zu Nutze machen: denn, die meisten Menschen machen es also. Mehrere Lebensarten, die teils geringer, teils wichtiger, als die ihrige, sind, gründen und steifen sich einzig und allein auf die öffentlichen Missbräuche. Ich bitte sie, wenn ich krank bin, und sie bekommen kann, zu mir, ich ersuche sie, mich im Gespräch zu unterhalten, und bezahle sie, so gut als ein anderer. Ich befehle ihnen, sie sollen mich warm zudecken heißen, wenn ich lieber so, als anders liege. Sie können unter dem Lauch und Salat, was sie wollen, aussuchen, und mir in die Suppe verordnen, und mir weißen oder schielen Wein vorschreiben. So halte ich es auch mit andern Dingen, die ich gerne genieße, und gewohnt bin. Ich weiß wohl, dass dieses, ihrer Meinung nach, nichts taugt, weil das Bittere und Außerordentliche, eine zufällige Eigenschaft von dem eigentlichen Wesen der Arzneikunst ausmacht. Lykurg befahl seinen Spartanern, wenn sie krank wären, Wein zu trinken. Warum? Weil sie ihn bei gesunden Tagen nicht leiden konnten. Ebenso machet es in meiner Nachbarschaft ein Edelmann, der ihn im Fieber als eine sehr heilsame Arznei braucht, weil er ihm von Natur, wie der Tod, zuwider ist.

Wie viele siehet man nicht unter den Ärzten selber, die meine Art haben? Die selber nicht einnehmen, sondern frei und ganz anders leben wollen, als sie es andern vorschreiben? Was heißt dieses anders, als unsere redliche Einfalt missbrauchen? Sie haben ihr Leben und ihre Gesundheit so lieb, als wir: sie würden sich also in ihren Handlungen, selber so wie sie lehren, bezeigen, wenn sie nicht von der Falschheit ihrer Lehre überzeuget wären.

Uns machet die Furcht vor dem Tode und Schmerze, die Ungeduld im Leiden, und eine rasende und unvernünftige Begierde nach der Gesundheit so blind: wir sind aus bloßer Zaghaftigkeit so leichtgläubig und einfältig. Wiewohl, es glauben die meisten nicht sowohl alles, als dass sie vielmehr alles leiden und alles mit sich vornehmen lassen. Denn, ich höre sie, ebenso wie andere, von ihrem Zustande reden, und sich beklagen. Doch entschließen sie sich endlich: was soll ich machen? sprechen sie; gerade, als wenn die Ungeduld mehr als die Geduld nützete. Begibt sich denn nur ein einziger in diese elende Unterwürfigkeit, der sich nicht zugleich allem andern Betrug unterwirft, und jedem folgt, der unverschämt genug ist, ihm die Gesundheit zu versprechen? Die Babylonier trugen ihre Kranken auf einen öffentlichen Platz.[1] Das Volk war der Arzt; wer vorüberging, erkundigte sich aus Mitleiden und Höflichkeit um ihren Zustand und diente ihnen,[2] so gut als möglich, mit einem nützlichen Rate. Wir machen es nicht viel besser. Kein altes Weib darf zu uns kommen: wir brauchen ihre Hexereien. Ich selber wollte, wenn ich eine Arznei brauchte, lieber diese als eine andere brauchen; weil doch kein

1 Es war dieses ein weises Gesetz, sagt *Herodotus L. I. p. 91.*

2 Man durfte vor keinem Kranken vorbeigehen, ohne sich um seinen Zustand zu erkundigen, sagt eben *Herodotus.* Σιγη δε παϱεξελθειν τον καμνοντα ου πω σΦι εξεστι πϱιν αν επειϱηται ἥντινα νουσον εχη. *Ibid.*

Schaden dabei zu befürchten ist.[1] Was Homer und Plato von den Ägyptern sagen, dass sie alle Ärzte wären, das muss man von allen Völkern sagen können. Niemand ist, der sich nicht mit einem Rezepte rühmte, und solches an seinem Nachbarn, wenn er ihm glaubet, versuchen wollte. Ich war einstens in Gesellschaft, und einer darunter, ich weiß nicht wer, erzählte von einer neuen Art Pillen, die aus hundert andern Pillen, und ebenso viel andern Ingredienzien sollten zusammen gesetzet sein. Welcher Felsen sollte einem so gewaltigen Angriffe widerstehen können? Nichts destoweniger höre ich von denen, die es damit versuchen, dass sie nicht das geringste Körnchen Gries bewegen.

Ich kann nicht eher schließen, bis ich erst ein Wort davon gesaget habe, dass sie zum Beweise der Güte ihrer Arzneien sich auf die Erfahrung berufen. Die meisten, ja ich glaube mehr als zwei Drittel von den Wirkungen der Arzneien gründen sich auf eine Quintessenz, oder verborgene Kraft der Ingredienzien, die wir unmöglich anders, als aus der Erfahrung lernen können. Denn, was ist Quintessenz anders, als eine Kraft, wovon unsere Vernunft keinen Grund angeben kann? Unter dergleichen Beweisen lasse ich diejenigen gerne gelten, die die Arznei einer göttlichen Eingebung zuschreiben: denn, die Wunderwerke taste ich niemals an. Ich lasse sie ebenfalls gelten, wenn sie von Dingen hergenommen sind, welche uns bei andern Gelegenheiten oft unter die Hände kommen. So können wir z. E. an einer gewissen Wolle, worin wir uns kleiden, von ungefähr eine austrocknende Kraft finden, weil sie dieselbe an den Fersen der Maultiere äußert; gleich wie wir vom Rettich, den wir zur Nahrung genießen, gefunden haben, dass er Öffnung machet. Galen erzählet, ein Geizhals habe aus einem Gefäße, in welches ungefähr eine Otter gekommen wäre, Wein getrunken, und sei davon gesund worden. Bei diesem Beispiele sehen wir einigen Weg und wahr-

1 Ιητϱος δε ἐκαϛος etc. *Odyss. L. IV v. 231.* Ob Plato eben dieses gesaget habe, schreibt Herr Barbeirac, weiß ich nicht. *Plutarch* saget es in dem Werke: *Ob auch die Tiere Vernunft haben. C. 6.*

scheinlichen Anlass zur Erfahrung der Ärzte. Eben dies sehen wir bei solchen Mitteln, auf welche die Ärzte, wie sie sagen, durch das Beispiel einiger Tiere verfallen sind. Allein, bei den meisten andern Erfahrungen, wozu sie ihrem Vorgeben nach, durch das Glück und den bloßen ungefähren Zufall gebracht worden sind, kommt mir das, was sie nach und nach daraus wollen gelernet haben, unglaublich vor. Ich stelle mir den Menschen, unter unzähligen andern Dingen, Pflanzen, Tieren und Metallen, vor. Ich weiß nicht, bei welchem ich es zuerst mit ihm wagen soll. Gesetzt, seine Einbildung verfällt zuerst auf ein Elendshorn, und er glaubet willig und steif daran: so setzt es doch noch ebenso viel Schwierigkeiten, bis er dieses Horn weiter zu gebrauchen weiß. Er ist so vielen Krankheiten unterworfen, und gerät in so vielerlei Umstände, dass seine Geschicklichkeit lange nicht zureichet, in diesem Stücke, welches doch auch zu seiner Erfahrung gehöret, zu einer Gewissheit zu gelangen, unter so unzählig vielen Dingen nur das auszumachen, was eigentlich dieses Horn ist. Wie will er unter so vielen Krankheiten gerade auf die fallende Sucht, unter so vielen Temperamenten auf das melancholische, unter so vielen Jahreszeiten auf den Winter, unter so vielen Völkern, auf den Franzosen, unter so vielen Stufen des menschlichen Lebens, auf das Alter, unter so vielen himmlischen Veränderungen auf die Verbindung der Venus mit dem Saturn, und unter so vielen Gliedern des Leibes auf den Finger verfallen? Da er zu allem diesem weder durch einen Beweis, noch durch eine Mutmaßung, noch durch ein Beispiel, noch durch eine göttliche Eingebung, sondern durch einen bloßen Glücksfall gelanget; so muss dieses ein vollkommen künstlicher, regelmäßiger und ordentlicher Glücksfall sein. Wie will er, wenn er gesund worden ist, wissen, ob sich die Natur geholfen hat, oder ob er von ungefähr gesund worden ist, oder ob ihm etwas anderes, das er diesen Tag gegessen, getrunken, oder angerühret, oder gar das Kirchengebet, geholfen hat? Gesetzt aber, die Erfahrung ist vollkommen richtig: wie oft ist sie denn wiederholet worden? Wo bleibt diejenige lange und aneinanderhängende Reihe, von

Glücks- und andern Zufällen, die man, eine Regel zu machen, nötig hat? Gesetzt, es ist auch dieses richtig: wer hat denn die Regel gemacht? Unter so viel Millionen Menschen mögen kaum drei sich die Mühe geben, ihre Erfahrungen aufzuschreiben. Sollte das Glück gerade hinter den rechten unter diesen gekommen sein? Wie, wenn andere, oder gar hundert andere das Gegenteil erfahren haben? Ja, wir möchten vielleicht einiges Licht bekommen, wenn uns alle Urteile und Vernunftschlüsse aller Menschen bekannt wären. Allein, drei Zeugen oder drei Doktoren können unmöglich das ganze menschliche Geschlecht regieren: man müsste denn sagen wollen, dass sie die Natur selber hierzu nieder gesetzet und gewählet, und zu Schiedsrichtern erklart hätte.

An die Frau von Duras

Sie sehen, Madame, dass ich damit schließe, womit ich angefangen habe. Weil Ihnen diese Kleinigkeiten vielleicht einmal unter die Hände kommen können: so sollen sie auch einen Beweis enthalten, dass ihr Verfasser die Ehre Ihrer Gewogenheit genossen hat. Sie sehen mich hier ebenso, wie Sie mich im Umgange gesehen haben. Wenn ich auch einen andern und vielleicht schönern und bessern Charakter, als der meinige ist, hätte annehmen können: so hätte ich es doch nicht tun mögen. Meine Schriften sollen mich Ihrem Gedächtnisse nicht anders, als natürlich vorstellen. Meine Eigenschaften und Gemütsarten sollen so, wie sie im Leben waren, und wie sie von Ihnen, gütiger und höflicher als sie verdienen, bemerket worden sind, unverändert in diesem Werke aufbehalten werden. Es wird dieses vielleicht etliche Jahre, oder etliche Tage nach meinem Tode dauern, und mich ihrem Gedächtnisse, wenn Sie sich meiner erinnern wollen, ohne weitere Bemühung, darstellen. Mehreres verdienen meine Tugenden nicht. Ich wünsche nur, dass Sie um eben der Eigenschaften willen Ihre Freundschaft gegen mich fortsetzen mögen, um welcher willen Sie mir dieselbe zugewandt haben.

Nach meinem Tode verlange ich nicht höher geachtet zu werden, als in meinem Leben. Tibers Verlangen war, so gemein es ist, lächerlich, dass er sich lieber in der Zukunft berühmt, als bei seinem Leben, angesehen und beliebt machen wollte.[1] Wenn ich unter diejenigen gehörte, denen die Welt ein Lob schuldig ist, so wollte ich dieses nur halb, aber voraus bezahlt haben. Ich wollte, dass es sich rings um mich her in Haufen versammelte, die nicht sowohl lang als dichte, nicht sowohl dauerhaft, als voll wären. Wenn ich es nicht mehr wissen, noch mit seinem angenehmen Tone meine Ohren werde ergötzen können, so mag es immerhin aufhören. Ich würde töricht handeln, wenn ich mich jetzt, durch etwas Neues bei den Menschen beliebt machen wollte, da ich bald allen Umgang mit ihnen verlassen werde.

Ich halte nichts für wahrhaftig gut, außer was ich in meinem Leben gebrauchen kann. Ich sei, wer ich sei, so will ich dieses anderswo, als auf dem Papiere sein. Ich habe meine Kunst und meinen Fleiß dazu angewendet, dass ich mich selbsten besserte. Ich habe mich mehr bemühet, vernünftig zu leben, als schön zu schreiben. Meine größte Bemühung war jederzeit diese, dass ich tugendhaft werden möchte. Dies war mein Bestreben, dies war meine Arbeit. Ich schicke mich zum Bücherschreiben weniger, als zu allen andern Dingen. Ich habe mir Geschicklichkeit gewünschet, um selber bequemer zu leben, nicht aber um zu sammeln und meinen Erben zu hinterlassen. Wer Verdienste besitzet, gebe sie durch seine Sitten und täglichen Reden zu erkennen; er zeige sie, wenn er liebt, wenn er zankt, wenn er spielt, wenn er krank ist, bei Tische, in seinen bürgerlichen, und in seinen Wirtschaftssachen. Wer schöne Bücher schreibt und bös lebet, der ändere sich erst selbst, ehe er an andere Dinge denkt. Einen Spartaner darf man wohl fragen, ob er lieber ein guter Redner, oder ein guter Soldat sein will: aber mich nicht, wenn ich keinen Koch hätte, ob ich nicht lieber ein guter Koch sein möchte. Ums Him-

1 Quippe ille non perinde curae gratia praesentium, quam in posteros ambitio. *Tacit. Annal. L. VI. c. 46.*

mels willen, Madame, ich mag das Lob nicht haben, dass ich zwar ein guter Schriftsteller, aber sonsten schlecht und töricht wäre. Ich will lieber in beiden nichts taugen, als so schlecht wählen, oder meinen Verstand so übel anwenden. Ich bilde mir auch von gegenwärtigen Possen so wenig neue Ehre ein, dass ich zufrieden sein werde, wenn ich das bisschen Ehre, das ich bereits habe, nicht damit verliere. Denn einmal kann ich mich in dieser toten und stummen Abbildung nicht nach meinem wahren Wesen entwerfen, sodann beschreibe ich hier nicht einmal meinen blühenden Zustand, sondern meinen Verfall, meine abnehmenden und beinahe welken Kräfte. Ich komme ins Abnehmen; es muss also alles klein und niedrig lassen.

Übrigens, Madame, würde ich mich nicht unterstanden haben, die Arzneikunst so kühn anzutasten; ich weiß, was sie bei Ihnen und so vielen andern für Ansehen hat: allein, die Schriftsteller unter den Arzneigelehrten haben mich selber dazu veranlasset. Ich glaube, Plinius und Celsus sind unter den Lateinern die einzigen. Sollten Sie diese einmal sehen, so würden Sie finden, dass sie noch viel schärfer auf diese Kunst losziehen. Ich kneife sie nur: diese aber erdrosseln sie. Plinius hält sich unter andern darüber auf, dass die Ärzte, wenn sie nichts mehr wissen, sich doch geschickt loswickeln können. Wenn sie ihre Patienten lange genug mit Arzneien und Verordnungen gemartert haben, so verweisen sie dieselben bald auf Gelübde, bald auf Wunderwerke, bald in warme Bäder. Erzürnen Sie sich nicht, er redet nicht von den Bädern, die unter dem Schutze Ihres Hauses stehen, und grammontisch sind. Die Ärzte haben noch eine andere Ausflucht, wenn sie uns gern vom Halse, und den Vorwurf nicht haben wollen, dass sie uns nicht geheilet, sondern nur so lange, bis sie uns nichts mehr vormachen konnten, herumgezogen hätten: sie lassen uns nämlich die Luft verändern. Genug, Madame: Sie erlauben mir jetzo, wieder da anzufangen, wo ich, um Sie anzureden, abgebrochen habe.

1 *Plutarch* im *Leben des Perikles. C. 24.*

Perikles, wie mich dünkt,[1] wurde gefragt, wie er sich befände; er zeigte aber nur die Zettelchen,[1] die er am Halse und an den Armen hatte, und sprach: *Das lässt sich hieraus schließen.* Er wollte hiermit andeuten, dass er sehr krank wäre, weil er so nichtige Dinge hervorgesucht, und sich so behänget hätte. Ich stehe nicht davor, dass ich nicht selber einmal auf diese lächerliche Meinung verfallen, und mein Leben und Gesundheit der Willkür der Ärzte überlassen sollte: Ich könnte leicht auf diese Torheit verfallen, weil ich nicht Bürge für meine künftige Standhaftigkeit bin. Allein, ich werde alsdann, wenn sich jemand um mein Wohlsein erkundigen wird, mit dem Perikles antworten: das lässt sich hieraus schließen; und meine Hand zeigen, woran sechs Drachmen einschläfernde Arzneien hängen werden. Dies wird ein deutliches Zeichen einer heftigen Krankheit, und ein Merkmal meines gewaltig verrückten Verstandes sein. Ich habe mich bis hierher bemühet, eine Sache auszuführen, die ich nicht recht verstehe: Ich habe aber hierdurch bloß den natürlichen Abscheu verteidigen wollen, den ich von meinen Vorfahren wider die Arzneien und unserer gegenwärtigen Arzneikunst, geerbet habe. Es soll nämlich derselbe nicht etwas besseres als eine blinde und ungegründete Neigung sein. Es soll mir es niemand, wenn ich in meiner Krankheit weder Ermahnen noch Drohen annehme, für eine Hartnäckigkeit auslegen: noch weniger soll mir jemand das zu leide tun, dass er glaubt, ich suchte eine Ehre darunter. Da käme ich recht an, wenn ich in einer solchen Handlung Ehre suchte, die ich mit meinem Gärtner und Eseltreiber gemein habe. Gewiss, ich bin weder zu hochmütig, noch zu prahlerisch, dass ich eine wahre, handgreifliche und dauerhafte Lust, wie die Gesundheit ist, nicht gegen eine eingebildete, leere und nichtige vertauschen sollte. Könnte ich auch den Ruhm der vier Söhne des Aymon erjagen, so wäre er mir schon zu teuer, wenn ich nur dreimal, die Kolik dafür haben müsste. Mein Gott! was ist über die

1 Amuleta, die für Gift und Zaubereien helfen sollen. Nachdem man die Sache nicht mehr glaubt, so hat man auch fast ihren Namen vergessen.

Gesundheit? Diejenigen, welche die Arzneikunst hoch schätzen, können ebenfalls ihre guten und starken Gründe haben: Ich bin niemandem gram, der nicht, wie ich, denket. Ich werde durchaus nicht böse, wenn ich sehe, dass jemand anders urteilt: und mache mich der menschlichen Gesellschaft nicht zur Last, wenn sie andere Meinungen heget. Die Natur hat in allen Dingen eine Mannigfaltigkeit beobachtet; doch bei Körpern weit nicht so stark, als bei Geistern, weil diese ihrem Wesen nach biegsamer sind, und viel eher allerhand Gestalten annehmen können. Ich halte die Übereinstimmung unserer Meinungen für etwas sehr Seltenes. So wenig es zwei gleiche Haare, oder zwei gleiche Samenkörner gibt: ebenso wenig sind jemals zwei gleiche Meinungen gewesen. Ihre Haupteigenschaft ist die Verschiedenheit.

Von dreierlei Umgange

Man muss sich nicht allzu sehr an seine Neigungen und Gemütsarten binden. Unsere größte Geschicklichkeit bestehet darinnen, dass wir allerlei treiben können. Wer nichts als immer einerlei vorzunehmen weiß, der ist nur, aber er lebet nicht. Die schönsten Seelen sind diejenigen, die allerlei anfangen, und sich in alles finden können. Deswegen wurde der alte Cato gelobt:[1] *Huic versatile ingenium sic pariter ad omnia fuit, ut natum ad id unum diceres, quodcumque ageret.* Wenn ich mich nach meiner Willkür gewöhnen könnte, so wollte ich mich auch zur schönsten Sache nicht so gewöhnen, dass ich sie gar nicht lassen könnte. Das Leben ist eine ungleiche, unordentliche und vielfache Bewegung. Derjenige ist nicht sein eigener Freund, oder Herr, sondern sein eigener Sklave, der sich und seinen Neigungen unaufhörlich so nachgehet, dass er sich nicht davon abwenden, oder anders wohin drehen kann. Ich sage dieses, weil ich die beschwerliche Eigenschaft meiner Seele nicht ablegen kann, da sie nichts vornimmt, wobei sie sich nicht aufhält und nichts anfänget, das sie nicht ganz, und aus allen Kräften treibet. Wenn ihr auch das Geringste vorkommt, so vergrößert und erweitert sie es so lange, bis sie alle ihre Kräfte dazu anwenden muss. Sie ist niemals müßig, dass sie mir nicht Beschwerden verursachet, und meiner Gesundheit schadete. Die meisten Seelen müssen sich mit fremden Dingen zu ihrer Ermunterung und Übung beschäftigen: meine hingegen zu ihrer Beruhigung und Ergötzung.[2] *Vitia otii negotio discutienda sunt:* denn ihre mühsamste und vornehmste Arbeit ist diese, dass sie sich selbst betrachtet. Die Bücher dienen ihr zu

1 Sein Verstand war so biegsam, und zu allem so geschickt, dass man bei allem, was er tat, glauben musste, er wäre bloß dazu geboren. *Tit Liu. L. XXXIX, c. 40.*

2 Die Fehler, welche der Müßiggang verursachet, müssen durch Fleiß und Arbeit gehoben werden. *Senec. Epist. 56.* wo also stehet: nihil tam certum est, quam otii vitia negotio discuti.

einer Beschäftigung, worüber sie ihre Hauptbemühung vergisst. Sie gerät bei den ersten vorkommenden Gedanken in Bewegung, sie versucht ihre Stärke auf allen Seiten; sie übet sich bald in der Stärke, bald in der Ordnung und Schönheit, sie richtet sich ein, sie mäßiget sich, sie stärket sich. Sie ist selbst im Stande, ihre Kräfte aufzumuntern: und die Natur hat ihr, wie allen andern, so viel Eigentümliches gegeben, als ihr für sich selbst, und zur Erfindung und Beurteilung anderer Dinge nützlich ist.

Das Nachdenken ist für einen, der sich selbst prüfen, und seine Kräfte recht gebrauchen kann, eine starke und zulängliche Beschäftigung. Ich will meine Seele lieber bilden, als auszieren. Nachdem eine Seele beschaffen ist, nachdem unternimmt sie, wenn sie ihren eigenen Gedanken nachhänget, entweder die schlechteste oder die beste Arbeit. Die größten Seelen tun dieses beständig:[1] *quibus vivere est cogitare*. Die Natur hat uns auch den Vorzug erteilet, dass wir nichts so lange treiben können, und dass uns keine Handlung gewöhnlicher und leichter ist. Aristoteles saget,[2] es sei dieses der Götter Arbeit, aus welcher ihre und unsere Seligkeit entsteht.

Das Lesen machet meine Vernunft durch die Verschiedenheit der Gegenstände besonders rege: aber mehr meine Urteilskraft, als mein Gedächtnis. Daher machen mich trockne und kraftlose Gespräche selten aufmerksam. Das Artige und Schöne erfüllet und beschäftiget mich zwar mit ebensovielen, oder wohl mit mehreren Gedanken, als das Nachdrückliche und Gründliche. Allein, da ich bei andern Gesprächen schlummere, und nur zum Schein aufmerke, so entfahren mir bei matten, niederträchtigen und gekünstelten Unterredungen, öfters ungeschickte, dumme, kindische, ja gar lächerliche Reden und Antworten; oder, welches noch ungeschickter und noch unhöflicher ist, ich schweige manchmal gar stille. Ich bin einmal tiefsinnig und zum Nachdenken geneigt, sodann auch in vielen bekannten Dingen recht grob

1 Die nicht leben können, wenn sie nicht denken. *Cic. Tusc. Quaest. L. V. c. 38.*
2 *Ethic. ad Nicom. L. X. c. 8.*

und kindisch unerfahren. Diese zwei Eigenschaften haben es dahin gebracht, dass man von mir fünf oder sechs wahrhaftige und ebenso lächerliche Streiche, als von irgend jemandem, erzählen kann.

Ich bin also wegen dieser wunderlichen Gemütsbeschaffenheit in meinem Umgange mit Leuten sehr besonders. Ich wähle gar zu genau, und werde folglich im gemeinen Leben beschwerlich. Wir leben und gehen mit dem Pöbel um. Wenn uns gleich seine Lebensart zuwider ist, und wir uns nicht zu niedrigen und pöbelhaften Seelen herunterlassen wollen: so sind doch schlechte und gemeine Seelen oft ebenso ordentlich, als diejenigen, die sich absondern; ja alle Klugen sind abgeschmackt, wenn sie sich nicht in die gemeine Einfalt schicken können. Wir müssten uns unserer eigenen und anderer Geschäfte entschlagen, wenn wir uns dieser Leute entäußern wollten; denn, alle öffentlichen und besonderen Angelegenheiten werden durch sie vollbracht. Die natürlichsten und freisten Wirkungen unserer Seele sind die schönsten, und ihre besten Verrichtungen diejenigen, die sie ungezwungen vollendet. Mein Gott! wie gut meinet es die Weisheit mit denen, die sie nichts wünschen lehret, als was sie erlangen können! Dies ist die nützlichste Wissenschaft. *Nur nach Vermögen,*[1] war *Sokrates'* Leibspruch. Diese Worte enthalten viel in sich: wir müssen mit unsern Wünschen bei den leichtesten und nächsten Dingen stehen bleiben. Ist es nicht ein wunderliches Wesen von mir, dass ich mich mit Tausenden, die mir das Glück zugesellet, und die ich nicht entbehren kann, nicht vertragen will, um es mit einem oder zweien zu halten, mit welchen ich keinen Umgang habe, oder besser zu reden, dass ich etwas töricht wünsche, dessen ich nicht habhaft werden kann? Meine stille, und von allem feindseligem und gehässigem Wesen entfernte Aufführung kann machen, dass mich niemand beneidet, oder anfeindet; denn von Lieben will ich gar nicht reden. Allein, niemand kann so viel Gelegenheit zum Hasse geben: weil meine kaltsinnige Lebensart mir die Gewo-

1 Καδδυναμιν ερδειν; *Xenoph. Memorab. Socrat. L. I. c. 3. §. 3.*

genheit vieler Leute mit Rechte entziehet, und sie entschuldiget, wenn sie dieselbe verkehrt auslegen.

Ich bin sehr geneigt, eine seltene und vollkommene Freundschaft sowohl zu machen als zu halten. Nach einem Umgange, der mit gefällig ist, ringe ich recht, ich biete mich an, und dringe mich so dazu, dass ich ihn meistens erhalte, und, wo ich will, Eingang finde: ich habe hiervon oft glückliche Proben gemacht. Hingegen bin ich bei den gewöhnlichen Arten der Freundschaft gemeiniglich trocken und kaltsinnig: mein Gang ist nicht natürlich, wenn ich nicht mit vollen Schritten gehe. Über dieses hat mich mein Glück von Jugend auf durch eine einzige und vollkommene Freundschaft so verwöhnet, dass mir jetzt in der Tat die übrigen Arten zuwider sind. Es hat mir den Gedanken jenes Alten zu fest eingepräget,[1] welcher sagt, dass man zwar eine Gesellschaft, aber nicht eine Herde guter Freunde haben müsste. Es kommt mir auch ordentlich schwer an, wenn ich mich nur halb, oder eingeschränkt, oder mit derjenigen knechtischen und argwöhnischen Vorsicht entdecken soll, die man uns zur Erhaltung unserer vielen und unvollkommenen Freunde anrät. Besonders befiehlt man uns jetzt dieses, da man von niemandem ohne Gefahr und Unwahrheit reden kann.

Bei dem allen sehe ich ein, dass wer, wie ich, die Bequemlichkeit seines Lebens, und zwar die wahre Bequemlichkeit zum Endzwecke hat, dieses sorgsame und besondere Wesen, als eine Pest fliehen muss. Ich lobe mir eine Seele, welche gleichsam verschiedene Stockwerke hat, und bald über sich, bald unter sich kann; welche sich in alles, was das Glücke fügt, zu finden weiß, welche sich mit ihrem Nachbar vom Bauwesen, von der Jagd, und von Prozessen unterreden, und selbst einem Zimmermanne oder Gärtner zur Ansprache dienen kann. Ich beneide diejenigen, welche sich zu ihren Untergebenen gewöhnen, und nach ihrer Art mit ihnen reden können. Des Plato Rat gefällt mir nicht, wenn er saget, man müsse mit seinem Gesinde, sowohl Manns-

1 *Plutarch* in der *Abhandlung von der Vielheit der Freunde.*

als Weibspersonen beständig gebieterisch,[1] ohne Scherz, und ohne vertraulich zu tun reden. Denn es ist, anderer Ursachen nicht zu gedenken, unmenschlich und ungerecht, sich eines geringen Vorzuges, den allein das Glück machet, so zu überheben. Ich halte diejenigen Polizeiordnungen für viel billiger, in welchen ein geringerer Unterschied zwischen den Herrn und Knechten gemachet wird. Andere bemühen sich, ihren Geist zu erhöhen und hochtrabend zu erhalten: ich suche den meinigen zu bücken und zu erniedrigen. Er wird nur alsdann fehlerhaft, wenn er sich mit zu vielen Leuten und zu lange beschäftigen soll.

N*arras et genus Aeaci*
Et pugnata sacro bella sub Ilio:
Quo Chium pretio cadum
Mercemur, quis aquam temperet ignibus,
Quo praebente domum, et quota
Pelignis caream frigoribus, taces.[2]

Die lacedämonische Tapferkeit musste gemäßigt, und wenn sie nicht Verwegenheit und Raserei werden sollte, durch den sanften und angenehmen Ton der Flöten gemildert werden; anstatt, dass alle andere Völker durchdringende und laute Instrumente führen, die den Mut der Soldaten, soviel nur möglich, erhitzen und bewegen. Ebenso dünkt mich, brauche unser Geist meistens eher Blei, als Flügel, eher Kaltsinnigkeit und Ruhe, als Hitze und Bewegung. Besonders stellt er sich, nach meiner Meinung, recht närrisch, wenn er unter Ungelehrten beständig gelehrt und hoch

1 Την δε οικετου προσρησιν χρη σχεδον επιταξιν πασαν γιγνεσθαι, μη προπαιζοντας,μηδαμη μηδαμως, οικεταις, μητ' ουν θηλειαις, μητε αρρεσιν. *De legibus. L. Vl. p. 873. D* – – – Francof. an. 1620.

2 Du erzählest mir die Geschichte von den Nachkömmlingen des Aeakus, und der Belagerung von Troja, aber nicht, was der Wein aus Chius koste, wer uns ein Bad mache, wer uns sein Haus vermiete, und wann wir uns bei jemanden wärmen können. *Horat. Od. 19. L. III. v. 2. u. f.*

reden will:[1] *favellar in punta di forchetta.* Man muss sich nach der Fähigkeit derer, mit welchen man umgehet, richten, und manchmal unwissend tun. Man lege seine Stärke und Tiefsinnigkeit bei Seite; im gemeinen Leben ist es genug, wenn man ordentlich ist: man rede, wenn die Leute wollen, mit ihnen von den schlechtesten Dingen. Die Gelehrten fehlen hier gar zu gerne: sie lassen beständig ihren Magister und ihre Bücher blicken. Sie schreien jetzt den Damen die Zimmer und Ohren so voll, dass sie dadurch wenigstens den Schein, obgleich nicht das Wesen, der Gelehrsamkeit bekommen haben. Sie bedienen sich auch bei der geringsten und schlechtesten Gelegenheit einer neuen und gelehrten Art zu reden und zu schreiben.

Hoc sermone pavent, hoc iram, gaudia, curas,
Hoc cuncta effudunt animi secreta, quid ultra?
Concumbunt docte.[2]

Sie führen den Plato und H. Thomas bei Sachen an, die der schlechteste Kerl bezeugen könnte. Die Gelehrsamkeit, welche ihnen hat in die Seele kommen wollen, ist ihnen auf der Zunge sitzen geblieben. Vernünftige Frauenzimmer werden, wenn sie mir glauben, sich mit ihren eigenen und natürlichen Vorzügen Hochachtung erwerben. Denn, so verstecken und verbergen sie ihre eigene Schönheit unter eine fremde. Wie einfältig ist es, wenn man sein eigenes Licht auslöschen, und bei einem fremden sehen will? Sie sind in der Kunst verscharret und vergraben:[3] *de*

1 Er redet beständig gezwungen.

2 So reden sie, wenn sie erschrecken, wenn sie sich erzürnen, sich freuen, sich grämen, so drücken sie alle ihre Gedanken aus. Was noch mehr ist, sie wohnen ihren Weibern gelehrt bei. *Juvenal. Sat. VI. v. 199. u. f.*

3 Es ist alles an ihnen bedeckt. Dieser Ausdruck ist aus dem Seneca genommen, der von den jungen Herren seiner Zeit folgendes saget: Nosti complures iuvenes barba et coma nitidos, de capsula totos. Epist. 95. An einem andern Orte erzählet er von einem solcher Zärtlinge, dass er sich von seinen Knechten in einer Sänfte aus dem Bade tragen lassen, und gefraget habe: Ob er wohl sitze? Gleich als hätte er nicht selber, was er täte, wissen dürfen. Audio quendam ex delica-

capsula totae. Das machts, sie kennen sich selber nicht recht. Die Welt hat nichts schöners als sie, und sie müssen den Künsten eine Ehre, und der Schminke ein Ansehen geben. Was brauchen sie, als geliebet und geehret zu werden? Sie sind nur allzu gelehrt, wenn sie dieses verstehen. Sie dürfen ihre Kräfte nur ein wenig munterer und feuriger machen. Wenn ich sie mit der Redekunst, Schluß- und Vernunftlehre und anderem dergleichen ihnen vergeblichen und unnützem Kram umgeben sehe, so besorge ich, es suchen die Mannspersonen, welche ihnen hierzu raten, bloß Gelegenheit, ihnen Gesetze vorzuschreiben. Denn, wie wollen sie sich anders entschuldigen? Bei meiner Treu, sie können den Reiz ihrer Augen ohne unsere Hilfe munter, ernsthaft und angenehm machen, ein trotziges, zweifelhaftes oder liebreiches Nein sagen, und brauchen, wenn wir ihnen unsere Dienste anbieten, zu unsern Reden keinen Dolmetscher. Sie herrschen mit dieser Wissenschaft unumschränkt, und regieren selber die Rektoren und Universitäten.

Doch, wenn sie böse sind, dass sie uns in einem Stücke den Vorzug lassen sollen, und aus Neugierde ebenfalls Bücher verlangen: so ist die Dichtkunst ein Werk für sie. Diese ist, wie sie, flatterhaft, spitzfündig, verstellt, geschwätzig, bloß zum Vergnügen, und bloß zum Scheine geneigt. Sie werden auch verschiedene Vorteile aus der Geschichte ziehen können. Von der Weltweisheit können ihnen aus der Sittenlehre diejenigen Regeln nutzen, wodurch sie von unserer Gemütsbeschaffenheit urteilen, sich vor unserer Falschheit hüten, ihre unbedachtsamen Begierden bessern, ihre Freiheit recht brauchen, das Vergnügen des Lebens verlängern, die Unbeständigkeit eines Verehrers, die Grobheit eines Mannes, die Beschwerlichkeit der Jahre und Runzeln,

tis, si modo deliciae vocandae sunt vitam et consuetudinem humanam dediscere, cum ex balneo inter manus elatus et in sella positus esset, dixisse interrogando, *Iam sedeo*. – – – Nimis humilis et contemti hominis esse videtur, scire quid faciat. *Senec. de Brevit. vitae. c. 12.* Diesem jungen Herrn hat es doch meines Wissens unter den unsrigen noch keiner zuvor getan.

und andere dergleichen Dinge geduldig ertragen lernen. Dies ist alles, was ich ihnen zu lernen rate.

Es gibt besondere, heimliche und für sich selber bleibende Gemüter. Ich bin von Natur, mich zu entdecken und zu offenbaren, geneigt; ich bin völlig ohne Verstellung, offenherzig, und zur Gefälligkeit und Freundschaft geboren. Die Einsamkeit, die ich liebe und preise, bestehet in weiter nichts, als dass ich meine Leidenschaften und Gedanken zurückhalte, nicht sowohl meine Schritte, als meine Begierden und Sorgen einschränke, die uneigentliche Einsamkeit vermeide, die Knechtschaft und Verbindlichkeit, wie den Tod scheue, und nicht sowohl die Menge der Leute, als vielmehr die Menge der Geschäfte fliehe. Einsame Orte machen mich in der Tat zerstreut, und um auswärtige Dinge besorgt: Ich denke an Staatssachen und an die ganze Welt weit lieber, wenn ich alleine bin. Bei Hofe und unter Leuten denke ich bloß an mich. Das Gedränge solcher Orte bringet mich zu mir selber; und ich hänge meinen Gedanken niemals so töricht, so ausschweifend und besonders nach, als da wo ich Respekt tragen, und das Zeremoniell recht in Acht nehmen soll. Unsere Torheiten kann ich nicht belachen, weil darinnen unsere Weisheit besteht. Von Natur bin ich der Unruhe des Hofes gar nicht feind; ich habe einen Teil meines Lebens in derselben zugebracht, und kann mich in großen Gesellschaften aufgeweckt bezeigen, wenn es nur zu gewissen und mir gelegenen Zeiten sein darf. Allein, meine zärtliche Urteilskraft zwinget mich mit Gewalt zur Einsamkeit. Sogar zu Hause, in einer weitläufigen Familie, und in den volkreichsten Wohnungen sehe ich zwar viele Leute, aber selten jemand, mit dem ich umgehen mag. Ich erlaube hier sowohl andern, als mir, eine ungewöhnliche Freiheit. Es gibt hier weder Zeremonien, noch Begleitung, noch andere beschwerliche Pflichten unserer Höflichkeit. O ein knechtischer und beschwerlicher Gebrauch! Ein jeder lebet bei mir, wie er will, ein jeder redet, wenn er will. Ich selber bin stumm, tiefsinnig und allein, und meinen Hausleuten niemals zur Last.

Die Leute, deren Gesellschaft und Umgang ich suche, sind diejenigen, welche man ehrliche und geschickte Leute nennet: wenn ich mir diese vorstelle, so sind mir andere zuwider. Wenn man es recht betrachtet, so ist dieses die seltenste Gemütsart, weil sie hauptsächlich auf die Natur ankommt. Mein Endzweck bei diesem Umgange ist nicht bloß die Vertraulichkeit, das Besuchen und das Unterreden, sondern einzig und allein die Übung unserer Seele. In unsern Gesprächen sind mir alle Materien gleichgültig, sie mögen wichtig oder nichtswürdig sein, wir wissen sie angenehm und wohlanständig zu machen; sie werden von uns reiflich und gesetzt überleget, wir sind bei allem liebreich, freimütig, munter und freundschaftlich. Die Schönheit und Stärke unseres Geistes zeiget sich nicht allein, wenn wir Schlüsse machen, oder unserm Könige dienen: sie äußert sich ebenso gut in unserm Gespräche mit guten Freunden. Ich kenne meine Leute an ihrem Stillschweigen und Lächeln, und forsche sie vielleicht bei Tische besser aus, als wenn ich sie um etwas frage. Hippomachus sagte recht,[1] dass er einen guten Kämpfer erkenne, wenn er ihn nur über die Gasse gehen sehe. Wenn die Gelehrsamkeit sich in unsere Einfälle mischen will, so verweisen wir sie nicht daraus: sie muss aber nur nicht gebieterisch, herrschsüchtig, und, wie ordentlich, beschwerlich, sondern bescheiden, ja gar gelehrig sein. Wir suchen uns bloß die Zeit zu vertreiben. Wenn sie uns unterrichten und vorpredigen soll, so werden wir vor ihren Lehrstuhl kommen: hier kann sie sich, wenn sie will, nach uns richten. Denn, wenn sie auch noch so nützlich und reizend wäre, so behaupte ich dennoch, dass wir sie wohl entbehren, und ohne sie leben könnten. Eine wohlgeartete und durch den Umgang geübte Seele macht sich vollkommen von sich selbst beliebt. Die Kunst ist nichts als die Sammlung und das Verzeichnis der Wirkungen dieser Seelen.

Der Umgang mit schönem und tugendhaftem Frauenzimmer ist mir ebenfalls angenehm:[2] *nam nos quoque oculos eruditos ha-*

1 *Plutarch.* in *Vita Dionis. c. 1.*
2 Denn, auch unsere Augen sind gelehrt. *Cic. Paradox. V. c. 2.*

bemus. Wenn bei diesem Umgange die Seele nicht so viel als bei dem vorigen, zu tun hat, so bekommen die Sinne desto mehr, und machen ihn dem erstern ziemlich ähnlich, ob sie schon meines Erachtens einander niemals gleich werden. Allein, man muss sich hier ein wenig in Acht nehmen, und besonders wenn man, wie ich, seinen Sinnen nicht allzugut widerstehen kann. Ich kam in meiner ersten Jugend gewaltig übel an, und fühlete alle diejenige Raserei, worin, nach der Poeten Beschreibung, diejenigen geraten, die sich damit ohne Ordnung und Überlegung einlassen. Doch, hat mir diese Züchtigung nachher zur Lehre gedienet.

Quicumque Argolica de classe Capharea fugit,
Semper ab Euboicis vela retorquet aquis.[1]

Man ist töricht, wenn man alle seine Gedanken darauf wendet, und in seiner Liebe rasend und unbesonnen wird.

Doch, man darf auch auf der andern Seite nicht völlig ohne Liebe und ernsten Vorsatz sein, woferne man nicht, wie die Komödianten, nur eine Rolle zu spielen suchet, die man seines Alters und der Gewohnheit wegen übernimmt, und wozu man nichts als die Worte hergibt. Man sorget zwar hierdurch für seine Sicherheit: allein ebenso niederträchtig, als wenn man sonsten aus Furcht vor der Gefahr, Ehre, Vorteil und Vergnügen in Wind schlägt. Denn, wer so verfähret, kann sich gewiss keinen Nutzen daraus versprechen, der einer edlen Seele helfen oder gefallen sollte. Man muss dasjenige ernstlich gewünschet haben, was man, wenn sich das Glück unserm verstellten Wesen unverdient günstig bezeiget, gern im Ernste zu genießen pfleget. Es geschiehet dieses oft, weil kein Frauenzimmer so häßlich ist, das sich nicht für liebenswürdig hielte. Denn, da keine durchaus häßlich ist, so wie keine durchaus schön sein kann; so verlässt sich diese auf ihre Jugend, jene auf ihre schönen Haare, eine andere auf ihren Gang,

1 Wer einmal den caphareischen Klippen entgangen ist, der wird sich sorgfältig vor dem euböischen Meere hüten. *Ovid. Trist L. I. Eleg. 1. v. 83.*

ja die Töchter der Brachmannen gehen gar, weil sie sich nicht anders hervortun können, unter das auf öffentlichen Platz zusammen berufene Volk, und weisen da ihre Zeugungsglieder, damit sie wenigstens auf diese Weise einen Mann bekommen. Folglich ist keine, die nicht das erstemal glauben sollte, wenn ihr jemand seine Dienste zuschwöret. Aus der gemeinen und ordentlichen Treulosigkeit der heutigen Mannspersonen kann nichts anders folgen, als was uns bereits die Erfahrung lehret. Nämlich, das weibliche Geschlecht verbindet sich ebenfalls zusammen, und bleibt entweder untereinander, oder jede gar für sich; oder es ahmet wohl das von uns gegebene Beispiel nach, spielet ebenfalls nur mit uns, und bleibet im Umgange ohne Bewegung, ohne Neigung und ohne Liebe.[1] *Neque affectui suo aut alieno obnoxiae*: es glaubet, wie Lysias bei dem Plato,[2] dass es uns, weil wir sie nicht lieben, mit desto größerm Nutzen und mehrerer Bequemlichkeit heiraten könne. Dann gehet es, wie bei den Schauspielen, wo die Zuschauer ebensoviel, oder noch mehr Vergnügen, als die Schauspieler selber, haben. Ich meines Ortes kann mir sowenig eine Liebe ohne Sehnsucht einbilden, sowenig ich mir ein Kind ohne die Mutter vorstelle. Diese beiden Dinge helfen und geben einander ihr Wesen. Also fällt dieser Betrug auf den Betrüger zurück: er kostet ihm zwar wenig, aber er nutzt ihm auch nicht viel. Diejenigen, welche die Liebe zu einer Göttin gemacht haben, haben darauf gesehen, dass ihre vornehmste Schönheit nicht im Körper, sondern in der Seele, bestehet. Allein die Liebe, welche diese Leute suchen, ist nicht einmal menschlich; ja kaum viehisch, weil die Tiere keine so grobe und irdische Liebe haben. Wir erfahren, dass sie oft die Einbildung, ehe sie einen Körper sehen, hitzig macht: wir finden, dass sie in ihrer verliebten Hitze wählen, und bei ihrer Vermischung auf eine alte Bekanntschaft sehen. Wenn

1 Sie lassen sich weder ihre eigne, noch eine fremde Liebe rühren. *Tacit. Annal. L. XIII. c. 45.* Dieser Geschichtschreiber redet allein von des Nero Gemahlin, der Poppaea, einem wahren Bilde der Buhlschwestern.

2 Nach Lysias Sätzen, die aber zu Anfange des Phaedr. beim *Plato* von dem Sokrates widerleget werden.

ihnen das Alter ihre Leibesstärke benimmt, so murren, wiehern, und springen sie noch aus Liebe. Sie sind vor ihrer Vermischung voller Hoffnung und Begierde, und kützeln sich nach derselben noch mit einem süßen Andenken. Einige blähen sich trotzig auf, andere besingen, wenn sie satt sind, ihre Freude und ihren Sieg. Wer nur seinen Körper einer natürlichen Last entledigen will, der sollte dabei wenigstens nicht soviel Umstände zur Beschwerung anderer Leute machen. Die Liebe ist für einen so groben und ungebührlichen Hunger keine Speise.

Da ich mich nicht für besser, als ich bin, auszugeben suche: so muss ich folgendes von meinen Jugendfehlern sagen. Ich habe mich immer vor feilstehenden und allgemeinen Personen gehütet, teils meiner Gesundheit wegen, die dennoch, aller gebrauchten Vorsicht ungeachtet, zweimal, wiewohl ganz geringe und nur vorläufige Anfälle erlitten hat, teils aber, und vornehmlich aus Verachtung. Ich habe mein Vergnügen durch die Schwierigkeit, durch das Verlangen und den dabei gesuchten Ruhm empfindlicher machen wollen. Es hat mir die Art des Kaisers Tiberius gefallen,[1] der bei seinen Liebeshändeln auf Bescheidenheit und Adel so sehr, als auf irgend was, sahe. So hat es auch die Buhlerin, Flora,[2] gemacht, die niemanden, als einen Diktator, oder Konsul

1 In his modestam pueritiam, in aliis imagines maiorum, incitamentum cupidinis habebat. *Tacit. Annal. L. VI. c. 1.*

2 Nach langem Suchen, woher Montagne diesen Umstand haben möchte, habe ich in *Baylens* Wörterbuche gefunden, dass er von dem Anton von Guevara herrühret, woraus ihn auch *Brantome dans la Vie des Femmes galantes T. I. p. 313.* genommen hat. Hier heißet es: »Die Buhlerin Flora wäre aus einem vornehmen Geschlechte gewesen, und habe vor der Lais, die sich jedem Preis gab, diesen Vorzug gehabt, dass sie sich allein an Vornehme hielt, und über ihre Türe schrieb: *Könige, Fürsten, Diktatoren, Konsule, Zensoren, Oberpriester, Abgesandte, und andere große Herren, können herein; aber sonst niemand.*« Das übrige, so nicht hierher gehöret, und noch andere Umstände von der Flora enthält, kann man beim *Bayle* unter dem Artikel *Flora T. II. p. 1253.* sehen. Dieser scharfsinnige Kritikus setzt hinzu, dass diese Dinge zum Scherze erdichtet wären. Weil das, was er versichert, richtig ist, und Montagne diese Stelle bloß aus dem Guevara hat, so ist Montagne um so viel weniger zu entschuldigen, da er wohl wusste, wie schlecht in dergleichen Dingen des Guevara Ansehen ist.

oder Zensor zu sich ließ, und sich nach dem Stande ihrer Liebhaber schmückte. Gewiss, Perlen und Brokat, Ehrentitel und Bedienten tun viel bei der Liebe.

Übrigens habe ich stark auf den Verstand gesehen, doch, dass auch der Leib nicht garstig sein durfte. Denn ich würde, nach Gewissen zu reden, wenn ich eines von beiden hätte entbehren sollen, die Schönheit des Geistes noch lieber vermisset haben. Es nutzet dieselbe zu bessern Dingen: allein bei der Liebe, einer Sache, die meistens auf das Gesicht und Gefühl ankommt, kann man wohl etwas ohne einen schönen Geist, aber nichts ohne einen schönen Leib verrichten. Der wahre Vorzug des Frauenzimmers bestehet in der Schönheit. Diese ist ihnen so eigen, dass unsere Schönheit, ungeacht sie etwas andere Züge haben muss, gegen die ihrige eigentlich doch nur Kinderspiel und Schatten ist. Bei dem Großherrn sollen diejenigen, die ihrer Schönheit wegen in unzählicher Menge in seinen Diensten sind, ihren Abschied höchstens in ihrem zwei und zwanzigsten Jahre bekommen. Vernunft, Klugheit und Freundschaft wohnet den Männern in einem größern Grade bei: dem ungeacht regieren diese alle Staatssachen.

Diese zwo Arten des Umganges kommen auf das Glück und andere Menschen an.[1] Die erste hat diese Beschwerlichkeit, dass sie selten ist; die andere höret mit dem Alter auf: unser Leben würde also mit beiden schlecht versorget sein. Der Umgang mit Büchern, als die dritte Gattung ist sicherer und mehr in unserer Gewalt. Er muss zwar den andern Gattungen ihre Vorzüge lassen, er macht sich aber statt derselben dadurch vorzüglich, dass er leicht zu haben ist, und beständig dauert. Diese Gesellschaft begleitet mich beständig, und hilft mir überall; sie tröstet mich im Alter und in der Einsamkeit, sie entlediget mich der Last eines verdrießlichen Müßigganges, sie befreiet mich alle Augenblicke von beschwerlichem Zuspruche, sie lindert meine Schmerzen,

1 Nämlich der Umgang mit Freunden und Bekannten, und der Umgang mit Frauenzimmern.

wenn sie nicht so groß sind, dass sie alles bezwingen. Will ich mir einen widerwärtigen Gedanken aus dem Sinne schlagen, so darf ich nur zu meinen Büchern gehen: sie vertreiben und benehmen mir denselben. Sie werden nicht böse, dass ich sie nicht eher besuche, als bis ich keine kräftigere, lebhaftere und natürlichere Hilfe weiß: sie empfangen mich beständig mit einerlei Gesichte. Es geht sich, nach dem Sprichwort, gut zu Fuße, wenn man sein Pferd beim Zaume führet. Unser König in Neapel und Sizilien, Jacob, konnte sich immer, da er schön, jung und gesund war, auf einer Tragbahre und schlechtem Hauptkissen, in einem grauen Tuchrocke, und eben solcher Mütze durch das Land tragen lassen. Es folgte ihm die ganze königliche Pracht, Sänften, Handpferde, Edelleute und Staatsbedienten nach, und er zeigte hierdurch eine zärtliche und noch wankende Strenge. Der Kranke ist nicht zu bedauern, wenn er die Arznei im Schubsacke trägt. In der Erfahrung und Anwendung dieses höchst wahrhaftigen Satzes bestehet der ganze Vorteil, welchen ich von den Büchern habe. Ich brauche sie in der Tat nicht stärker als andere, die sie gar nicht kennen. Ich brauche sie, wie die Geizigen ihre Schätze, damit ich weiß, ich könnte sie, wenn es mir beliebt, gebrauchen: meine Seele ist bloß mit diesem Eigentumsrechte zufrieden. Ich reise in Friedens- und Kriegszeiten niemals ohne Bücher: und doch sehe ich sie oft viele Tage, ja ganze Monate nicht an. Ich spreche: ich will sie gleich, oder wenn es mir gefällt, morgen lesen; indessen läuft die Zeit, mir ohne Schaden, vorüber. Denn, ich kann nicht sagen, wieviel ich mir auf diese Vorstellung zugute tue, dass ich sie zur Hand habe, mich zu rechter Zeit daraus ergötzen, und lernen kann, wieviel sie mir in meinem Leben helfen. Sie sind der beste Vorrat, den ich auf unserer Lebensreise zu finden weiß; daher bedaure ich verständige Leute sehr, wenn sie desselbigen beraubt sind. Ich ergreife sie als meinen gewissesten Zeitvertreib, am letzten, wenn ich vorher mich mit geringern Dingen beschäftiget habe.

Zu Hause besuche ich meine Bibliothek etwas öfter, und kann daraus mein ganzes Haus übersehen. Bei dem Eingange in dieselbe sehe ich unter mir meinen Garten, meinen Hof, und die meisten Teile meines Hauses. In derselben blättere ich bald in diesem, bald in einem andern Buche, ohne Ordnung und Endzweck, hier ein wenig, da ein wenig. Bald denke ich nach, bald zeichne ich etwas auf, bald sage ich jemandem meine hier stehenden Träume zum Nachschreiben vor. Sie stehet drei Stockwerk hoch in einem Turme. In dem untersten Stockwerk ist meine Kapelle; in dem mittlern ist ein Zimmer, und was dazu gehöret; hier lege ich mich oft, wenn ich allein sein will, schlafen. Über meiner Bibliothek ist eine große Kleiderkammer. Dieses Stockwerk war ehedessen das unnützeste in meinem Hause. Ich bringe hier die meisten Tage meines Lebens, und die meisten Stunden der Tage zu. Zu Nachts bin ich niemals drinnen. Es stößt ein sehr reinliches Nebenzimmer daran, welches sich im Winter heizen lässt, und sehr artig durchgebrochen ist. Wenn ich die Sorgen so wenig, als den Aufwand scheuete, die Sorgen, welche mich von allen Geschäften entfernen, so könnte ich leichtlich auf beiden Seiten einen Gang hundert Schritte lang, und zwölf Schritte breit aufs schönste anbringen. Denn, ich habe gefunden, dass man alle Mauern, so hoch als ich sie brauche, zu einem ganz andern Endzwecke hat vorgehen lassen. An jedem einsamen Orte ist ein Spaziergang nötig. Wenn ich sitze, so vergehen mir die Gedanken. Mein Geist gehet nicht gerne allein, gerade als wenn ihn meine Beine bewegten. So gehet es aber allen, die ohne Bücher studieren. Sie ist in die Runde gebauet, und nicht weiter gleich, als dass ich einen Tisch, nebst einem Stuhle, darein setzen kann. Also sehe ich rund herum auf einmal alle meine Bücher, die um mich her auf lauter Pulten fünffach übereinander liegen. Sie hat eine dreifache schöne und weite Aussicht, und hält sechzehen Schritte im Durchmesser. Den Winter bin ich nicht so beständig da; denn wie der Name meines Hauses gibt, so liegt es auf einer Anhöhe, und ist dem Winde nirgends so sehr, als hier, ausgesetzet. Ich sehe es gern, dass dieser Ort unbequem und abgelegen ist, weil ich mich auf diese Weise einmal besser da üben kann, und sodenn mehr von dem Getümmel frei bin. Hier ist meine eigentliche Wohnung. Ich suche hier allein Herr zu bleiben, und diesen Winkel weder mit Frau, noch Kindern, noch sonst jemanden gemein zu haben. Sonsten habe ich überall nur dem Namen nach zu befehlen, und mein Ansehen mit andern gemein. Derjenige ist nach meinem Bedenken elend, der nicht einmal zu Hause allein bleiben, mit sich allein umgehen, und sich verborgen halten kann. Die Ehrsucht verfährt billig mit ihren Dienern, dass sie dieselbigen wie eine Bildsäule, beständig andern zum Anschauen vorstellt.[1] *Magna servitus est magna fortuna.* Sie sind nicht einmal in ihrer Einsamkeit allein. Mir ist bei der angemaßten Strenge unserer Mönche nichts so hart vorgekommen, als dieses, dass einige Orden ihren Regeln nach, beständig an einem Orte unter einander leben, und sie mögen tun, was sie wollen, viele andere um sich haben müssen. Es scheint mir einigermaßen erträglicher, beständig allein zu sein, als niemals allein sein können. Wer mir einwendet, ich beschimpfte die Musen, wenn ich sie nur zum Spielwerk und Zeitvertreib brauche, der verstehet gewiss nicht, wie ich, was Vergnügen, Spielen und Zeitvertreib auf sich hat: Bald sagte ich, dass ein jeder andrer Endzweck derselben lächerlich sei. Ich lebe bloß, damit ich lebe, und mit Ehren zu melden, allein für mich; dies ist mein letzter Endzweck. Ich studierte in meiner Jugend, um mich damit groß zu machen, hernach um tugendhaft zu werden, jetzt zu meiner Belustigung: niemals aber aus Gewinnsucht. Ich war, was diesen Hausrat anbetrifft, ehedem großtuend und verschwenderisch, und kaufte nicht nur zur Not Bücher, sondern noch dreimal mehr zur Pracht und Zierde: jetzt ist mir diese Lust gänzlich vergangen.

Die Bücher enthalten für Leute, die zu wählen wissen, sehr viel Angenehmes: aber es geht auch hier nicht ohne Beschwernis ab. Es ist dieses Vergnügen, so wenig, als ein anders, völlig rein, sondern führt ebenfalls seine großen Ungemächlichkeiten bei sich. Die Seele übet sich damit: der Leib aber, für welchen ich

1 Ein großes Glück ist eine große Knechtschaft, *Senec. Consolatio ad Polybium. cap. 26.*

ebenfalls sorge, bleibt indessen unwirksam, träge und schwer. Keine Ausschweifung ist mir in meinem hohen Alter so schädlich, und so sehr zu vermeiden. Dies sind meine drei liebsten und vornehmsten Beschäftigungen: von andern, die ich als ein Bürger auf mir liegen habe, rede ich jetzt nicht.

Editorische Notiz

Die Texte der vorliegenden Zusammenstellung folgen der Übersetzung von Johann Daniel Tietz (1729–1796), der noch vor der Übertragung von Johann Jakob Christoph Bode (1730–1793) die erste deutsche Gesamt-Ausgabe von Montaignes ›Essais‹ vorgelegt hat. Diese bis heute durch ihre Klarheit und Schnörkellosigkeit überzeugende Ausgabe erschien 1753/54 in drei Bänden unter dem Titel: ›Michaels Herrn von Montagne Versuche, nebst des Verfassers Leben, nach der neuesten Ausgabe des Herrn Peter Coste ins Deutsche übersetzt‹.

Für die vorliegende Ausgabe wurden Wortlaut und Orthographie der Vorlage nach den Richtlinien der neuen amtlichen Rechtschreibung behutsam modernisiert. Sprachliche Besonderheiten, etwa bei der Interpunktion oder der Schreibweise von Namen, blieben weitgehend unverändert. Offensichtliche Druck- und Satzfehler wurden stillschweigend korrigiert.